MICK SCHULZ

Eulenspiegels tödliche Streiche

MICK SCHULZ

Eulenspiegels tödliche Streiche

KRIMINALROMAN

GMEINER

Immer informiert

Spannung pur – mit unserem Newsletter informieren wir Sie
regelmäßig über Wissenswertes aus unserer Bücherwelt.

Gefällt mir!

Facebook: @Gmeiner.Verlag
Instagram: @gmeinerverlag
Twitter: @GmeinerVerlag

Besuchen Sie uns im Internet:
www.gmeiner-verlag.de

© 2023 – Gmeiner-Verlag GmbH
Im Ehnried 5, 88605 Meßkirch
Telefon 07575 / 2095 - 0
info@gmeiner-verlag.de
Alle Rechte vorbehalten
1. Auflage 2023

Herstellung: Mirjam Hecht
Umschlaggestaltung: U.O.R.G. Lutz Eberle, Stuttgart
unter Verwendung eines Fotos von: © Martina Berg / stock.adobe.com
Druck: GGP Media GmbH, Pößneck
Printed in Germany
ISBN 978-3-8392-0351-4

Für Löwenherz

ONE LOVE

*Seht und hört alle her, was ich euch verkünden will!
Es ist an der Zeit, den Teufel selbst zu foppen, ihm
mit Narreteien den Garaus zu machen. Auch er ist
nicht vor mir gefeit. Vorknöpfen werde ich ihn mir
und seine Kumpane, Betrüger und Mörder, die sie
sind, dem Gespött ihrer Mitmenschen und zuletzt
dem Sensenmann ausliefern. Alle werden am Pran-
ger bluten und die Strafe erhalten, die sie verdienen.
Das böse Spiel ist aus, ein Blick in meinen Spiegel
wird ihr Auge brechen!*

1

»Verdammt kalt dieser Frühling«, begrüßte Hella den Kollegen, als ihr die wohlige Wärme aus dem Inneren des alten Opel Astra entgegenschlug.

»Der Frühling ist mir ziemlich egal, aber muss es unbedingt mitten in der Nacht sein?«, raunzte Kai und gab ihr kaum Zeit, die Wagentür hinter sich zu schließen. Ein Blick in seine kleinen Augen bestätigte Hella, dass ihn wieder seine Migräne heimsuchte. Also ließ sie ihn in Ruhe. Es gab ohnehin nichts zu sagen. Noch nicht, außer vielleicht, dass sie zuerst nicht glauben wollte, was ihr die Kollegin am Telefon mitgeteilt hatte. Der Anruf war von der Zentrale in der Münzstraße gekommen. Daraufhin hatte Hella umgehend Kai in Kenntnis gesetzt. Es genügte, wenn sie mit einem Auto am Tatort erschienen.

Drei Uhr siebenundvierzig. Die Braunschweiger Straßen und Plätze waren wie leergefegt. Kai nahm die Abkürzung durch die Fußgängerzone. In wenigen Minuten hatten sie den Ziegenmarkt erreicht. Vor der Bäckerei Krenz stand ein Einsatzwagen der Streife, die über den Polizeiruf benachrichtigt worden war. Der Verkaufsraum leuchtete hell, doch die Eingangstür war verschlossen. Auch auf Kais Klopfen hin ließ sich niemand blicken.

»Gibt es eine Seitentür?«, fragte Hella.

»Woher soll ich das wissen?«

»Ich dachte, du kennst dich in Braunschweig aus«, erwiderte sie und grinste.

Die Tür an der linken Seite der Fassade führte in die Backstube, wo der Streifenpolizist bereits auf sie wartete. Er hätte der Zwillingsbruder ihres neuen Kommissaranwärters Simon Pläschke sein können, dachte Hella, beide waren etwa eins achtzig groß, Ende zwanzig, rothaarig und trugen Bürstenschnitt.

»Unfassbar, ich glaube es einfach nicht«, begrüßte er sie mit weit aufgerissenen Augen, »Braun gebrannt wie eine Gans in der Röhre. Wer macht denn so was?«

Hella ging es wie dem jungen Streifenpolizisten. Am Telefon hätte sie beinahe gelacht, als ihr die Kollegin mitgeteilt hatte, was passiert sein sollte. Selbst Kai Fischbach hatte etwas Derartiges trotz seiner bald dreißig Dienstjahre bei der Kripo Braunschweig noch nicht erlebt. Jetzt standen sie vor dem Steinofen und fanden keine Worte.

»Der Bäckergeselle, der heute Morgen seinen Dienst antreten wollte, wunderte sich, warum die Backstube nicht abgeschlossen war, dann der Geruch. Jemand musste vor ihm den Ofen in Betrieb gesetzt haben. Zunächst dachte er, es sei der Chef selbst gewesen, aber niemand war da, und dann öffnete er den Ofen ...«

Der Anblick nahm ihnen den Atem. Es war nicht sofort eindeutig, dass es sich um einen menschlichen Körper handelte, aber als sie genauer hinsah, konnte Hella Gliedmaßen und einen Schädel erkennen. »Weiß man schon, wer das Opfer ist?«

»Der Geselle hat den Siegelring am Finger der Leiche erkannt, Frau Hauptkommissarin. Demnach handelt es sich um den alten Krenz selbst, also Bertold Krenz, den Inhaber der Bäckereikette«, gab der Streifenpolizist seinen Kurzbericht ab.

»Danke, Kollege. Gut gemacht. Ist der Geselle noch da?«

»In der Teeküche nebenan. Den kriegen keine zehn Pferde mehr in die Backstube, das kann ich Ihnen sagen.«

Auf der Sitzbank des kleinen Personalraums wartete zusammengekauert ein Mann, etwa vierzig Jahre alt, schlank, mittelgroß mit dicken schwarzen Augenbrauen und gelblichem Teint, den ganz und gar das Grauen gepackt hatte.

»Kai, sag bitte den Kollegen von der KTU Bescheid, sie sollen sofort kommen. Ich rufe selbst bei Dr. Weinreb an. Wir wollen hier nichts falsch machen. Gibt es eine Telefonliste, damit wir die Angehörigen benachrichtigen können?«, fragte Hella den Streifenpolizisten.

»Bestimmt oben im Verkaufsraum.«

»Natürlich. Und wie ist Ihr Name?«, wandte sie sich jetzt an den Bäckergesellen.

»Ich Hamoudi. Ich nicht weiß, was passiert. Ich gefunden hier. Sollte vorbereiten, backen mit Chef, verstehen? Hier nur backen Chef und Hamoudi. Neue Rezepte, verstehen?«

Eine Schockwelle ließ den Mann plötzlich am ganzen Körper zittern. Es hatte nicht viel Sinn, ihn jetzt noch genauer zu befragen, dachte Hella. »Bitte kommen Sie um acht Uhr dreißig zur Zeugenbefragung und zur Abnahme von Fingerabdrücken ins Kommissariat Mitte in der Münzstraße. Gehen Sie jetzt besser nach Hause und versuchen Sie sich zu beruhigen.« Hamoudi nickte. Sie wandte sich an Kai: »Ich brauche nicht zu sagen, dass nach der KTU niemand mehr die Backstube betreten darf, und natürlich bleibt das Geschäft bis auf Weiteres geschlossen. Hier muss jeder Quadratzentimeter untersucht werden.«

»Selbstredend. Soll ich die Liste abtelefonieren, Chefin?«

Wenn er sie »Chefin« nannte, dann wusste sie, dass sie ihren Kommandoton besser nicht verschärfte. Denn ihr Kai war sensibel. »Ja, bitte. Ich nehme an, dass er verheiratet war, vielleicht ist die Witwe zu erreichen. Wir sollten so schnell wie möglich mit einer Vertrauensperson des Verstorbenen sprechen.«

»Brauchen Sie mich noch, Frau Hauptkommissarin?«, fragte der Streifenpolizist.

»Nein, danke«, erwiderte Hella, »Oder, warten Sie ... Vielleicht könnten Sie Herrn Hamoudi nach Hause fahren. Er steht unter Schock.«

»Gern.«

»Ich wünschte, alle hätten es so drauf wie der junge Kollege von der Streife«, sagte Hella, nachdem er gegangen war, und erwartete ein eifersüchtiges Aufblitzen in Kais Augen, aber der war bereits auf dem Weg in den Verkaufsraum, um die Telefonliste ausfindig zu machen.

Auch Hella spürte einen Widerwillen, die Backstube noch einmal zu betreten, doch bevor die Kriminaltechnische Untersuchung anrückte, musste sie sich selbst einen möglichst umfassenden ersten Eindruck verschaffen.

Allmählich erkaltete die Luft, und auch das Papiertaschentuch, das sie sich vor die Nase hielt, konnte den ekelhaften Geruch kaum zurückhalten. Mit professionellen Bäckeröfen kannte sie sich nicht aus. Das rote Licht signalisierte anscheinend, dass ein Programm abgelaufen war. »Landbrot« stand daneben.

Jetzt erst fiel Hella auf, dass auf einem der Arbeitstische Kleidung abgelegt worden war: Hose, Hemd, Jacke, Schuhe. Die Kleidung des Opfers? Wenn ja, dann sagte die Art und Weise, wie er sie drapiert hatte, bereits einiges über den Täter aus. Er zeigte einen sichtlich ausgeprägten Sinn für Ordnung. Offenbar hatte er sich keineswegs bedrängt gefühlt und kannte sich hier aus. Er musste gewusst haben, dass er

Krenz allein in der Backstube vorfinden würde. Fragte sich, wie die Tat abgelaufen sein könnte …

»Die Witwe von Krenz wohnt in Querum, das sind nur ein paar Kilometer von hier. Wir sollten sie sofort aufsuchen, dann könnten wir auch gleich mehr erfahren«, meinte Kai. Davor hatte Hella allerdings noch etwas zu erledigen. Sie drückte die Nummer von Dr. Weinreb. Auch ihre Freundin dachte zuerst, sie scherzte, als sie ihr den Fall schilderte.

»Eine ziemlich originelle Geschichte, das muss ich zugeben, aber eigentlich wollte ich endlich wieder einmal eine Nacht durchschlafen.«

Doch Hella kannte die unstillbare Neugier der Gerichtsmedizinerin, sicher würde es nicht lange dauern, bis Daniela aufkreuzte. Auch die Kollegen der Spurensicherung waren auf dem Sprung. Der erste stand bereits im Schutzanzug in der Tür.

»Moin. Manchmal frage ich mich, wozu der da oben die Nacht erschaffen hat«, begrüßte er sie.

»Jedenfalls nicht allein zum Schlafen«, erwiderte Hella und grinste.

Vier Uhr zweiundfünfzig. Die Witwe des Toten wohnte nur ein paar Kilometer nordöstlich vom Stadtzentrum auf dem Land. Am Horizont begann sich die Dunkelheit allmählich aufzulösen, und die Umrisse der Bäume und Häuser ragten aus der Finsternis.

»Das ist nicht nur ein Mord. Das ist eine makaber inszenierte Bestrafung«, dachte Hella laut nach. »Ich frage mich nur, wie die Tat abgelaufen ist. Selbst mit vorgehaltener Pistole wird Krenz kaum selbst in den Ofen gekrochen sein. Das war gar nicht möglich. Der Täter musste ihn regelrecht zusammenfalten.«

Kai nickte. »Vielleicht hat er ihn vorher betäubt, oder er war bereits tot, als ihn der Mörder in den Ofen schob. Das wird die Gerichtsmedizin feststellen ...«

Der Klingelton von Hellas Handy unterbrach ihn. »Budde.«

»Hier Lenz von der KTU. Wir haben eine Blutspur in der Nähe des Seiteneingangs entdeckt. Sieht aus, als habe hier eine Auseinandersetzung stattgefunden.«

»Das passt ins Bild, bitte überprüft doch so schnell wie möglich, ob es sich um das Blut des Opfers handelt. Ist Frau Dr. Weinreb schon da?«, fragte Hella.

»Gerade angekommen.«

»Richten Sie ihr bitte aus, dass sie auf mich warten soll.«

Sie legte auf. Es war noch zu früh, um mit Daniela zu sprechen, auch sie musste sich zuerst einen Überblick verschaffen.

»Ziel erreicht«, meldete das Navi, als vor ihnen ein alter Fachwerkhof auftauchte, den eine Mauer und ein großes Holztor von der Außenwelt abschirmten. Kai parkte den Wagen am Straßenrand. Offenbar waren sie gesehen worden, denn das Tor bewegte sich, noch bevor sie überlegen mussten, wie sie in den Innenhof gelangen könnten.

»Frau Krenz?«, fragte Kai.

Vor ihnen stand eine Frau zwischen fünfzig und siebzig, an deren schmalem Körper ein ausgebeulter Jogginganzug baumelte. Für ihren Besuch schien sie sich kaum zu interessieren, dafür umso mehr für das Fellknäuel in ihren Armen. Nur kurz blickte sie auf. »Elisabeth Krenz ist mein Name«, erwiderte sie mürrisch.

»Entschuldigen Sie die frühe Störung, aber aus gegebenem Anlass ...«, schlug Hella einen freundlichen Ton an. Schließlich ging es darum, die Ermittlungen möglichst schnell in Fluss zu bringen.

»Es tut uns leid, Ihnen mitteilen zu müssen, dass Ihr Mann einem Tötungsdelikt zum Opfer gefallen ist«, ergänzte Kai in offiziellem Tonfall.

»Kommen Sie herein. Ich war ohnehin wach. Mäxchen hat wieder Koliken, und es sieht nicht so aus, als ob er es diesmal gut überstehen wird.«

Elisabeth Krenz hatte gerade erfahren, dass ihr Mann getötet worden war, aber sie sorgte sich um ihre Katze. Das war zumindest bemerkenswert, dachte Hella, als sie der Witwe über einen mit Kopfstein gepflasterten Hof zum Wohnhaus folgten. Aus der Eingangstür streckten zwei weitere Katzen die Nasen in die feuchtkalte Luft und schienen zu überlegen, ob sie einen Ausflug wagen sollten. Doch mit einem »Rein mit euch!« nahm ihnen ihre Besitzerin die Entscheidung ab.

Auf dem Gang mussten sie über zwei ausgestreckte Hundekörper steigen, dann erreichten sie eine mit breiten Dielen ausgelegte Bauernstube, eingerichtet mit rustikalen Holzmöbeln. Elisabeth Krenz wies ihnen Plätze auf einer abgewetzten Couchgarnitur zu.

»Der Resthof gehörte einst meinen Eltern. Hier in Querum bin ich geboren und hierhin bin ich zurückgegangen, nachdem mein Mann und ich uns getrennt hatten. Also, was ist genau mit ihm passiert?«

Im Schein einer Stehlampe konnte Hella ihr Gegenüber nun besser erkennen. Die von Falten zerschnittene Gesichtslandschaft der Witwe erzählte Bände von den Enttäuschungen ihres Lebens, überhaupt schien sich diese Frau für ihr Äußeres schon lange nicht mehr zu interessieren.

»Wir wissen es noch nicht, aber er ist vermutlich durch ein Gewaltverbrechen ums Leben gekommen«, beantwortete Hella die Frage wahrheitsgemäß.

»Erschossen, oder was?«, fuhr die Witwe sie ungeduldig an. »Etwas werden Sie doch sagen können.«

»Seine Leiche hat der Geselle in der Backstube der Filiale am Ziegenmarkt gefunden …« Kai kam nicht zum Ende, denn die näheren Umstände durfte er natürlich nicht preisgeben. Sie gehörten zum Täterwissen.

Die Witwe ließ endlich davon ab, das Knäuel in ihren Armen zu tätscheln.

»Hatte Ihr Mann Feinde?«, begann Hella die Befragung.

»Fragen Sie besser, ob er Freunde hatte. Die Antwort lautet: nicht, dass ich wüsste.«

»Betrifft das auch Sie?«

»Ich habe mich mit meinem Mann finanziell geeinigt, pflege aber keinerlei Kontakt mit ihm. Wir sind zwar nicht geschieden, aber ich halte mich aus den Geschäften heraus. Der Gegenwert ist ein gutes Auskommen. Und wenn Sie wissen wollen, wo ich heute Abend war: hier. Ich bin immer hier, und wie Sie sehen, habe ich dafür jede Menge Zeugen.«

In der Zwischenzeit hatte sich eine Schar Katzen in der Stube versammelt und starrte die Besucher stumm an.

»Und was ist mit dem Rest der Familie? Wir brauchen von Ihnen jetzt einige Auskünfte«, übernahm Kai und zückte sein Notizbuch.

»Das Opfer hat drei Kinder, und der Zufall will es, dass alle in Braunschweig und Umgebung wohnen. Kai und ich werden uns also aufmachen. Vielleicht ergibt sich eine schnelle Spur …«

»Nur zu, ich brauche ohnehin meine Ruhe bei der Untersuchung der Leiche«, fiel ihr Daniela am Handy ins Wort. »Eines ist allerdings jetzt schon so gut wie sicher: Der Mann wurde mit einem stumpfen Gegenstand erschlagen, noch bevor er im Ofen landete.«

»Danke dir, wir sehen uns«, erwiderte Hella und drückte den Anruf weg. So wie sie ihre Freundin kannte, würde sie ihr noch am Vormittag den detaillierten Bericht präsentieren. Dann wären sie ein ganzes Stück weiter.

Kai Fischbach gab die Adressen, die ihm die Witwe mitgeteilt hatte, in das Navi ein. Bertold Krenz hatte zwei Söhne, der älteste, Armin, war der zweite Mann im Geschäft und wohl auch der Nachfolger des Opfers, also jemand, der aus dem Tod seines Vaters einen klaren Vorteil zog.

Fünf Uhr achtundfünfzig. Armin Krenz hatte bis eben noch geschlafen, als sie ihn in seiner Wohnung in der Nähe des Garnisonsfriedhofs aufsuchten. Anscheinend war er nicht von seiner Mutter benachrichtigt worden, denn er rieb sich verwundert die Augen, als Hella und Kai in der Tür standen. Nachdem sie ihm von dem Vorfall berichtet hatten, war er hellwach, nahm die Nachricht vom Tod seines Vaters aber anscheinend ohne sichtbare Gefühlsregung hin. Er versicherte ihnen, nach der täglichen Abrechnung in den Filialen gegen zehn am Vorabend hundemüde ins Bett gefallen zu sein. Dafür habe er allerdings keine Zeugen, denn er lebe seit einiger Zeit von seiner Frau und den Kindern getrennt.

»Stehen Sie uns bitte um neun Uhr dreißig auf dem Kommissariat Mitte für eine weitere Zeugenbefragung zur Verfügung«, verabschiedete sich Hella.

»Scheint wirklich nicht besonders beliebt gewesen zu sein, dieser Bertold Krenz«, war Kais Kommentar auf dem Weg an den nördlichen Stadtrand.

»Jeder reagiert anders auf einen solchen Schock«, erwiderte Hella, teilte aber durchaus seine Meinung. Das könnte eine Menge Arbeit bedeuten.

»Ziel erreicht auf der linken Seite«, meldete das Navi, als sie in eine Straße mit Neubauvillen einbogen.

15

»Nicht schlecht. Dafür mussten sie garantiert eine Menge Brötchen backen.«

Typisch Kai, dachte Hella. Seine Migräne schien er vergessen zu haben. In dem Moment sprang die Sicherheitsbeleuchtung an und gab den Blick auf die Auffahrt frei. Mittlerweile war es fünf Minuten vor sieben. An der Tür erschien eine Frau im geblümten Bademantel, die offenbar die schlimme Nachricht bereits erhalten hatte. Mit verweinten Augen, ohne abzuwarten, bis sie sich vorgestellt hatten, fiel sie Hella schluchzend um den Hals und stammelte: »Sagen Sie, dass es nicht wahr ist. Mein Papa, mein einziger Papa …«

Kai half ihr, die offenbar angetrunkene und verwirrte Frau ins Haus zu bringen. Die Villa schien kaum älter als zwei Jahre zu sein, war luxuriös und mit viel Glas ausgestattet. Auf dem Tisch im Wohnraum standen eine halb volle Flasche Gin und ein Glas. In dem Zustand, in dem sich die Frau befand, musste sie mit dem Trinken begonnen haben, bevor sie vom Tod des Vaters erfahren hatte. Zweifellos handelte es sich um Anneke Krenz, die einzige Tochter des Mordopfers. Vom Flur aus hörten sie jetzt das Schließen der Haustür. Schnelle, feste Schritte kamen auf sie zu.

»Wer sind Sie? Was machen Sie hier?«, fragte ein hochgewachsener Mann im Smoking mit besorgter Miene, nicht ahnend, dass er die Staatsgewalt vor sich hatte. Wie sollte er auch, schließlich waren sie in Zivil.

»Kriminalhauptkommissarin Hella Budde«, stellte sie sich vor.

»Hat sie etwas angerichtet?«, fragte er. Offenbar hatte es in der Vergangenheit bereits Vorkommnisse gegeben.

»Nein, keine Sorge. Sind Sie Herr Burmann?«

»Ja, Klaas Burmann. Anneke ist meine Frau.« Er ging auf

Anneke zu, und sie schmiegte sich in seine Arme, in ihrem Blick lag eine unterwürfige Entschuldigung.

»Wir sind hier, um Ihnen mitzuteilen, dass Ihr Schwiegervater einem Tötungsdelikt zum Opfer gefallen ist. Wo waren Sie gestern Abend und die Nacht über?«

»Ich komme soeben von einem Kongress der freien Versicherungsmakler und bin bis in den frühen Morgen in Hannover geblieben.«

»Gibt es dafür Zeugen?«, fragte Kai.

»So viele Sie wollen.«

Der augenblickliche Zustand von Anneke Burmann ließ es nicht zu, sie weiter zu befragen. Auch ihr Mann wusste darüber hinaus nichts zu sagen. Hella kündigte eine spätere Befragung an, aber noch am Nachmittag.

Es war bereits acht Uhr fünfzehn, als sie im Friedrich-Wilhelm-Viertel angekommen waren. Der jüngste der drei Krenz-Geschwister, Vincent Krenz, wohnte in der Dachmansarde eines Kiez-Altbaus, und auch ihn klingelten sie offenbar aus dem Bett. Nach eigenen Worten hatte er mit dem Bäckerberuf nichts am Hut. Er wollte immer schon zum Theater gehen und habe seinen Traumberuf als Beleuchter in der Staatsoper gefunden. Gestern sei es spät geworden, und er habe den Morgen frei.

Auf die Frage, wo er sich den Abend und die Nacht über aufgehalten habe, gab Vincent Krenz an, die Vorstellung »Nabucco« beleuchtet zu haben und danach noch auf ein paar Bier in der Theaterkneipe gewesen zu sein. Gegen halb eins sei er nach Hause gegangen. Den Ziegenmarkt konnte man von der Oper allerdings leicht zu Fuß erreichen, dachte Hella.

»Wir erwarten Sie zu einer weiteren Befragung im Kommissariat. Nach Möglichkeit noch heute«, beendete sie das Gespräch.

2

Als sie in Richtung Kommissariat fuhren, war es bereits kurz vor neun.

»Der Fall ist nicht nur kurios«, meinte Kai, als er in die Münzstraße einbog. »Auffällig ist auch, dass die Familienangehörigen die Nachricht von dem Mord fast ungerührt entgegengenommen haben. Bis auf die Tochter Anneke scheinen alle Zyniker zu sein.«

»Vermutlich haben sie ihre Gründe. Aber die Tat selbst lässt auf starke Emotionalität schließen, hier hasst jemand aus ganzem Herzen«, erwiderte Hella und seufzte. »Weiteres wird sich zeigen.« Damit meinte sie den Befragungsmarathon, der ihnen in den nächsten Tagen bevorstand.

Fahles Morgenlicht ließ den regennassen Parkplatz vor dem Kommissariat glänzen. Nachdem sie das graue Gebäude betreten hatten, besorgten sie sich als Erstes Kaffee im Untergeschoss und freuten sich auf die kurze Pause, als ihnen auf dem Weg in den dritten Stock jemand begegnete, den Hella noch nicht erwartet hatte: Kriminalrat Senge.

»Warum sagt mir niemand etwas?«, begrüßte Senge sie ziemlich aufgebracht. »Es versteht sich doch wohl von selbst, dass ich in so einem wichtigen Fall unverzüglich informiert werden möchte, Hella.«

»Entschuldige, Ludger, aber ich dachte, du wärst längst im Bild. Außerdem ist es doch bestimmt in deinem Sinn, dass wir keine Zeit verloren und die Ermittlungen sofort aufgenommen haben, oder?«

Senge schwieg, fuhr sich mit der Hand über den fast kahlen Hinterkopf. Erst jetzt bemerkte Hella, dass seine Hände zitterten. Er konnte sich doch nicht allein deshalb so aufgeregt haben, weil sie ihn noch nicht in Kenntnis gesetzt hatte? Das wäre schließlich nicht das erste Mal gewesen.

»Stimmt etwas nicht mit dir, Ludger?«, fragte sie. Irgendwie wirkte der Kriminalrat geistesabwesend.

»Nein, nein«, antwortete er fahrig. »Ich glaube, ich brauche nur einen Kaffee. Es ist gerade etwas stressig. Ich bin da in eine Angelegenheit ...« Doch anscheinend wollte er darüber weiter nicht reden und kam wieder zur Sache. »Ich muss mich voll und ganz auf dich verlassen können, Hella. Die Presse wird nicht auf sich warten lassen. In diesem Stadium darf auf keinen Fall etwas über den Tathergang durchsickern. Wir kämen sonst aus den Schlagzeilen nicht heraus. Krenz ist ohnehin stadtbekannt. Also, was gibt es zu berichten?«

»Ich habe alle relevanten Zeugen im Laufe des Tages ins Kommissariat bestellt. Es gibt noch keine Tatverdächtigen, das Opfer scheint aber selbst in der eigenen Familie alles andere als beliebt gewesen zu sein. KTU und Gerichtsmedizin arbeiten auf Hochtouren.«

Senge schien sich zu beruhigen, war aber in Gedanken offenbar ganz woanders.

»Gut so. Wenn möglich, werde ich bei den Befragungen dabei sein«, erwiderte er, drehte sich um und ging. In dem Augenblick tauchten zwei Männer aus seinem Büro auf, die ihn sofort in Beschlag nahmen.

»Wir brauchen vor den Befragungen alle Informationen über Krenz, die wir kriegen können, Kai«, wandte sich Hella an den Kollegen.

»Schon verstanden, Chefin, werde den Computer auspressen wie eine Zitrone«, erwiderte er mit einem ironischen Lächeln.

Freitag, der zweiundzwanzigste April, der Tag, der so früh mit einem Mord begonnen hatte, nahm seinen weiteren Lauf. Als Erster erschien der Bäckergeselle, der den Toten gefunden hatte, im Kommissariat. Hella brachte ihn in den Vernehmungsraum zweihundertdreiundvierzig und begann mit der Belehrung. »Das ist eine Zeugenbefragung. Es geht um Informationen, die uns helfen, den Täter zu finden, verstehen Sie? Sie brauchen keine Angst zu haben«, versuchte Hella Vertrauen aufzubauen. »Zunächst nehme ich die üblichen Daten auf, den vollständigen Namen, Alter, Familienstand und so weiter.«

»Mein Name Hamoudi, vierunddreißig, ich verheiratet und drei Kinder, Wohnung in Echternstraße.«

»Ist Hamoudi der vollständige Name?«

»Sie wollen ganze Name?«

»Ja, bitte«, antwortete Hella.

»Hamoudi Ibn Mustafa Ibn Mohamad Ibn Ahmed Al Jabbar.«

Hella seufzte. Ein Grinsen stand jetzt auf dem Gesicht des Zeugen. »Sie besser sagen Hamoudi, oder?«

Nach eigenen Angaben war Hamoudi seit über einem Jahr so etwas wie der persönliche Assistent von Bertold Krenz. Krenz kreierte immer wieder selbst Rezepte für neue Brot- und Gebäcksorten, die er dann als Aktion für kurze Zeit backen ließ. Die Filiale am Ziegenmarkt war die älteste. Krenz hatte den Betrieb der Eltern übernommen und am Anfang selbst als Bäcker dort gearbeitet. Laut Hamoudi liebte er es, in der alten Bäckerei zu arbeiten.

»Für mich ist große Ehre, hat gesagt. Nur Hamoudi helfen Chef.«

Anscheinend hatte Hamoudi eine gute Beziehung zu dem späteren Tatopfer.

»War er ein guter Chef?«, fragte sie.

»Chef streng, aber fair«, antwortete er, ohne zu zögern. »Zu Hamoudi immer fair. Hat gesagt, Hamoudi und Fatma haben schöne Kinder.«

»Haben Sie sich regelmäßig getroffen?«

»Immer Donnerstag.«

Also musste der Täter davon gewusst haben, dachte Hella.

»Was genau ist am frühen Morgen passiert, Hamoudi? Wann haben Sie die Backstube betreten?«

Laut Aussage war er in der Echternstraße um zwanzig vor vier mit dem Fahrrad losgefahren, der Chef erwartete ihn gegen vier. Doch als er sein Fahrrad an der Hauswand der Bäckerei abstellte, stand die Seitentür offen und ein seltsamer Geruch kam aus der Backstube. Er habe gedacht, dass der Chef diesmal nicht auf ihn warten wollte, schilderte der Zeuge, er sei immer viel früher dagewesen.

»Sie betraten also die Backstube ...«

»Ja, Licht in Backstube. Kleider von Chef, aber kein Chef. Es stinken, verstehen? Sehr stinken ...«

»War etwas unordentlich in der Backstube?«

»Nein, ich nur denken, was in Ofen? Dann habe geschaut. Es war Mensch, ja, ein Mensch. Ich nur denken Polizei. Ich hoch in Geschäft und angerufen«, erzählte der Zeuge, während seine großen braunen Augen noch größer wurden. Offenbar hielten ihn die Erinnerungen weiterhin in ihrem Bann. Genaueres würde dann im Bericht der KTU stehen. Hella konnte sich nicht vorstellen, dass der Bäckergeselle der Täter war, aber die Ermittlungen standen erst am Anfang.

»Danke bis hierhin. Halten Sie sich bitte zu unserer Verfügung, falls wir noch Fragen haben.«

»Natürlich«, antwortete der Zeuge.

Er hatte sich von seinem Schock sichtlich noch nicht erholt, dachte sie.

Der Bäckergeselle verließ den Vernehmungsraum, und Hella spürte jetzt, dass sie in der Nacht zuvor nur drei Stunden geschlafen hatte. Am Vorabend hatte Christos in seiner Taverne zehnjähriges Jubiläum gefeiert. Und da er ihr einziger Verwandter mütterlicherseits in Braunschweig war, konnte sie nicht anders, als wenigstens dort vorbeizuschauen. Aus der halben Stunde waren drei geworden. Christos hatte ihren Diätplan kurzerhand für Mumpitz erklärt und ihr eine Platte unwiderstehlicher Leckereien aus der griechischen Küche vorgesetzt. Dafür hatte sie sich geschworen, es beim Frühstück bei einer Tasse Kaffee zu belassen. Aber jetzt war es bereits die dritte mit reichlich Zucker, und dann kam Kai …

»Du machst es dir nur unnötig schwer, Hella«, begrüßte er sie und ließ eine Papiertüte, deren Inhalt stark nach Salami und Ei roch, vor ihrer Nase baumeln. »Normal satt essen, das ist das Geheimnis, drei Mahlzeiten täglich und nichts davor, dazwischen und danach.«

Sie sah ihn verzweifelt an.

»Also bitte, ich schau auch nicht hin.«

Hella kam blitzschnell zu dem Schluss, dass Kai definitiv recht hatte. Schließlich ging es darum, eine effiziente Befragung durchzuführen, da war ein knurrender Magen absolut kontraproduktiv. »Was hast du über Bertold Krenz herausgefunden?«, fragte sie, bevor der Duft der Baguettes sie endgültig die Waffen strecken ließ.

»Manches ließ sich über die Homepage der Bäckereikette

Krenz ermitteln. Bekanntes Traditionsunternehmen, bereits 1905 vom Großvater des Toten, Heinrich Krenz, gegründet. Ende der Achtziger expandierte dann der Enkel Bertold und vergrößerte den Betrieb von drei auf heute neunzehn Bäckereien und Cafés in und um Braunschweig. Auf dem Mitarbeiterfoto sind der Senior und der Sohn Armin abgebildet. Seine Frau, die Tochter und der jüngere Sohn fehlen.«

»Was nicht weiter verwundert, sie haben mit dem laufenden Betrieb ja nichts mehr zu tun. Aber dazu erfahren wir bestimmt mehr in den Befragungen.«

Neun Uhr fünfunddreißig. Hella hatte Kai Fischbach gebeten, bei der Befragung von Armin Krenz dabei zu sein. Der kam fünf Minuten zu spät und wirkte abgehetzt. Jetzt, wo sein Vater nicht mehr da sei, müsse er auf einen Schlag alle Entscheidungen selbst treffen, bat er um Verständnis.

»Fünf Minuten sind kein Weltuntergang«, entgegnete Hella.

»Da kannten Sie meinen Vater schlecht. Er war in dieser Hinsicht von der alten Schule, um es freundlich auszudrücken.«

Armin Krenz, zweiundvierzig, geschieden, zwei Kinder, stellvertretender Geschäftsführer der Krenz GmbH und rechte Hand seines Vaters, war mittelgroß, schlank, unter seinem rechten Auge zuckte es, und die breite Stirnglatze ließ ihn älter wirken, als er war. »Kurz gesagt, er bestimmte, wo es langging, und ich musste ihm die Steine aus dem Weg räumen.«

»Wie war Ihr Verhältnis zu Ihrem Vater?«, fragte Kai.

»Ich kann sagen, dass ich ihn anfangs bewunderte. Seine enorme Energie, sein eiserner Wille, nach oben zu kommen ...«

»Und wann haben Sie Ihre Meinung geändert?«, setzte Hella nach.

»Als er begann, die Familie wie ein lästiges Anhängsel zu betrachten. Er sah uns nur noch als Erfüllungsgehilfen, Räder in einem Werk. Und er selbst war Gefangener in seinem ganz persönlichen Monopoly.«

»Es hat also Spannungen gegeben?«

»Ja, zeitweise war es unerträglich. Ich bin noch am besten mit ihm ausgekommen, weil ich getan habe, was er wollte. Vincent hat er ignoriert, und als die Sache mit Anneke passierte, verachtete er selbst seinen Liebling zutiefst, auch wenn sie mehrfach versucht hatte, es wiedergutzumachen. Das war allerdings unmöglich, denn Papa verzieh niemandem seine Fehler.«

»Was ist Ihrer Schwester denn zugestoßen?«

»Obwohl Papa sie gewarnt hatte, ließ sich Anneke mit dem Falschen ein und musste abtreiben. Da hat er sie fallen gelassen.«

»Und wie steht es mit Ihrem jüngeren Bruder?«, wollte Kai wissen.

»Vincent hatte Mut und trennte sich ganz von unserem Vater. Er macht sein Ding. Auch Papas Drohung, ihn zu enterben, weil er vom Theater nichts hielt, hat Vincent nicht davon abgehalten, seinen Traum zu leben.«

»Zu Ihnen. Sind Sie zufrieden mit dem Job, den Sie machen?«

Er starrte Hella verblüfft an, außer ihr interessierte sich anscheinend kaum jemand für seine Gefühle. »Ich bin zwölf Stunden am Tag unterwegs und halte den Laden am Laufen. Ich verdiene gutes Geld. Ich kann doch nur zufrieden sein, oder?«

»Aber offenbar hat Ihre Ehe nicht gehalten, und so wie es aussieht, bleibt Ihnen für Ihre Kinder auch kaum Zeit ...«

Armin Krenz machte ein betroffenes Gesicht, und einen Augenblick lang dachte Hella, er würde in Tränen ausbrechen. »Entschuldigen Sie«, erwiderte er, »Aber ich bin im Augenblick etwas überfordert. Ich kann Ihnen jedoch versichern: Ich habe meinen Vater nicht ermordet, auch wenn ich durch seinen Tod jetzt alleiniger Geschäftsführer bin und vermutlich einiges erben werde. Das können Sie mir glauben.«

»Das behauptet auch niemand, Herr Krenz. Danke, dass Sie so offen zu uns waren. Bitte geben Sie den Kollegen noch Ihre Fingerabdrücke und eine Speichelprobe, damit wir Sie vom Kreis der Verdächtigen ausschließen können.«

»Er hat kein nachweisliches Alibi für die Tatzeit, ist endlich seinen tyrannischen Vater los, erwartet wahrscheinlich ein stattliches Erbe und ist jetzt der Herr im Geschäft«, fasste Kai zusammen, als Armin Krenz den Raum verlassen hatte. »An Motiven für einen Mord fehlt es jedenfalls nicht.«

Sie war ganz bei ihm, und doch zweifelte Hella, dass Armin Krenz der Täter sein könnte. Dieser Mann hatte seinem Vater seit vielen Jahren geduldig und treu gedient. Auch wenn er sich von ihm distanzierte, schien er ihn doch zu stützen. »Das stimmt, aber warum bringt er ihn auf diese Art um, so spektakulär scheußlich? Warum hat er zum Beispiel keinen Unfall inszeniert?«

»Vielleicht war das Maß einfach voll«, erwiderte Kai. »Er konnte die ewigen Demütigungen nicht mehr ertragen und hat den verhassten Despoten in seiner eigenen Backstube hingerichtet.«

»Für mich passt das nicht zu diesem Mann. Es muss etwas anderes dahinterstecken. Wir sollten möglichst schnell der Wohnung von Bertold Krenz einen Besuch abstatten, bevor die KTU dort alles auf den Kopf stellt.«

Ein Zeuge wartete noch auf dem Flur: Vincent Krenz. »Bitte kümmere du dich um ihn. Ich nehme Simon mit, der braucht dringend Auslauf.« Hella zwinkerte Kai zu. Dieser war enttäuscht, sah aber offenbar ohne weitere Worte ein, dass eine Befragung in einem Mordfall besser von einem Vollprofi wie ihm durchgeführt wurde.

Der Kriminalrat hatte ihr Simon Pläschke als neuen Kommissaranwärter aufs Auge gedrückt, und Hella musste es wohl oder übel mit ihm versuchen. Laut Personalakte hatte er an der Schule nicht gerade brilliert. Aber es gab ein anderes Argument, gegen das sie kaum etwas einwenden konnte: Senge glaubte persönlich an den jungen Mann. Er hielt auch große Stücke auf Simons Vater, der Kriminaldirektor in Hannover war. Sein Sohn habe die richtige Einstellung bereits mit der Muttermilch aufgesogen, so hatte Senge ihn Hella vorgestellt.

»Ich kenne Braunschweig noch nicht so gut, aber ich habe gegoogelt. Die Bismarckstraße liegt in der Nähe vom Herzog Anton Ulrich-Museum und der Oker. Schöne und teure Ecke«, bemerkte er auf dem Weg zur Wohnung des ermordeten Bäckermeisters.

»Gut, Simon, und was schließen Sie daraus?«

Die Frage schien ihm nicht zu passen, er blitzte Hella mürrisch an. »Ich bin zwar Anfänger«, sagte dieser Blick, »aber deshalb brauchst du mich nicht wie einen Idioten zu behandeln.«

Es gefiel ihr, ihn zu provozieren. Aber sie durfte es nicht übertreiben, immerhin war er Senges Liebling und sein Vater Kriminaldirektor in Hannover.

»Krenz schien es gut zu gehen, wenn Sie das meinen«, zeigte er sich willig. »Vielleicht gehörte ihm ja das Haus.

Jedenfalls hatte der Mann großen Einfluss, war eine wichtige Figur in der Bäckerinnung und saß im Stadtrat. So weit meine bisherige Recherche.«

Jetzt war es an Hella, ihm Respekt zu zollen. »Dazu werden wir hoffentlich gleich mehr wissen. Sie sind jedenfalls gut im Bilde, KA Pläschke.«

Er lächelte wieder.

Die Wohnung des Tatopfers lag unter dem Dach eines dreistöckigen Gründerzeitaltbaus. Eine Mansardenwohnung, wie sie in der Kaiserzeit vom Personal bewohnt wurde. Der Hausmeister öffnete ihnen.

Bertold Krenz schien nicht nur ein Tyrann, sondern auch ein ziemlicher Geizhals gewesen zu sein, der vor sich selbst nicht Halt machte. Obwohl er Millionär sein musste, gönnte er sich selbst nicht mehr als zwei mit alten abgenutzten Möbeln eingerichtete Zimmer. Das Schlafzimmer roch nach Schweiß, das Bett war zerwühlt. Nicht einmal zum Lüften hatte er sich Zeit genommen. Die Küche trug ebenfalls die unübersehbaren Spuren eines Junggesellen, der auf sein Privatleben nichts gab. Offenbar empfing er auch keine Gäste. Wen wollte er mit dieser Bude, die nicht einmal gemütlich war, auch beeindrucken?

Das einzig Reizvolle an dieser Wohnung schien der Balkon mit Blick auf die Oker und den mit Buchen bestandenen Park zu sein. Hier saß Krenz offenbar gern und rauchte, worauf der übervolle Aschenbecher auf dem schmalen Holztisch schließen ließ.

In dem anderen Raum, augenscheinlich sowohl Wohn- als auch Arbeitszimmer, befand sich ein großer, mit Akten vollgestopfter Schrank. »Sieh mal an«, sagte Simon, der plötzlich eine wichtige Miene zog, während er die Unterlagen auf dem Schreibtisch sichtete. »Ich glaube, das könnte uns interessieren.«

3

»Gut gemacht, Simon. In der Praxis beweist sich, wer ein echter Spürhund ist«, übertraf sich Senge mit Lob, als sie zurück im Kommissariat Mitte waren, um dem Kriminalrat Bericht zu erstatten. Und prompt erschien dieses schadenfrohe Grinsen auf dem Sommersprossengesicht des Kommissaranwärters, das Hella nicht kaltließ. Zumal es nicht einmal eine Spürnase brauchte, denn die Unterlagen hatten offen auf dem Schreibtisch des ermordeten Bäckermeisters gelegen. Offensichtlich ging es um Millionen und eine Stiftung, die Krenz gründen wollte. Der Termin mit seinem Notar, den er dick im Kalender markiert und nicht mehr erlebt hatte, stand wohl in unmittelbarem Zusammenhang damit. Sein Vermögen schien immens zu sein. Bei der Durchsuchung des Aktenschranks hatten sie noch Besitzurkunden von Immobilien und Nachweise von Aktiengeschäften in beachtlicher Höhe gefunden. Wahrscheinlich war das nicht alles.

»Die nächsten Adressen sind jetzt der Notar und sein Steuerberater. Da gibt es einiges zu tun, Hella. Aber du hast ja jetzt unseren Simon an deiner Seite. Da kann nichts mehr passieren.«

Das war anscheinend selbst für den lobgeilen Kommissaranwärter zu viel, und er zog sich, angeblich in der Absicht, den Bericht über die Spurensuche schreiben zu wollen, zurück.

»Simon soll begreifen, dass nicht der Stall, aus dem man stammt, von Bedeutung ist, sondern allein die Leistung«, schob der Kriminalrat hinterher, was Hella überraschte. Hatte er Simon etwa nicht vor allem deshalb eingestellt, weil er der Sohn eines einflussreichen Kriminalbeamten war? Doch es ergab durchaus Sinn, was er sagte. Lob war die andere Art, Leistungsdruck zu erzeugen.

Senges Dreitagebart und der penetrante Nikotingeruch seines Jacketts sagten Hella allerdings, dass mit dem Kriminalrat etwas nicht stimmte.

»Gibt es noch etwas?«, fragte er, fühlte sich offenbar unter ihrer Beobachtung nicht wohl. »Die Presse ist informiert. Natürlich habe ich keine weiteren Details verlauten lassen. Es versteht sich von selbst, den – sagen wir mal – delikaten Tathergang nicht zur Sprache zu bringen. Einerseits bleibt uns dann die Chance, den Täter mit Insiderwissen in die Falle zu locken, andererseits ist Krenz, wie du ja weißt, ein honoriger Bürger der Stadt. Er verdient es nicht, dermaßen verhöhnt zu werden.«

»Natürlich, Chef.«

Senge hob den Kopf, und ihre Blicke trafen sich. Sie meinte eine gewisse Hilflosigkeit in seinem zu erkennen, etwas lastete auf seiner Seele. Ob es mit den beiden Männern zu tun hatte, die ihn so früh am Morgen in seinem Büro aufgesucht hatten? Eigentlich konnte es nur zwei Gründe geben, dass er mit der Sprache nicht herauskam: Er wollte ihr gegenüber keine Schwäche zugeben, oder er vertraute ihr nicht …

In ihrem Büro wartete Kai Fischbach, den sie mit ein paar Worten in Kenntnis setzte, was Simon und sie in der Wohnung des Mordopfers gefunden hatten.

»Mal wieder das liebe Geld«, war Kais Kommentar.

»Was sonst?«, erwiderte Hella. »Womit wir wieder bei der Familie sind. Was konntest du von Vincent Krenz erfahren?«

Statt zu antworten, warf Kai einen Blick auf seine Armbanduhr. »Ist es nicht längst Zeit für einen kleinen Imbiss?«

Wieso konnte dieser Mann alles in sich hineinstopfen, ohne ein Kilo zuzunehmen, dachte Hella nicht ohne Neid. Sie wollte passend darauf erwidern, doch er hob die Hand und gebot ihr zu schweigen.

»Bitte vergiss niemals: Ohne etwas im Magen kann der Ermittler nicht ermitteln!«

Sie verließen das Kommissariat und landeten beim Chinesen. Der Platz hinter dem Aquarium hatte sich für vertrauliche Dienstgespräche bewährt. Nur die glupschäugigen Schleierschwänze hinterm Glas waren Zeuge, doch auf die war Verlass, sie hielten dicht.

»Wie alle Krenz-Kinder sollte Vincent zuerst eine Bäckerlehre durchlaufen, doch er litt unter Mehlstauballergie«, begann Kai.

»Das war offenbar sein Glück ...«

»Ja, so ähnlich hat er sich auch ausgedrückt. Aber sein Vater tat seine Bewunderung fürs Theater als Spinnerei ab und bestand darauf, dass er Einzelhandelskaufmann lernen sollte. Als Vincent dann lieber eine Stelle als Beleuchter am Staatstheater annahm, verbot ihm Bertold aus Wut sogar das Haus. Später, nachdem die Ehe seiner Eltern auseinandergegangen war, sei Vincent ihm nur selten begegnet. Bei einer dieser Gelegenheiten eröffnete ihm sein Vater angeblich, dass er aus dem Erbe über den Pflichtanteil hinaus nichts zu erwarten habe. Sein Vater würde nur denen etwas hinterlassen, die sich im Leben mit sinnvoller Arbeit nützlich machten.«

»Vincent wusste also bereits, dass er von dem Senior nichts zu erwarten hatte.«

»Offenbar ja. Und es scheint ihn nicht weiter zu stören.«

»Also fehlt ein schlüssiges Mordmotiv«, folgerte Hella. »Doch sein Alibi musst du in jedem Fall überprüfen.«

Noch bevor Hella den Tagesspruch aus dem Glückskeks lesen konnte, meldete sich ihr Handy. Sie stellte den Lautsprecher an. Kollege Lenz von der KTU wartete mit ersten Ergebnissen auf. »Hinter dem Mauervorsprung neben der Seitentür der Bäckereifiliale konnten wir Blutspuren sicherstellen, die eindeutig dem Opfer zuzuordnen sind. Hier fand offenbar ein kurzer Kampf auf Leben und Tod statt. Schleifspuren bis in die Backstube. Eine Tatwaffe fand sich nicht. Es ist auch nicht viel Blut geflossen. Verwertbare Fingerabdrücke wurden nicht hinterlassen, weder vom Opfer noch vom Täter. Die Backstube wies zahlreiche Fingerabdrücke des Bäckergesellen auf, ansonsten nichts Auffälliges, ausgenommen natürlich die Leiche im Ofen, dazu ein paar verbrannte Teigreste.«

»Und keinerlei Fingerabdrücke auf der Kleidung des Toten?«, wollte Hella wissen.

»Nein, nur wenige von Bertold Krenz selbst.«

»Der Täter hat also Handschuhe getragen …«

»Oder es war tatsächlich der Bäckergeselle …«

Aber Hamoudis Fingerabdrücke erklärten sich allein daraus, dass er mit Krenz am Tatort zum Testbacken verabredet war. Und warum sollte er dann die Polizei rufen? Außerdem hatte der alte Krenz offenbar eine gute Beziehung zu ihm und seiner Familie. »Seid ihr auch in der Wohnung von Krenz gewesen?«, fragte sie weiter.

»In der Wohnung Bismarckstraße gab es wenig Auffälligkeiten, nur Fingerabdrücke des Opfers. Allerdings sah sie nicht besonders einladend aus. Krenz hatte offenbar nie Besuch, nicht einmal von der Putzfrau. Den schimmligen Inhalt im Kühlschrank haben wir entsorgt. Die Akten auf dem Schreibtisch und im Schrank haben wir nicht angerührt, sicher wollen Sie noch genauer Einsicht nehmen.«

»Danke euch«, erwiderte sie und beendete das Gespräch. Die Ausbeute war jedoch kaum befriedigend, und so wie es aussah, waren sie über die erste Routine nicht hinausgekommen. Den Blick, den sie Kai zuwarf, verstand er sofort.

»Wir müssen den Ermittlungsradius erweitern. Da sind zuerst die engsten Mitarbeiter von Krenz. Wer ist in letzter Zeit mit dem Chef aneinandergeraten? Alte Feinde, neue Feinde. Wenn nötig, wird es dir nicht erspart bleiben, die Filialen abzuklappern. Frag in der Personalabteilung nach, die werden dir helfen.«

Kai seufzte.

»Und nimm Simon mit, der hat gerade ein Hoch.« Das Lächeln auf Kais Gesicht verriet ihr, dass ihm nicht verborgen geblieben war, wie sie versuchte, sich bei jeder Gelegenheit den jungen Kollegen vom Hals zu schaffen.

Dreizehn Uhr achtundfünfzig. Auf dem Parkplatz des Kommissariats trennte sich Hella von Kai und stieg in ihren Einsatzwagen. Für sie stand der wichtigste Termin des Tages an, jemand in der Gerichtsmedizin wartete auf sie. Seit dem brutalen Überfall auf das Café Sunshine, den Daniela Weinreb gerade so überlebt hatte, waren sie beste Freundinnen. Allerdings sahen sie sich privat kaum, denn ihr Beruf nahm sie zu sehr ein.

Obwohl es längst nichts mehr Neues für sie war, wurde Hella immer flau im Magen, wenn sie den langen, bis zur Decke gefliesten Gang passieren musste, diesen Tunnel ins Reich der Toten.

Als sie die schwere Tür öffnete, gab diese den Blick frei auf die Hohepriesterin der Obduktion bei der Arbeit, in Händen ihr blitzendes Werkzeug aus Edelstahl. Im Hintergrund sang die Piaf ihr »Non, je ne regrette rien«.

»Hast du schon gegessen?«, rief Daniela ihr zu. »Ich muss nur noch diesen namenlosen armen Teufel bedienen, dann habe ich Mittagspause.«

»Sei mir nicht böse, aber mir läuft die Zeit davon. Vielleicht auf einen Kaffee«, erwiderte Hella. Nach der Besichtigung von Krenz' Leiche würde sie den wahrscheinlich auch dringend nötig haben.

Das, was sie dann sah, übertraf allerdings ihre Erwartungen. Allein das Grinsen des von goldgelber Lederhaut überzogenen Schädels drehte ihr den Magen um.

»So also sieht ein Mensch aus, der wie ein Brot gebacken wurde. Auch für mich eine neue Erfahrung«, begann Danielas Bericht. »Das Opfer ist aber nicht lebendig in den Ofen geschoben worden, sondern war bereits tot, worauf das Loch am Hinterkopf schließen lässt. Für den Schlag ist ein stumpfer Gegenstand verwendet worden, vermutlich ein Knüppel oder Ähnliches. Andere Spuren, zum Beispiel Kampfspuren, konnte ich nicht feststellen.«

»Wahrscheinlich ist Krenz überrascht worden. Fragt sich, wann genau er ermordet wurde.«

»Das lässt sich wirklich nicht mehr sagen, aber ich vermute, kurz bevor er in den Ofen gesteckt wurde.«

»Das heißt Zeitpunkt des Auffindens minus Backzeit minus kaum mehr als eine Stunde.«

»Würde ich auch sagen.«

»Danke dir, Daniela. Ich fürchte, wir müssen den Kaffee verschieben. Die Kollegen brauchen mich jetzt.«

Per Handy bestellte sie Kai und Simon ins Kommissariat, um mit ihrer Hilfe die Todesnacht von Bertold Krenz zu rekonstruieren.

Als Hella im Kommissariat eingetroffen war, begaben sie sich zu dritt in Senges Büro, der mit erwartungsvoller Miene hinter seinem Schreibtisch saß.

»Ich hoffe, es gibt erste Erfolge zu vermelden, Kollegen. Der Chefredakteur der BZ selbst hat sich bei mir gemeldet. Hella, würdest du bitte?« Er erhob sich, reichte ihr einen Filzschreiber und wies auf das Ding hin, das in der Mitte des Raumes stand. Kai sah ihn etwas verwundert an.

»Ja, ein neuer Flipchart, Kollegen«, erwiderte Senge, der offenbar mit mehr Begeisterung gerechnet hatte. »Er ist deutlich größer als der alte, ideal für komplizierte Fälle. Auf diese Weise lassen sich die Zusammenhänge besser auf den Punkt bringen. Und daran hapert es doch oft, nicht wahr?« Seine Stimme enthielt eine Schärfe, die Hella die Röte ins Gesicht trieb, aber weder sie noch Kai und Simon wussten anscheinend, womit sie das verdient hatten. Hella zog die Kappe vom Stift, schrieb den Namen Bertold Krenz in die Mitte des Papierbogens und umkreiste ihn gleich doppelt. Das schien Senge zu gefallen. Er setzte sich wieder hinter seinen Schreibtisch und griente zufrieden. »Also, wie lief der letzte Abend des Opfers ab?«

»Wir gehen von einem Mord aus, da die Tat eindeutig Spuren von Planung aufweist«, begann Hella. »Wann und von wem Krenz senior an dem Abend zum letzten Mal gesehen wurde, haben heute die Kollegen ermittelt.« Sie nickte Kai zu.

»Wir konnten in der Backzentrale der Firma Krenz in Wenden, wo sich auch die Verwaltung und das Personalbüro befinden, den neuen Geschäftsführer Armin Krenz, Sohn des Opfers, ein zweites Mal befragen«, fuhr Kai Fischbach im Stil eines offiziellen Berichts fort.

»Gut, gut«, drängte Senge. »Was hat er gesagt?«

»Er hat seinen Vater noch gegen neunzehn Uhr in dessen Büro gesehen, kurz bevor er die Firma verlassen habe, um sich, wie jeden Donnerstag, mit seinen Freunden vom Stadtrat zum Stammtisch zu treffen. Die Sekretärin kann das bestätigen, sie bezeugt auch, dass Armin Krenz noch in seinem Büro war, als sie ging. Er würde manchmal bis in die Nacht Papierkram erledigen.«

»Das schließt Armin Krenz als Täter aber nicht aus ...«

»Mir gegenüber hat er behauptet, dass er sich an dem Abend direkt in seine Wohnung begeben habe und bereits gegen zehn zu Bett gegangen sei. Er hat gut mit seinem Vater zusammengearbeitet, nichts spricht also dagegen, dass es genau so war«, ergänzte Hella.

»Fragt sich, was nach dem Stammtisch passierte. Habt ihr Zeugen befragt, ob Bertold Krenz überhaupt dort gewesen ist?«

»Ich habe mit Stadtrat Willumeit telefoniert, der bestätigte, dass Krenz senior gegen acht Uhr erschienen und um kurz nach zehn gegangen sei. Angeblich wollte er sich noch etwas aufs Ohr legen, bevor er sich in seine Experimentierküche begab«, antwortete Kai.

»Es war also bekannt, dass er Donnerstagnacht bis in den nächsten Morgen neue Rezepte ausprobierte? Seltsame Zeit«, ließ der Kriminalrat nicht locker.

Hella wollte darauf antworten, aber Simon war schneller. »Ja, es war bekannt. Vor drei Wochen erschien sogar ein Artikel über Krenz in der Braunschweiger Zeitung. In der Serie werden verdiente Braunschweiger Bürger vorgestellt. Da wurde erwähnt, dass er nachts neue Rezepte ausprobierte, weil er tagsüber dafür kaum Zeit fand. Und zwar jeden zweiten Donnerstag im Monat.«

»Sehr gut. Wie mir scheint, ist unser Simon bereits nach kurzer Zeit unverzichtbar im Team geworden«, kam von Senge eine erneute Lobeshymne.

Hella warf Kai einen Blick zu, den er mit einem Augenrollen quittierte. »Aber wann genau Krenz an der Bäckerfiliale am Ziegenmarkt erschienen ist, war nicht festzustellen«, übernahm sie wieder. »Frau Dr. Weinreb von der Gerichtsmedizin hat uns da geholfen. Man könne eine einfache Rechnung aufstellen, meinte sie. Die Fundzeit, minus die Backzeit, die seit etwa zwanzig Minuten abgelaufen war, minus eine halbe bis eine Stunde für den Mord und die weiteren Vorgänge in der Backstube. Das ergebe etwa den Zeitpunkt der Tat. Der dürfte dann etwa ein Uhr nachts gewesen sein.«

»Gute Arbeit, Kollegen. Schon eine Spur zum Täter?«

»Obwohl laut der Zeugenaussagen Krenz senior offenbar ein ziemlicher Tyrann gewesen sein soll, schienen sich alle mit ihrer Rolle abgefunden zu haben. Vincent, der jüngere Sohn, mied den Vater, und Armin arrangierte sich mit ihm. Beide haben also kein erkennbares Motiv für einen Mord. Elisabeth Krenz hatte keinen Kontakt mehr zu ihrem Mann, wurde aber offenbar finanziell großzügig versorgt. Die Tochter scheint alkoholkrank zu sein, lebt dennoch in besten Verhältnissen. Ihr ist kaum zuzutrauen, ihren Vater mit einem Knüppel erschlagen zu haben. Sie war auch die Einzige, die in Tränen ausbrach, als sie von seinem Tod erfuhr.«

»Also tappen wir noch im Dunkeln. Hier ist jetzt akribische Polizeiarbeit gefragt, das brauche ich nicht zu betonen«, schloss Senge die Besprechung. »Da muss man in die Tiefe gehen.«

In die Tiefe gehen ... Dieser dämliche Spruch konnte nur von Senge kommen, dachte Hella. Sie schickte Simon einen Blick, der sagte: Noch ein Wort von dir und es gibt einen weiteren Mord. Dann reichte sie dem Kriminalrat den Filzschreiber mit einem freundlichen Lächeln. Mehr als den Namen des Opfers hatte sie nicht auf den Flipchart geschrieben.

4

Sechzehn Uhr dreiundzwanzig. Was sollte diese Litanei, fragte sich Hella. Und dann diese Inszenierung mit dem Flipchart. Als wären sie Polizeischüler. Was war nur los mit Senge? Sie wusste selbst, was sie zu tun hatte. »Wir sollten der Witwe noch heute einen zweiten Besuch abstatten«, ließ sie Kai wissen. »Selbst wenn sie es nicht gewesen ist, kennt sie die Familienverhältnisse vermutlich am besten.«

»Vielleicht weiß sie auch, was es mit dieser ominösen Stiftung auf sich hat«, kam vom Kollegen.

»Die finanziellen Verhältnisse der Familie nicht zu vergessen. Aber um die genauer zu überprüfen, dürfte es heute wohl zu spät sein. Die Banken haben bereits geschlossen.«

»Schon erledigt«, erwiderte Kai und zwinkerte ihr zu. »Dazu braucht man keinen Flipchart. Ein Blick in die Geschäftskonten genügt. Elisabeth Krenz erhält jeden Monat einen Betrag von dreitausend Euro und Gewinnzulagen als Gesellschafterin, Armin sein Gehalt als stellvertretender Geschäftsführer und Anneke ihren Anteil als Gesellschafterin. Von einer Änderung des Testaments ließ Krenz senior nichts verlauten. Nur die Sekretärin äußerte, dass ihr Chef offenbar für die Zukunft ganz neue Pläne hatte. Aber welche genau, habe er ihr nicht verraten.«

Das große Holztor des alten Bauernhofs stand offen, als sie in Querum ankamen. Die Hausherrin war damit beschäftigt, Stiefmütterchen in die beiden Blumenkübel vor der Eingangstür zu pflanzen. Auf den Fensterbänken saßen drei

Katzen, die ihre Augen wie Suchscheinwerfer auf sie richteten. Ein großer Hund mit grauer Schnauze, der neben Elisabeth Krenz lag und nur drei Beine hatte, erhob sich schwerfällig und kam ihnen bis auf zwei Meter entgegen, dann blieb er stehen, zog die Lefzen hoch und knurrte.

»Macho ist blind, er knurrt alles an, weil er Angst hat, aber er tut nichts. Man hat ihm einmal übel mitgespielt, wissen Sie? – Ist gut, Macho! Die tun nichts, das sind nur Polizisten.«

Offenbar hatte Macho verstanden, er legte die Ohren an, machte kehrt und ging mit einem Stöhnen vor dem Blumenkübel wieder in die Knie.

»Wir haben noch ein paar Fragen, Frau Krenz, es wird nicht lange dauern«, erwiderte Kai, worauf ihn Elisabeth Krenz anschaute, als wollte sie sagen: »Ihr verschwendet hoffnungslos eure und meine Zeit.«

Nachdem die Witwe sie in die Stube geführt und ihnen Kaffee gekocht hatte, setzte sie sich zu ihnen an den Tisch. »Also, was kann ich für Sie tun?«

»Sie haben drei Kinder von Ihrem Mann. Bestimmt hatten Sie auch gute Zeiten mit ihm, oder?«, ließ sich Hella nicht lange bitten.

Elisabeth Krenz nahm bedächtig einen Schluck aus ihrer Tasse und schien ihre Worte abzuwägen. »Bertold war ein humorvoller Mann, als ich ihn kennenlernte, fleißig, wie ein Bäcker sein muss, und er wollte etwas erreichen. Für mich passte das zusammen. Ich liebte ihn, mehr noch respektierte ich ihn. Dass sein Ehrgeiz krankhaft war und er nicht genug kriegen konnte, stellte sich erst im Lauf der Jahre heraus. Anfangs war er liebevoll, auch als Vater. Sein Augenstern war Anneke, seine Tochter. Den Jungen gegenüber war er weniger gnädig, aber er versuchte, gerecht zu sein. Es änderte sich alles, als Anneke sich mit einem Taugenichts – wie er ihn nannte – abgab. Er war Student und wollte vom Handwerk nichts wissen. Anneke hörte nicht auf ihren Vater und hielt an ihm fest. Prompt wurde sie von ihm schwanger, und Bertolds Meinung bestätigte sich voll und ganz: Er machte sich aus dem Staub und tauchte nie mehr auf.«

»Und Ihr Mann konnte es seinem Lieblingskind nicht verzeihen?«, fragte Hella.

»Nein, er hat es ihr nie verziehen. Als es nach der Abtreibung zu Komplikationen kam, besuchte er sie nicht einmal im Krankenhaus. Während dieser Zeit veränderte sich Bertold völlig. Er vergrub sich in die Arbeit, unsere Ehe bestand nur noch auf dem Papier.«

»Aber Anneke geht es heute gut, oder?«

»Nach der Abtreibung war auch sie nicht mehr die Alte. Sie begann zu trinken. Bertold hätte das so einfach beenden können. Er hätte ihr nur verzeihen müssen ...« Elisabeth Krenz hielt kurz inne. Offenbar gingen die Geschehnisse doch nicht so spurlos an ihr vorüber, wie es anfangs gewirkt hatte. Ihre Stimme war leiser geworden. »Klaas hat Anneke dann sozusagen gerettet. Er war der Versicherungsmakler meines Mannes, so haben sie sich kennengelernt. Anneke und er heirateten, und er kümmert sich vorbildlich um sie, seit sie nach der Fehlgeburt ihrer Tochter wieder rückfällig geworden ist.«

»Hat Ihr Mann mit Ihnen über das Vorhaben einer Stiftung gesprochen?«, fragte jetzt Kai.

Die Witwe legte eine Überraschung an den Tag, die kaum gespielt sein konnte. »Nein, davon weiß ich nichts.«

»Wir haben in seiner Wohnung Unterlagen gefunden, die diese Pläne bestätigen.«

»Vielleicht war jemand in der Familie damit nicht einverstanden und fürchtete um sein Erbe. Und dass Ihr Mann kurz vor seiner Ermordung einen Notartermin anberaumt hat, gibt uns natürlich zu denken«, fuhr Hella fort.

»Ich kann Ihnen da nicht weiterhelfen. Sprechen Sie mit Armin und Klaas.«

Plötzlich wurde die Witwe ziemlich einsilbig, und Hella beendete die Befragung.

»Nach der Reaktion von Elisabeth Krenz zu urteilen, scheint sie von einer Stiftung wirklich nichts gewusst zu haben. Für mich kommt sie als Täterin nicht in Betracht«, meinte Kai auf dem Weg zu den Burmanns.

»Das schließt allerdings nicht aus, dass sie weiß, wer es ist«, erwiderte Hella. Innerhalb der Familie hatte offenbar jeder seinen Platz gefunden und leckte seine Wunden, dachte sie. Auch eine Art Frieden. Aber dass Bertold Krenz angeblich niemandem etwas von seinem Vorhaben erzählt hatte, warf die Vermutung auf, dass sich so mancher die Augen reiben würde.

Der Nachmittag ging bereits in die Dämmerung über, und die Straßen glänzten vom Regen. Keine fünfzehn Minuten später öffnete ihnen Klaas Burmann die Tür seines Hauses.

In Rollkragenpulli und Jeans wirkte er um einige Jahre jünger als im Smoking. Man sah seinem Gesichtsausdruck an, dass er über ihren Besuch nicht gerade begeistert war, doch er überspielte es mit der professionellen Freundlichkeit, die er als Versicherungsmakler gelernt hatte.

»Wir haben Sie früher erwartet. Ich bin allein hier«, waren seine ersten Worte. »Meine Frau ist jetzt in der Therapiestunde.«

Auf Hellas Erwiderung, dass ihr Besuch vor allem ihm gelten würde, führte er sie in das weitläufige Wohnzimmer.

»Ein schönes Haus haben Sie. Nahe der Stadt und doch im Grünen. Muss eine Stange Geld gekostet haben«, versuchte es Kai auf die joviale Art.

»Ja, das kann man sagen.«

»Die Geschäfte laufen wahrscheinlich dementsprechend«, fuhr Hella fort, und ihr entging nicht, dass Klaas Burmann den direkten Blickkontakt vermied.

»Ja, Versicherungsmakler ist ein harter Job, und jeder Stein dieses Hauses ist mit Schweiß verdient.« Burmann wirkte etwas ungeduldig und klang fast trotzig, als müsste er sich verteidigen. Wahrscheinlich hing es mit dem Image des Berufes zusammen, das noch nie das beste gewesen war.

»Aber es lohnt sich, schließlich werden auch Ihre Kinder hier aufwachsen …«, versuchte Kai weiter, Burmann in ein Gespräch zu verwickeln.

Die Bemerkung musste den Versicherungsmakler treffen, nach all dem, was er und seine Frau durchgemacht hatten. Aber er ließ sich zunächst nichts anmerken und bot ihnen Platz auf den Ledersesseln vor dem offenen Kamin an. »Leider kann Anneke nach einer Fehlgeburt keine Kinder mehr bekommen …« Jetzt bebte seine Stimme.

»Das muss nicht leicht für Sie sein. Zumal Ihre Frau, wie wir von ihrer Mutter wissen, spezielle Probleme hat …«

»Ja, Anneke ist Alkoholikerin, aber was hat das alles mit dem Tod meines Schwiegervaters zu tun?« Seine Ungeduld hatte sich gesteigert, er wirkte jetzt fast aufgebracht.

»Es geht um Mord, Herr Burmann, und da müssen wir uns ein umfassendes Bild machen«, kam von Hella die Standardantwort. »Bitte schildern Sie uns den genauen Verlauf des gestrigen Abends.«

Der Zeuge sah anscheinend ein, dass er der Befragung nicht aus dem Weg gehen konnte. »Wie ich bereits sagte, besuchte ich den Kongress der freien Versicherungsmakler in Hannover und anschließend den Empfang mit dem üblichen Brimborium.«

»Brimborium?«

»Jahresbericht, Wahlen zum Vorstand, Verleihung der Auszeichnungen, Laser-Show, das Übliche eben.«

»Sind Sie bis zum Schluss der Veranstaltung geblieben?«

Burmann zögerte einen Augenblick.

»Gehen Sie davon aus, dass wir Ihre Angaben bis ins Kleinste überprüfen«, schob Kai hinterher, was seine Wirkung nicht verfehlte.

»Nein, ich bin gegen elf gegangen«, kam Burmann nach kurzer Überlegung mit der Sprache heraus.

Zeit genug, um noch einen Abstecher zum Ziegenmarkt in der Braunschweiger Innenstadt zu machen, dachte Hella.

»Aber Sie kamen erst am Morgen hier an. Das können selbst wir bezeugen. Wo waren Sie in der Zwischenzeit?«

»Bin ich jetzt etwa tatverdächtig?«

»Noch sind Sie Zeuge, Herr Burmann. Bitte schildern Sie uns einfach nur den Ablauf Ihres Abends und der Nacht«, versuchte Kai, ihn zu beruhigen.

Burmann griff nach der Schachtel, die neben dem Aschenbecher auf dem Glastisch lag, und zündete sich eine Zigarette an. Ein tiefer Lungenzug beruhigte ihn anscheinend nur vorübergehend. »Es stimmt, ich fuhr nicht gleich nach Hause. Ich machte noch einen Abstecher ... Hören Sie, Anneke darf davon nichts wissen. Ihre Nerven – sie ist sehr labil. Sie würde wieder zusammenklappen, wenn sie davon erführe.« Seine Verzweiflung wirkte überzeugend.

»Es ist also eine andere Frau?«

Er antwortete nicht.

»Wir brauchen den Namen, Herr Burmann.«

»Und wenn ich Ihnen den verweigere?«

»Dann haben Sie kein Alibi für die Tatzeit, und wir müssen annehmen, dass Sie mit dem Mord an Bertold Krenz in Verbindung stehen.«

Burmann zog an seiner Zigarette. »Es ist eine Kundin, und sie ist verheiratet. Wenn das auffliegt, kommen wir beide in größte Schwierigkeiten.«

»Wir können nichts versprechen, aber wir werden unser Möglichstes tun, um die Sache diskret zu behandeln, wenn Sie kooperieren. Also, wie ist ihr Name?«

Achtzehn Uhr dreiundvierzig. Ein dunkles Wolkengebirge erhob sich am Himmel, die Straßenbeleuchtung spiegelte sich im Asphalt.

»Ich habe das Gefühl, dass der Mann uns längst nicht über alles informiert hat, was am Abend vorgefallen ist«, sagte Kai auf der Rückfahrt ins Kommissariat. »Er wirkte ausgesprochen nervös. Warum, frage ich dich, wenn er mit dem Mord nichts zu tun hat?«

»Wir sollten schnellstens sein Alibi und die Bonität seiner Versicherungsagentur überprüfen. Dann wissen wir ganz sicher mehr«, erwiderte Hella.

»Aber für heute ist Feierabend.«

Kais Blick drückte unmissverständlich aus: bis hierhin und nicht weiter. Immerhin waren sie seit zwanzig Stunden im Dienst.

»Okay, Kai, danke dir.« Doch als Hella am Parkplatz vor dem Kommissariat aus dem blauen Einsatzwagen stieg, war ihr klar, dass dieser Tag für sie noch nicht endete.

Seit sie ihren silbergrauen Colt besaß, war Hella unabhängig, auch wenn sie die morgendliche Tour mit dem Bus entlang des östlichen Rings vermisste, derweil sie ihren Gedanken nachgehen konnte, ohne auf den Straßenverkehr achten zu müssen. Bei Regen war sie mit dem eigenen Wagen allerdings eindeutig im Vorteil.

Nachdem sie sich von Kai getrennt hatte, fuhr sie in Richtung Museumsviertel. Sie konnte diesen Tag unmöglich abschließen, ohne einen genaueren Blick in die Akten des Mordopfers geworfen zu haben. Sie hoffte, weitere Unterlagen zu finden, die mit der geplanten Stiftung in Zusammenhang standen und weder Steuerberater noch Notar je zu Gesicht bekommen hatten.

Den Weg in die Bismarckstraße fand sie auch ohne Navi und parkte den Wagen nicht weit von der Wohnung des Mordopfers am Seitenstreifen. Einen Moment hielt sie inne, um durchzuatmen. Der Tag war verdammt anstrengend gewesen. Als sie den Zündschlüssel herausziehen wollte, blitzte im Scheinwerferlicht eines vorbeifahrenden Autos von der gegenüberliegenden Straßenseite eine Hausnummer auf. Die Vierzig. Eine Zahl wie jede andere? Nein, jedenfalls nicht für sie. Sie hatte versucht, die Vierzig zu verdrängen, so wie sie es oft versuchte, wenn sich ihr etwas in den Weg stellte, und sie wusste auch, dass sich dadurch nichts ändern würde.

Das Haus auf der gegenüberliegenden Straßenseite lag wieder im Schatten. Hella atmete auf, doch ihr Herzschlag beruhigte sich nicht so schnell. Sie öffnete die Wagentür und spürte den kalten Wind auf ihrem Gesicht. Die jetzt auf sie eindringenden Gedanken waren nicht zu bremsen, sie gab sich gar nicht erst Mühe. Arbeitete sie nicht jeden Tag bis zum Umfallen, weil sie vor dem Abend Angst hatte, dem endlosen Abend allein? Beneidete sie nicht Kai, der vor Jahren seine Sandra gefunden, mit ihr eine Familie gegründet hatte, obwohl er wie sie einen Beruf hatte, der vierundzwanzig Stunden Bereitschaft forderte? Er hatte es trotzdem geschafft. Und was hatte sie erreicht?

Eigentlich gab es keinen Grund für Einsamkeit, sie konnte sich mit Daniela verabreden, und die Tür von Christos' Taverne stand ihr jederzeit offen. Der Neffe ihrer verstorbenen Mutter gab ihr immer das Gefühl, willkommen zu sein, ein Zuhause zu haben. Aber es war nicht das Zuhause, wonach sie sich sehnte. Und diese Sehnsucht überfiel sie in letzter Zeit immer öfter. Sie spürte, wie ihre Gedanken gefährlich abdrifteten, ohne dass sie etwas dagegen tun konnte. Sie wusste auch, wo sie hinführten, und doch folgte sie ihnen. Am Ende des Wegs stand sie vor ... Sie hatte immer wieder versucht, seinen Namen und seine Stimme aus ihrem Gedächtnis zu löschen, aber die Vierzig an der Hauswand gegenüber hatte sie wieder an ihre Vergangenheit erinnert und an einen Namen: Billy. Musste sie sich endlich eingestehen, dass sie ihn vermisste?

Der Altbau roch nach Moder und hatte keinen Aufzug. Hella verstand nicht, warum der alte Krenz so ganz auf Luxus verzichtete. Er hätte sich doch alle Annehmlichkeiten leisten können, soweit ihre bisherigen Recherchen ergaben. Vielleicht hatte es etwas mit seiner einfachen Herkunft zu tun. Vielleicht war er nur hinter dem Geld her gewesen, weil er zu denen gehören wollte, die welches hatten, um mitreden zu können.

Sie stieg bis unter das Dach. Als sie vor Krenz' Wohnungstür stand, war das Polizeisiegel bereits durchtrennt. In dem Augenblick erlosch das Flurlicht. Die Tür war nur angelehnt, und ein Lichtstreifen, der aus der Wohnung kam, war zu sehen. Jemand musste sich darin aufhalten. Derjenige wusste zweifellos, dass es strafbar war, was er machte ...

Sollte sie es riskieren, allein hineinzugehen? Es könnte zu Handgreiflichkeiten kommen, und ihre Dienstwaffe lag im Kommissariat.

Doch Hella hatte die Wohnung bereits betreten. Aus dem Wohnzimmer drangen Geräusche. Derjenige, der sich dort aufhielt, fühlte sich offenbar sicher und rechnete nicht mit einer Kontrolle zu dieser Zeit. Sie schob die Zimmertür auf. Ein Gesicht mit einem entsetzten Ausdruck starrte sie an.

»Frau Budde?«, entfuhr es Armin Krenz. Er saß am Schreibtisch inmitten eines Haufens von Akten.

»Auch Sie sollten wissen, dass es verboten ist, unerlaubt ein Polizeisiegel zu zerreißen?«

Sein nervöses Augenlid zuckte ohne Unterbrechung. »Was soll ich sagen?«

»Am besten erzählen Sie mir, was Sie hier genau suchen.«

Der Überraschungseffekt hatte Krenz sichtlich aus dem Konzept gebracht.

»Ich ... Ich habe nach Unterlagen gesucht, die für mich wichtig sind.«

»Welche Unterlagen?«

»Geschäftsunterlagen.«

»Liegen die nicht alle in der Zentrale? Darauf haben Sie doch jederzeit Zugriff.«

»Das schon, aber ...«

»Oder haben Sie nach einem Testament gesucht? Einem neuen Testament, das Ihnen im letzten Augenblick noch einen Strich durch die Rechnung machen könnte? Denn schließlich gilt immer das letzte auffindbare Testament, ob es beim Notar liegt oder nicht.«

Anscheinend erkannte er, dass es klüger war, offen zu reden. »Mein Vater machte in den Wochen vor seinem Tod öfter seltsame Bemerkungen. Und als ich hörte, dass er vorhatte, eine Stiftung zu gründen, bekam ich Angst, dass er auch sein Testament geändert haben könnte.«

»Da wollten Sie es besser noch schnell aus dem Verkehr ziehen ... Ist Ihnen klar, dass Sie Verdacht auf sich gelenkt haben, Herr Krenz? Gehen Sie davon aus, dass wir die Akten Ihres Vaters jetzt umso genauer prüfen werden.«

5

Samstag, der zweite Ermittlungstag stand an. Wieder hatte Hella nur ein paar Stunden geschlafen. Am Abend zuvor war sie bis nach zwölf in der Wohnung des Mordopfers geblieben, um in den Akten zu stöbern. Den eingeschüchterten Armin Krenz hatte sie mit einer Verwarnung und der Aufforderung ziehen lassen, sich zur Verfügung zu halten.

»Aus der weiteren Sichtung der Akten geht hervor, dass Bertold Krenz plante, sein ganzes persönliches Vermögen, Sparkonten und Aktienbesitz in eine Stiftung für die Krebsforschung einzubringen«, begann sie jetzt ihren Morgenbericht in Senges Büro. Zuvor hatten bereits Kai und Simon festgestellt, dass bei der Befragung der Belegschaft niemand gewagt habe, etwas Schlechtes über ihren ehemaligen Chef zu äußern. »Auch seine Immobilien sollten verkauft werden und die Erträge dort einfließen, es handelt sich um Millionenwerte. Seine Frau sollte weiterhin mit einer Leibrente bedacht werden, auch seine Tochter hat er versorgt. Der jüngere Sohn, Vincent, wäre wie erwartet über seinen Pflichtteil nicht hinausgekommen. Der ältere hätte zwar die alleinige Geschäftsführung der Firma erhalten, aber ansonsten auch nicht mehr als seinen Pflichtteil.«

»Und was wäre mit Krenz selbst geschehen, nachdem er sein ganzes Vermögen in eine Stiftung überführt hätte?«, fragte Senge.

»Die Gründung der Stiftung sollte erst in Jahresfrist erfolgen. Bis dahin hätte er die Firma vermutlich noch geleitet.«

Kai räusperte sich. »In letzter Zeit häuften sich bei ihm Arzttermine, wie seinem Terminkalender in der Firma zu entnehmen ist. Vielleicht hatte er selbst …«

»Gute Arbeit«, fiel ihm der Kriminalrat ins Wort. »Bitte den Arzt kontaktieren, um zu überprüfen, ob er selbst krebskrank war. Ich halte also fest: Ein Motiv, den Vater daran zu hindern, sein Vorhaben umzusetzen, haben zweifellos die beiden Söhne, die nur mit dem Pflichtteil abgespeist werden sollten, auch wenn der jeweils ziemlich stattlich ausgefallen wäre, wenn ich das richtig sehe.« Er warf Hella einen fragenden Blick zu.

Sie nickte. Aber das war nicht alles, was sie zu berichten hatte. »Darüber hinaus hat Krenz ein Schwarzbuch geführt, das ich gestern in seinem Aktenschrank gefunden habe. Eine Liste mit Namen und daneben teilweise beachtliche Geldbeträge.«

»Sehr gut, und wer sind diese Leute?«, fragte der Kriminalrat.

»Das müsste bis auf einen noch ermittelt werden …«

»Na, das ist doch eine Aufgabe für unseren Kommissaranwärter«, wandte Senge sich an Simon. »Kollege Fischbach wird ihn sicher dabei unterstützen, nicht wahr?«

Was sollte das nun wieder, dachte Hella. Seit wann teilte Ludger ihre Mitarbeiter ein? Schließlich leitete sie die Ermittlungen. Aber sie hielt sich zurück und ignorierte, was sie gehört hatte. »Ein Name taucht auf der Liste auf, der mir sofort aufgefallen ist«, fuhr sie in sachlichem Ton fort. »Klaas Burmann, der Schwiegersohn von Bertold Krenz. Offenbar hat er sich von ihm immer wieder Geld geliehen.«

»Wenn das kein Indiz ist. Also, worauf wartet ihr noch? An die Arbeit!«

Kai nahm von Hella die Namensliste entgegen und trollte sich mit Simon.

»Ludger, ich muss mit dir sprechen«, wandte sich Hella an den Kriminalrat, als sich die Tür hinter den Kollegen schloss. »So geht das nicht. Ich habe fast den Eindruck, dass du ganz bewusst versuchst, meine Autorität vor den Kollegen zu untergraben.«

Er schaute sie an wie ein trauriger Hund. »Entschuldige, Hella, das ist ein Missverständnis. Ich will euch doch nur motivieren. Wir stehen unter großem Druck, das weißt du doch.«

»Aber wie ich meine Leute einsetze, musst du schon mir überlassen.«

»Natürlich, natürlich ...«

»Stimmt etwas nicht mit dir, Ludger? Gibt es Probleme? Druck von oben oder privat?«

Er hielt ihrem Blick nicht stand und wandte sich ab. Wenn es sich um ein privates Problem handelte, hätte sie Verständnis, dass er schwieg. Aber allmählich behinderte dieses Problem ihre Arbeit.

»Du kannst mir nicht helfen, Hella, glaub mir«, klang er plötzlich ziemlich elend. »Und ich will euch nicht ...«

Offenbar ging es tiefer, und so wie es schien, hatte er nicht einmal Vertrauen zu ihr. In dem Fall konnte sie tatsächlich nichts ausrichten. »Also dann, bis später, Chef«, schnitt sie ihm ziemlich scharf das Wort ab, drehte sich um und verließ das Büro.

Die Aufgabe, die Namensliste im Schwarzbuch durchzugehen, hatte Hella schließlich dem Kollegen Kai Fischbach überantwortet. Wie sich herausstellte, fanden sich auch Persönlichkeiten aus Politik und Wirtschaft darunter. Es gehörte Fingerspitzengefühl und Erfahrung dazu, am Telefon möglichst schnell und diskret Erkundigungen einzuziehen, und das traute sie eher ihm zu. Da sie aber nicht allein bei den Burmanns erscheinen wollte, nahm sie Simon Pläschke mit, der später beweisen sollte, dass er Berichte schreiben konnte.

Auf der Fahrt durch die Celler Straße in Richtung Hannover schwiegen sie. Das war Hella auch lieber. Für ihren Geschmack nahm sich der Kommissaranwärter in letzter Zeit etwas zu wichtig. Doch das kümmerte den offenbar überhaupt nicht. Warum auch? Schließlich hofierte Senge ihn.

»Ob Krenz die Leute auf der Liste wohl erpresst hat?«, fragte er, ohne dass Hella ihn nach seiner Meinung gefragt hatte.

Zeit, ihm den Kopf zu waschen, dachte sie. Dem Kriminalrat konnte er damit vielleicht imponieren, aber ein Kommissaranwärter sollte zunächst einmal solide Polizeiarbeit leisten, bevor er wild spekulierte und Unschuldige in Verdacht zog.

»Wissen Sie, was Sie da sagen, KA Pläschke?«

Erschrocken fuhr er zusammen.

»Das ist hier kein Ratespiel wie bei Sherlock Holmes. Wir sind im Polizeidienst, jeder Verdacht muss ausreichend begründet sein, bevor man wagt, ihn in den Mund zu nehmen.« Sie trat aufs Gas und überholte das trödelnde Wohnwagengespann vor ihr.

Simon sagte kein Wort mehr. Nach einer Weile tat es ihr leid, ihn so angegangen zu sein. Schließlich hatte er nur ausgesprochen, was ihr selbst seit gestern durch den Kopf ging.

»Sie mögen mich nicht, Chefin, das habe ich von Anfang an bemerkt«, brach er plötzlich das Schweigen, als sie den Norden der Stadt erreicht hatten. Seine Stimme klang fest, und er wirkte keinesfalls aufgebracht. »Das ist Ihr gutes Recht. Sie sind übrigens nicht die Einzige. Mein Vater hat es immer geschafft, dass ich keine Freunde hatte. Bereits in der Schule ging es los, als er sich vor den Eltern und den Lehrern aufgespielt hat. Niemand wollte etwas mit mir zu tun haben. Trotzdem sollten Sie mich fair behandeln!«

Hella konzentrierte sich auf den Straßenverkehr. Sie musste sich eingestehen, dass sie Simon unterschätzt hatte. Allein wie er sich in diesem Augenblick verhielt, verlangte ihren vollen Respekt. Dass der Kriminalrat ihn so überdeutlich bevorzugte, dafür konnte er letztlich nichts.

»Jeder hat es verdient, fair behandelt zu werden«, erwiderte sie nur, ohne ihn anzusehen.

Als sie vor dem Anwesen der Burmanns aus dem Wagen stiegen, sagte sie, als wäre nichts vorgefallen: »Bei den Befragungen kannst du viel lernen. Achte auf jede Geste, jede Reaktion der Zeugen. Versuche aber nie den Eindruck zu erwecken, dass du auf der Jagd bist. Wir sind keine Jäger, wir sind Ermittler.«

»Ja, Chefin«, erwiderte Simon.

»Und sag Hella zu mir.«

Diesmal öffnete ihnen Anneke Burmann, die unfrisiert und im geblümten Morgenmantel vor ihnen stand. Der erste Eindruck, den Hella in der Mordnacht von der Tochter des Mordopfers gewonnen hatte, bestätigte sich. Die zerbrechliche Frau wirkte unsicher und verlegen.

»Ja bitte? Was kann ich für Sie tun?«, fragte sie, während ihre Augen leer auf sie gerichtet waren, ohne die geringste Neugier zu verraten.

Wenn die Tochter des Mordopfers Näheres wusste, würde sie sich vermutlich kaum trauen, damit herauszurücken, dachte Hella.

»Wir haben noch ein paar Fragen an Sie und Ihren Mann, Frau Burmann. Wir dachten, es ist Ihnen auch diesmal angenehmer, sie hier zu beantworten als auf dem Kommissariat.«

»Ja, natürlich, kommen Sie doch herein.«

Sie hatten den mit polierten Granitplatten ausgelegten Flur noch nicht durchschritten, als ihnen bereits Klaas Burmann aufgebracht entgegenkam. »Ich verbiete Ihnen, unangemeldet in dieses Haus einzudringen! Und erzählen Sie mir nicht, dass Gefahr im Verzug ist.« Sein Gesicht war vor Wut rot angelaufen. Er kümmerte sich sofort um seine Frau, die in einen Zustand von Irritation und Schreck verfiel. Er führte sie ins Wohnzimmer, wo er sie bis zu einem geflochtenen Rattansessel in die Nähe des Panoramafensters brachte. Dann kam er zu ihnen zurück. »Der Tod ihres Vaters hat Anneke schwer getroffen, verstehen Sie?« Offenbar hatte sich Burmann wieder beruhigt und schaffte sogar ein Lächeln. »Sie darf absolut keiner Aufregung ausgesetzt werden, sonst droht ein neuer Zusammenbruch. Der Arzt hat ihr starke Antidepressiva verschrieben. Was gibt es denn?«

Der Einzige, der hier Aufregung verursachte, war allerdings der Hausherr selbst. »Wir haben in den Unterlagen Ihres Schwiegervaters ein Dokument gefunden, das Fragen aufwirft, Herr Burmann«, begann Hella.

»Und zwar welches?«

In dem Augenblick meldete sich ihr Handy. Kai rief an. Sicher hatte er neue Ergebnisse. Doch zunächst fuhr sie in der Befragung fort: »Es ist eine Art privates Kreditbuch. Und da steht auch Ihr Name drin.«

Die Nachricht trieb ihn aus seinem Ledersessel. »Sie meinen vermutlich die kleineren Beträge, mit denen er mir hie und da ausgeholfen hat?«

»Ich meine die Tausende, die er Ihnen in immer kürzeren Abständen hat zukommen lassen«, stellte Hella klar.

»Pst, nicht so laut! Anneke glaubt ja ...«

»Was glaubt sie?«

»Dass ich nicht mehr spiele. Es sind Spielschulden gewesen. Ich brauchte das Geld kurzfristig, sonst wäre ich in Schwierigkeiten geraten ...«

»Er hat Ihnen also Kredit gegeben?«

»Ja, so kann man sagen.«

»Und wie wollten Sie die Schulden zurückzahlen?«

Die Frage traf ihn offenbar ins Mark. »Immerhin betreibe ich eine erfolgreiche Versicherungsagentur«, ging er hoch. »Zugegeben, im Augenblick läuft die Investmentsparte nur mäßig. Die niedrigen Zinsen sind verheerend für die Kunden ...«

»Machen Sie uns nichts vor, Herr Burmann. Wir haben Ihre Liquidität überprüft. Ihnen steht das Wasser bis zum Hals. In drei Wochen soll Ihr Haus zwangsversteigert werden.«

»Aber ich habe meinen Schwiegervater nicht umgebracht«, erwiderte er trotzig.

»Auch das können Sie nicht beweisen. Wir haben Ihr Alibi überprüft. Nachdem Sie sich in Hannover von Ihrer Liebschaft verabschiedet hatten, blieben Ihnen noch fast drei Stunden, bis Sie hier auftauchten. Wo waren Sie in dieser Zeit?«

Er zuckte zusammen. »Das kann ich Ihnen nicht sagen«, antwortete er halblaut und schaute zu seiner Frau hinüber, die apathisch in ihrem Sessel am Fenster saß.

»Dann muss ich Sie bitten, uns für eine weitere Befragung aufs Revier zu begleiten. Sie stehen im Verdacht, Ihren Schwiegervater Bertold Krenz getötet zu haben.«

»Glauben Sie mir doch, ich habe ihn nicht umgebracht. Außerdem … Ich muss auf Anneke aufpassen, sie darf nicht allein bleiben …« Die Angst saß Burmann im Nacken. Offensichtlich hing es mit seinem Alibi zusammen, aber er kooperierte nicht, stritt nur immer wieder eine Beteiligung an Krenz' Tod vehement ab. »Ich habe ihn nicht umgebracht. Was soll ich noch sagen? Ich hatte keinen Grund, ihn umzubringen. Er war doch meine letzte Rettung.«

»Vielleicht wollte er endlich sein Geld zurück und den Kredit sperren? Das wird sich alles im Kommissariat klären, Herr Burmann. Und um Ihre Frau werde ich mich persönlich kümmern«, erwiderte Hella.

Das hatte Klaas Burmann offenbar als Drohung begriffen. In einer Sekunde kippte die Situation. Noch bevor Hella irgendetwas denken konnte, stürzte er sich auf sie. Ihr blieb keine Zeit, sich zu schützen …

Doch da war Simon. Er warf sich dazwischen und bekam den Faustschlag ins Gesicht, der für sie bestimmt war. Allerdings bewies er Nehmerqualitäten und steckte den Schlag weg, ohne zu Boden zu gehen, worauf er den Angreifer mit ein paar geübten Handgriffen kampfunfähig machte.

»Ich meinte, dass Sie sich um Ihre Frau keine Sorgen zu machen brauchen«, wandte sich Hella an Klaas Burmann, der jetzt keuchend, die Hände in Handschellen auf dem Rücken, vor ihr stand. »Sie wird in Sicherheit sein.« Auch vor ihrem Mann, dachte sie.

Anneke Burmann hatte offenbar von der Auseinandersetzung nichts mitbekommen, sie saß immer noch abwesend in ihrem Rattansessel. Jetzt drehte sie ihnen den Kopf zu und starrte ihren Mann mit leerem Blick an.

»Anneke«, sagte er nur, und es klang wie ein Flehen.

Ein Flehen um Verzeihung, fragte sich Hella.

Simon benachrichtigte die Kollegen von der nahen Polizeistation. Sie sollten ihn und Burmann mit dem Bereitschaftswagen abholen und ins Kommissariat Mitte bringen. Hella sprach währenddessen mit Kai Fischbach.

»Soll ich Burmann sofort verhören?«, fragte er.

»Nein, ich denke, der Mann braucht Zeit, um mit sich ins Reine zu kommen. Nach ein, zwei Stunden werden wir es bedeutend leichter haben. Warten kann wie ein Abführmittel wirken.«

»Jawohl, Chefin«, erwiderte Kai, und sie konnte sich das Grinsen auf seinem Gesicht vorstellen.

»Respekt.« Hella klopfte Simon auf die Schulter, als er sich in den Wagen neben Klaas Burmann setzte. »Wird ein ziemliches Veilchen geben. Doch es gibt Trost. Ich werde Senge erzählen, dass du ein Held bist und einen Orden verdienst.« Sie zwinkerte Simon zu und schloss hinter ihm die Wagentür.

Inzwischen war die Haushaltshilfe der Burmanns eingetroffen und räumte den Frühstückstisch in der Lounge ab. Wer sind denn Sie, fragte der kritische Blick der Endfünfzigerin.

»Kriminalhauptkommissarin Budde«, stellte Hella sich vor. »Bitte helfen Sie Frau Burmann, sich anzuziehen und ein paar Sachen einzupacken. Ich werde sie zu ihrer Mutter bringen.«

Die Fahrt hatte länger gedauert als erwartet, auf der Fallersleber Straße häuften sich nicht nur die Baustellen, es war auch ein Unfall passiert. Als sie um elf Uhr siebenundvierzig in Querum ankamen, schien die Sonne. Während der ganzen Zeit hatte Anneke Burmann geschwiegen, weder gefragt, was mit ihrem Mann geschehen würde, noch, wohin sie jetzt fuhren. Und Hella hatte sich ihr nicht aufgedrängt. Wahrscheinlich waren die Medikamente stark, die sie stabilisierten, doch der Anblick des alten Bauernhofes ihrer Mutter belebte sie sichtlich. Auf ihr Gesicht trat ein Lächeln wie eine Erlösung.

Elisabeth Krenz hatte ihre Tochter anscheinend länger nicht gesehen, sie nahm sie in die Arme und beide weinten.

»Warum hast du nicht angerufen?«, fragte sie Anneke. Als die nicht reagierte, antwortete Hella für sie: »Es hat sich heute Morgen erst ergeben.«

Sie gingen ins Haus. »Heute gibt es Kartoffeleintopf mit Knacker. Für Sie ist auch ein Teller übrig«, kam eine schnörkellose Einladung von der Witwe.

»Danke, gern«, erwiderte Hella und stellte Annekes Reisetasche, von tausend Katzenblicken beobachtet, im Hausflur ab. Und noch jemand war zur Begrüßung erschienen.

»Oh, mein Macho«, waren die ersten Worte von Anneke Burmann seit dem Morgen. Der riesige dreibeinige Hund stand wedelnd vor ihr und leckte ihre Hände.

Endlich taute sie auf, ein gutes Zeichen, dachte Hella. Aber es war ihr klar, dass sie – wenn überhaupt – nur mit viel Geduld zu Anneke Burmann durchdringen würde.

»Sie können helfen, den Tisch zu decken«, forderte die Witwe sie auf. Hella legte ihre Lederjacke ab und folgte ihr in die Küche, wo sie die Suppenteller entgegennahm und sie im Wohnzimmer auf dem großen Holztisch verteilte. Elisabeth Krenz brauchte nicht erst zu sagen, dass ohne ihre Gegenwart keine Befragung stattfinden würde. Hella hatte längst begriffen, dass Anneke kaum belastbar war. Auch sie durfte keine Fehler machen.

Das würzige Aroma des Kartoffeleintopfs überdeckte den muffigen Geruch, der in den Räumen lag. Zu trinken gab es

Rhabarbersaft aus eigener Herstellung, wie Elisabeth Krenz sagte. Ihre Tochter hatte allerdings nur Augen für Macho, der mit aufgestellten Ohren neben ihrem Stuhl saß, und verfütterte ihre Knackwurst an ihn.

»Macho ist Annekes Liebling, nicht wahr, Anneke?«

Anneke antwortete nicht, als hätte sie die Frage nicht gehört.

»Macho hat sie einmal getröstet, als es ihr selbst schlecht ging«, wandte sich Elisabeth Krenz an Hella. »Er sollte eingeschläfert werden, weil er einen schweren Verkehrsunfall und ein Schädeltrauma hatte. Aber Anneke hat es nicht zugelassen. Und so halfen sie sich gegenseitig wieder ins Leben zurück. Stimmt doch, Anneke?«

Offenbar war sie zu ihrer Tochter durchgedrungen. Anneke riss sich von dem Anblick des Hundes los und schenkte ihrer Mutter das bisschen Aufmerksamkeit, das sie aufbringen konnte. Tränen schimmerten in ihren Augen.

»Anneke war Papas Liebling, und er wollte immer nur das Beste für dich, mein Schatz, das weißt du ja. Auch wenn er nicht immer einverstanden war mit dem, was sein Liebling anstellte ...«

Darauf erwiderte Anneke nichts, auf ihr Gesicht legte sich wieder dieses apathische Lächeln, mit dem sie sich aus der Situation verabschiedete und sich wieder dem Hund zuwandte. Klaas Burmann hatte nicht übertrieben. Seine Frau war in einem Zustand, der an totale Verwirrung grenzte. Ihre Mutter war jetzt ihr Sprachrohr.

»Anneke hat sehr gelitten, als sie ihr zweites Kind verlor, und dann stellte sich heraus, dass Klaas ...« Sie sprach nicht einmal leise, aber Anneke reagierte nicht auf das, was sie sagte. Sie schien sogar damit einverstanden zu sein, dass ihre Mutter für sie aussagte.

»Ja, was ist mit ihm?«, setzte Hella nach.

»Klaas kümmert sich sehr um meine Tochter, aber er ist nicht unschuldig an ihrem Zustand. Am Tag ihrer Hochzeit hat er geschworen, keine Spielkarte mehr anzurühren. Er war durchaus erfolgreich im Versicherungs- und Investmentgeschäft, doch dann fielen auf einmal die Umsätze. Er begann wieder zu spielen und verlor große Summen. Anneke flehte Bertold an, Klaas zu helfen. Und mein Mann half ihm, Anneke zuliebe. Aber Klaas konnte nicht aufhören zu spielen. Dann gab es zwischen ihm und Bertold Streit, und Bertold drehte ihm den Geldhahn zu.«

Allmählich fügte sich ein Tathergang zusammen, dachte Hella. Wahrscheinlich wusste Klaas auch, dass Bertold Krenz immer donnerstagnachts in der Backstube am Ziegenmarkt neue Rezepte ausprobierte. Er stellte ihn am Seiteneingang, bat ihn noch einmal um Geld, aber der alte Krenz blieb hart. Das war sein Todesurteil. Wut und Hass trieben Burmann zu dieser schaurigen Tat …

Auf dem Rückweg ins Kommissariat meldete sich Kai Fischbach auf ihrem Handy: »Ich habe die Liste abtelefoniert, Hella.«

»Und?«

»Offenbar hat er sich eingekauft. Er vergab Freundschaftskredite. Wenn man so will, handelt es sich um Bestechungsgelder. Auf diese Weise hatte er die Schuldner in der Hand. Vielleicht hat er sich so auch seinen Weg in den Stadtrat geebnet. Übrigens, du hattest recht. Klaas Burmann wird weich. Bereits nach einer Stunde wollte er aussagen, angeblich, um sich so schnell wie möglich wieder um seine Frau kümmern zu können. Sie sei hilflos ohne ihn.«

»Danke dir, Kai. Wir sehen uns gleich«, beendete sie das Gespräch.

Diesmal hatte Kriminalrat Senge allen Grund für ein Lob. So wie es aussah, würde Hella ihm noch heute ein Geständnis präsentieren können.

Dreizehn Uhr achtundfünfzig. Hella betrat das Kommissariat Mitte. Bevor sie Senge Bericht erstattete, wollte sie sich zunächst mit Kai absprechen, aber als sie am Büro des Kriminalrats vorbeiging, war die Tür zu seinem Vorzimmer offen. Seine Sekretärin befand sich wohl noch in der Mittagspause. Senge selbst stand gedankenverloren am halb geöffneten Fenster und rauchte. Ausgerechnet im Vorzimmer, wo Roswitha Stengler, seine Sekretärin, strikte Nichtraucherin war.

»Ludger?«, fragte Hella verwundert.

Offenbar fühlte er sich ertappt, drückte die Zigarette am Fensterbrett aus und schloss das Fenster. »Was machen die Ermittlungen?«, versuchte er abzulenken.

»Gute Nachrichten im Fall Krenz: Es gibt einen Tatverdächtigen, und wir werden ihn noch heute vernehmen. Ich trommele die Kollegen gleich zu einer Besprechung zusammen«, antwortete Hella.

»Nein, entschuldige, aber das geht im Augenblick nicht ...«, reagierte Senge wie elektrisiert. »Die Kollegen von der Inneren sind in meinem Büro und arbeiten an einem schwierigen Fall. Die brauchen mich voraussichtlich den ganzen Tag. Macht das allein. Aber du hältst mich bitte auf dem Laufenden, Hella. Ich verlasse mich auf dich!«

»Natürlich«, erwiderte sie, ohne ihre Enttäuschung zu verbergen. Schließlich durfte sie erwarten, dass ihrem Chef ein Fall äußerst wichtig war, der die ganze Stadt bewegte. In dem Augenblick öffnete sich die Tür zu seinem Büro, und Senge wurde hineingerufen.

»Bis später. Ich lese deinen Bericht, Hella.«

Als Hella ihr Büro betrat, begrüßte sie Kai Fischbach breitbeinig sitzend vor ihrem Schreibtisch. »Der Verdächtige wartet bereits in Verhörraum zweihundertdreiundvierzig. Wie mir zu Ohren gekommen ist, hat Simon dir das Leben gerettet?«

»So ist es. Aber nur keinen Neid«, antwortete sie und schmunzelte. »Man muss auch gönnen können.« Auf dem Weg zum Verhörraum berichtete sie ihm kurz, was sie von Annekes Mutter in Querum erfahren hatte. Anneke Burmann selbst würden sie wohl kaum vorladen können.

»Vierzehn Uhr neunundzwanzig. Mordfall Krenz. Verhör des Tatverdächtigen Klaas Burmann, Schwiegersohn des Geschädigten. Der Verdächtige ist über seine Rechte belehrt worden. Den Verlauf der Mordnacht aus seiner Sicht hat er bereits zu Protokoll gegeben. Herr Burmann, Sie haben angegeben, an dem Abend vor der Tat in Hannover auf einem Kongress gewesen zu sein, ist das richtig?«, begann Hella.

Klaas Burmann war ein Nervenbündel. »Jaja, das habe ich ... muss ich das jetzt alles noch einmal ...?«

»Nein. Was passierte, nachdem Sie den Kongress verlassen hatten?«

»Das wissen Sie doch bereits. Ich habe meine ... Freundin besucht.«

»Sie haben also ein außereheliches Verhältnis.«

»Ja, wenn Sie das so nennen wollen.«

»Sie haben weiter angegeben, dass Sie direkt von dort aus nach Hause zu Ihrer Frau in die Braunschweiger Nordstadt gefahren sind. Doch was haben Sie in den verbleibenden fast drei Stunden gemacht, nachdem Sie Ihre Freundin verlassen hatten?«

»Ich … ich kann Ihnen das nicht sagen.« Offenbar wollte er reden, aber pure Angst hielt ihn davor zurück. Oder spielte er ihnen etwas vor?

Für Hella war klar, dass Burmann mit dem Mord in Zusammenhang stand, nur wie?

»Warum können Sie nicht? Ich frage Sie noch einmal. Was haben Sie in der ungeklärten Zeit gemacht? Wir wissen, dass Sie Ihrem Schwiegervater beachtliche Summen schuldeten und dass er Ihnen weitere Hilfe verweigert hat. Nach Aussage Ihrer Schwiegermutter soll es auch zu einem Streit zwischen Ihnen und ihm gekommen sein. Sie haben also mehr als ein plausibles Motiv, ihn getötet zu haben.«

Anscheinend sah Burmann ein, dass es sinnlos war, mit der Wahrheit hinter dem Berg zu halten. »Ja, es stimmt. Ich hatte Schulden bei Bertold, und ich habe in der Nacht an einer Pokerrunde teilgenommen. Ich wollte ihm das Geld zurückzahlen und unser Haus retten. Anfangs sah es ganz gut aus. Aber am Ende …«

»Standen Sie mit leeren Taschen da und sind zu Ihrem Schwiegervater gefahren. Sie wussten ja, dass er donnerstags …«

»Nein, das wusste ich nicht!« Wieder rastete er aus, und Kai Fischbach musste ihn festhalten. »Ich war nicht da, und ich habe ihn nicht umgebracht.«

»Dann geben Sie die Namen der Spieler und den Ort an, damit wir Ihr Alibi lückenlos überprüfen können.«

»Unmöglich, auf keinen Fall, verstehen Sie denn nicht? Ich kann nicht. Anneke schwebt in größter Gefahr. Sie sollten sie beschützen …«

»Warum Ihre Frau?«

»Das Geld zum Pokern habe ich mir bei Leuten geliehen, die … und die holen es sich mit Zinsen zurück, gnadenlos.«

»Eine Geschichte wie fürs Kino, finden Sie nicht?« Kai hielt den Verdächtigen immer noch auf seinem Stuhl.

»Vor allem lässt sie sich nicht beweisen. Hiermit unterbreche ich das Verhör«, kam jetzt von Hella. »Ich rate Ihnen: Wenn Sie Ihre Frau beschützen wollen, dann reden Sie!«

»Ich glaube ihm nicht«, sagte Kai, nachdem Burmann abgeführt worden war. »Er versucht, sich herauszuwinden. Mit dem Erbe seiner Frau würde er alle Schulden auf einen Schlag loswerden. Was habe ich in den zwanzig Jahren bei der Kripo nicht schon für Geschichten gehört. Ein Märchenbuch dicker als das der Brüder Grimm könnte ich darüber schreiben.«

»Ich werde die KTU noch einmal auf den vermeintlichen Tatort und die Backstube ansetzen. Wenn die auch nur die kleinste DNA-Spur von ihm in der Backstube finden, ist er dran«, erwiderte Hella.

*

Auch euch soll mein Spiegel bannen, die ihr euch in maßloser Selbstüberschätzung herausnehmt zu entscheiden, wer es wert ist weiterzuleben und wer nicht. In die Hölle sollt ihr verdammt sein, um dort für alle Zeit dem Satan die Füße zu lecken.
Und du wirst vorangehen, der du aus schnödem Eigennutz dein Gelübde gebrochen und die Gerechtigkeit verraten hast. Nie mehr wirst du deinen Beruf schänden, alle Welt wird auf deine blutbefleckten Hände schauen ...

6

Sechzehn Uhr vierzehn. Das Verhör von Klaas Burmann war unbefriedigend verlaufen. Hella wusste am Ende nicht, was sie von dem Mann halten sollte. Seine verzweifelte Verfassung war nachvollziehbar, wenn stimmte, was er ausgesagt hatte. Aber solange er kein Alibi nachweisen konnte, blieb er tatverdächtig. Motive für einen Mord hatte er genug. Auch die Wut, die man im Bauch haben musste, um das Opfer auf diese grausige Weise zu bestrafen, war ihm zuzutrauen.

»Wirst du eine Party schmeißen?«, durchkreuzte Daniela ihre Gedanken. Hella wusste im ersten Augenblick nicht, was ihre Freundin meinte. Sie saßen beim Italiener. Daniela gönnte sich ein verspätetes Mittagessen, und Hella hatte sie auf einen Cappuccino begleitet. »Jedenfalls eine gute Gelegenheit, endlich etwas enger zusammenzurücken. Dich hat doch immer die kühle Atmosphäre gestört. Und da kommt doch so ein runder Geburtstag gerade zur rechten Zeit. Der …«

»Bitte erwähne die Zahl nicht!« Hella war selbst überrascht über die Strenge in ihrer Stimme.

»Oh, mein armes Kind«, kam es belustigt retour. »Glaub mir, du darfst stolz und glücklich auf jedes einzelne Jahr sein, das du in diesem Beruf unbeschadet überlebst.«

Unrecht hatte sie nicht gerade, dachte Hella. Ihren neununddreißigsten hatte sie zu Hause verbracht, sich nach Dienstschluss als Festessen Currywurst mit Pommes und eine Familienportion Tiramisu gegönnt und war später vor ihrem Fernseher bei einer Folge von »Stirb langsam« eingeschlafen. Nicht einmal Kollege Fischbach hatte sie auf ein Bier eingeladen.

»Vielleicht ist es …« Sie unterbrach sich selbst. Was war nur los? Obwohl sie Rührseligkeit hasste, hatte sie auf einmal das Gefühl, jeden Moment losheulen zu müssen, und wusste nicht einmal warum.

Danielas rechte Hand legte sich auf ihre linke. »Glaub mir, ich weiß, wie du dich fühlst. Du machst deinen Job gern, aber wenn du nach Hause kommst, fällst du in ein großes schwarzes Loch. Und jetzt, wo du deinen … Oh, entschuldige bitte, die dämliche Zahl … da fällt dir alles auf die Füße. Mir ging es ebenso vor meinem Fünfzigsten, und jetzt sind bald die nächsten zehn Jahre voll …«

Hellas Handy ließ sie nicht ausreden. Es war Kai. »Burmann will reden, jetzt. Kannst du kommen?«

»Ja«, erwiderte Hella nur und drückte den Kollegen weg. »Danke dir«, sagte sie zu Daniela.

»Wofür?«

»Dass du da bist.«

Kai Fischbach und Klaas Burmann saßen bereits im Verhörraum zweihundertdreiundvierzig, als Hella eintraf. Kaum hatte sie den Aufnahmeknopf gedrückt, sprudelte es aus Burmann heraus.

»Bitte glauben Sie mir doch. Ich habe mit dem Mord nichts zu tun. Ich habe die Filiale am Ziegenmarkt nie betreten.«

»Langsam, Herr Burmann. Uns interessiert nur, wo Sie konkret waren, nachdem Sie Ihre Freundin in Hannover verlassen haben. Wir brauchen den Ort und die Namen der Zeugen.«

»Verstehen Sie doch bitte, Ort und Namen kann ich Ihnen nicht geben, weil ich mich sonst ans Messer liefere. Und das wäre nicht das Schlimmste. Vor allem Anneke ...«

»Wir dachten, Sie wollten reden, Herr Burmann ...«

»Nein, bitte ...«, flehte Burmann. »Ich will Ihnen alles sagen, was ich kann. Nach dem Besuch bei meiner Freundin in Hannover nahm ich noch an einer Pokerrunde teil ...«

»Das wissen wir ja bereits«, wurde Kai ungeduldig.

»Da ich in der Pokerrunde keinen Kredit mehr bekam, musste ich mir das Geld leihen, bei Kriminellen, die den schnellen Euro machen wollen. Aber was blieb mir übrig? Ich habe denen die Zusicherung gegeben, das Geld in zwei Tagen zurückzuzahlen, und sie gaben mir den Kredit, weil sie wussten, dass Anneke die Tochter von Bertold Krenz ist und sie in jedem Fall an ihr Geld kommen würden. Verrate ich jetzt aber ihre Namen an die Polizei, schweben Anneke und ich in Lebensgefahr ...«

Hellas Handy. Kollege Lenz von der KTU: »Ich habe selbst noch einmal alles auf den Kopf gestellt, Frau Budde. Von Klaas Burmann oder seiner Frau konnten an den entscheidenden Stellen sowohl außerhalb als auch innerhalb der Backstube keinerlei Spuren festgestellt werden.«

»Danke Ihnen, Kollege.«

Hella ließ Burmann abführen. Den Traum von einer schnellen Lösung des Falls musste sie wohl beerdigen. Aber Klaas Burmann würde sie keine Minute früher freilassen, erst bis die achtundvierzig Stunden, die sie ihn in Gewahrsam halten durfte, abgelaufen waren.

»Burmann scheint die Wahrheit zu sagen. Jedenfalls klingt seine Geschichte plausibel«, meinte Kai. »Und was ist mit seinem Schwager?«

»Meine Meinung hat sich nicht geändert, auch wenn

Armin Krenz in die Wohnung seines Vaters eingebrochen ist. Er hat kein nachvollziehbares Motiv für eine so scheußliche Tat ...« Hella hatte noch nicht ausgesprochen, als ein atemloser Kriminalrat in der Tür stand.

»Als würde ein Toter nicht genügen«, ereiferte sich Kai auf der Fahrt ins Braunschweiger Klinikum.

»Langsam, wir wissen nicht, ob es sich um ein Verbrechen handelt«, bremste ihn Hella. In ihrem Kopf lief ab, was Senge ihnen mitgeteilt hatte. Offenbar hatte es Professor Zumdiek, die Koryphäe für Organverpflanzung, erwischt. Zuerst war dessen Kollege davon ausgegangen, dass der Professor an seinem Schreibtisch einen Herzanfall erlitten hatte. Aber als er das Blut bemerkt hatte, das aus der Tasche von dessen weißen Kittel tropfte, hatte er lieber die Polizei alarmiert.

Kai parkte den Einsatzwagen direkt neben dem Haupteingang, und sie gingen zur Anmeldung.

»Sie werden bereits erwartet. Dritter Stock, rechter Hand den Gang entlang bis zum Ende, dort sind die Sprechzimmer von Professor Zumdiek. Dr. Eidinger wird Sie empfangen, er ist ganz außer sich«, wurden sie von einer brünetten Mittvierzigerin weitergeleitet.

Senge hatte die KTU sofort bestellt, und als sie oben ankamen, markierten die Kollegen den Gang bereits rot-weiß. Ein schmächtiger Mann im weißen Kittel mit ausgeprägter Stirnglatze um die fünfzig lief nervös auf und ab. Als er sie erblickte, kam er direkt auf sie zu.

»Dr. Eidinger, mein Name. Ich bin Kollege und Stellvertreter des ... Sie sind doch von der Polizei?« Er wirkte fahrig, offenbar nahmen ihn die Ereignisse noch immer stark mit.

»Kriminalhauptkommissarin Budde von der Kripo Braunschweig. Das ist mein Kollege Kriminalhauptkom-

68

missar Fischbach«, stellte Hella sie offiziell vor. »Wir möchten uns zunächst den Ort des Geschehens ansehen. Haben Sie den Toten gefunden, Herr Dr. Eidinger?«

»Ja, ich wollte mit Ottmar, also mit Professor Zumdiek, sprechen, es ging um eine nicht ganz einfache Nierentransplantation, die wir morgen zusammen durchführen wollten«, antwortete er. »Seine Assistentin hatte bereits Feierabend. Ich klopfte also direkt an die Tür seines Sprechzimmers. Als er nicht reagierte, dachte ich, er hätte mich nicht gehört. Ich wartete nicht länger, und als ich sein Zimmer betrat, da lag er kopfüber auf dem Schreibtisch. Ich dachte, er hätte einen Herzanfall erlitten, und fühlte seinen Puls, doch es war bereits zu spät. Dann sah ich das ganze Blut an seiner linken Seite. Ich dachte, er hätte sich verletzt, aber dann ... Vielleicht sollten Sie sich das besser selbst ansehen ...«

»Sie haben den Toten also berührt?«, fragte Hella.

»Ja, ich wusste ja nicht ...«

»Sie brauchen sich nicht zu entschuldigen, das ist in Ordnung, Sie mussten ihn sogar berühren, schließlich war es Ihre Aufgabe, Erste Hilfe zu leisten.«

Nachdem sie sich die Schutzanzüge angezogen hatten, führte Dr. Eidinger sie in die Räume des Professors. Wie beschrieben, saß die Leiche vornübergebeugt hinter dem Schreibtisch. Das Szenario wirkte auf den ersten Blick nicht wie das eines Gewaltverbrechens. Im Raum selbst schien penible Ordnung zu herrschen, wie man es in Praxisräumen erwarten konnte. Dann trat Hella hinter die Leiche und sah das, was Dr. Eidinger beschrieben hatte. Aus der rechten Tasche des Arztkittels war Blut ausgetreten, entweder stammte es aus einer Wunde oder es musste sich in der Tasche etwas befinden, von dem diese starke Blutung ausging.

»Um überprüfen zu können, ob der Kittel mit Fasern oder Ähnlichem kontaminiert ist, müssen wir ihn dem Toten ausziehen«, sagte ein Kollege von der KTU. Im gleichen Augenblick betrat eine groß gewachsene weibliche Person den Raum.

»Wenn die Kollegen die nötigen Fotos gemacht haben, will ich vor Ort eine erste oberflächliche Untersuchung durchführen.«

Anscheinend hatte Senge es selbst in die Hand genommen, die Kollegen zu informieren. »Gut, dass du so schnell kommen konntest, Daniela«, sagte Hella. »Dann wissen wir, ob die Kripo wirklich gebraucht wird.«

Als die Kollegen den Kittel von der Leiche entfernten, sagte niemand ein Wort. Die Blicke hafteten an der blutgetränkten linken Tasche und ihrem Inhalt. Daniela Weinreb zerschnitt mit ihrem Skalpell den Stoff, und ein Stück Fleisch kam zum Vorschein, das einem inneren Organ ähnelte, einem ziemlich kleinen Organ. Alle Blicke lagen auf Daniela Weinreb. Die betrachtete den blutigen Gewebeklumpen und schien selbst nicht ganz sicher zu sein, was sie in Händen hielt.

»Es ist zweifellos ein Herz«, äußerte sie sich schließlich. »Es könnte das eines Säuglings sein. Aber das muss ich in der Gerichtsmedizin näher untersuchen, und natürlich die Leiche ...« Worauf sie sich den Kollegen der KTU zuwandte und mit ihnen die weitere Vorgehensweise besprach. Auch wenn der Professor zunächst unversehrt aussah, lag doch offenbar ein Verbrechen vor. Hella und ihrem Kollegen blieb zunächst die Befragung des Zeugen Dr. Eidinger.

Achtzehn Uhr sechsundvierzig. Obwohl Dr. Stefan Eidinger nach eigenen Worten seit über zwanzig Jahren Arzt war und in seinem Leben fast alles gesehen hatte, stand ihm der Schreck immer noch ins Gesicht geschrieben. Sie hatten sich in sein Sprechzimmer zurückgezogen. Wie das des Professors war es funktional eingerichtet. Eine Wand bedeckte ein Bücherregal, die andere ein Bildbetrachter für Röntgenaufnahmen. Der einzige Raumschmuck bestand aus einer Blumenampel am Fenster. Hella und Kai saßen Eidinger gegenüber, der bereitwillig ihre Fragen beantwortete. »Über zehn Jahre haben wir gut zusammengearbeitet, Ottmar und ich. Nicht immer reibungslos. Er hatte einen ausgesprochen dominanten Charakter und machte mir ständig klar, wer hier die Nummer eins war. Obwohl niemand seinen Rang als Chirurg anzweifelte und alle in diesem Haus versuchten, es ihm recht zu machen. Seit der Affäre mit der Organspendeliste wurde es noch schlimmer mit seinen Allüren. Er zeigte sich von seiner cholerischen Seite, wenn etwas nicht so lief, wie er sich das vorstellte, und kanzelte mit Vorliebe die Assistenzärzte vor den Patienten ab.«

»Wie war es um den Gesundheitszustand von Professor Zumdiek bestellt? Wissen Sie Näheres darüber? Bestand etwa die Gefahr eines Schlaganfalls oder eines Herzinfarkts?«, fragte Hella.

»Ach, wissen Sie«, antwortete Dr. Eidinger mit einem Seufzer, »in unserem Beruf besteht dieses Risiko täglich. Extremer Stress gehört bei uns zum Alltag. Und was es bedeutet, eine Organverpflanzung durchzuführen, wo jeder kleine Fehler das Leben des Patienten bedroht, können Sie sich vielleicht vorstellen ...«

Ein Klopfen an der Tür unterbrach den Arzt.

»Ja, bitte!«

»Ich möchte Frau Budde sprechen. Es ist sehr wichtig.«
Es war Daniela Weinreb. Hella folgte ihr auf den Flur.

»Die Leiche ist bereits auf dem Weg in die Gerichtsmedizin, Hella«, teilte sie ihr den neuesten Stand mit. »Äußerlich sind keine Spuren von Gewalteinwirkung zu erkennen. Zumdiek scheint an einem Kreislaufversagen gestorben zu sein. Eines gibt mir allerdings zu denken. Am rechten Oberarm ist eine Einstichstelle wie von einer Injektion zu erkennen. Ich muss den Körper noch einer genaueren Untersuchung unterziehen, um bestimmen zu können, ob die Injektion mit seinem Tod in Zusammenhang steht.«

»Und was hat es mit dem Herz in seiner Tasche auf sich?«

»Frag mich etwas Leichteres. Vor allem wundere ich mich über das viele Blut. Als hätte jemand das Herz aus einem lebenden Körper gerissen. Da stimmt etwas nicht. Aber um zu überprüfen, was dahintersteckt, brauche ich Zeit und mein Labor.«

»Natürlich, Daniela, du weißt ja …«

»Ich weiß nicht, ob ich es heute Abend noch schaffe, aber ich tue, was ich kann.«

Als Hella wieder Dr. Eidingers Sprechzimmer betrat, erhob er sich gerade von seinem Platz. »Sie entschuldigen mich, aber in wenigen Minuten ist eine Operation angesetzt, bei der ich unentbehrlich bin. Wenn Sie weitere Fragen haben, stehe ich Ihnen jederzeit zur Verfügung. Das gilt natürlich auch für meine Assistentin und die von Professor Zumdiek. Beide sind morgen ab acht Uhr wieder im Dienst.«

Als sie wieder auf dem Gang standen, warf Kai Fischbach Hella einen fragenden Blick zu.

»Wir können nicht mit Gewissheit von einem Kapitalverbrechen ausgehen, solange die Todesursache nicht eindeutig geklärt wurde«, antwortete sie darauf.

»Aber das mit dem blutenden Herz in der Tasche ist schon seltsam, oder?«

Selbstredend, dachte Hella.

»Und wer benachrichtigt die Witwe, wenn er denn verheiratet war?«, ergänzte Kai.

In dem Augenblick eilte ihnen eine schlanke, blondierte weibliche Person um die fünfzig in Trenchcoat, Jeans und Sneakers entgegen. In der Hand hielt sie ein Handy und gab insgesamt ein Bild der Fassungslosigkeit ab.

»Wo ist er?« Atemlos blieb sie vor Hella stehen.

»Sind Sie Frau Zumdiek?«, entgegnete Hella.

»Ja, das bin ich. Wo ist mein Mann?« Sie wollte weitergehen, doch Hella hielt sie am Ärmel fest.

»Bitte beruhigen Sie sich, Frau Zumdiek. Ihr Mann ist bereits auf dem Weg in die Gerichtsmedizin. Er muss obduziert werden, damit die Todesursache sicher festgestellt werden kann.«

In dem Augenblick kam Dr. Eidinger noch einmal zurück. »Jasmin, es tut mir so leid …« Er umarmte die Witwe flüchtig. »Aber ich muss operieren. Ich melde mich später …« Mit großen Schritten entfernte er sich in Richtung der Aufzüge. Jasmin Zumdiek schaute ihm hinterher, in dem Augenblick verließen sie die Kräfte, und sie fiel Kai Fischbach direkt in die Arme.

Für Hella war die Arbeit zunächst getan. Sie mussten abwarten, was die gerichtsmedizinische Untersuchung der Leiche ergeben würde, bevor sie weitere Schritte gingen. Ein Assistenzarzt kümmerte sich jetzt um Jasmin Zumdiek, die nach eigenen Angaben in ihrem Sportstudio trainiert hatte, als sie die Nachricht vom Tod ihres Mannes per Handy erreichte. Sie behauptete, es gehe ihr gut, aber sie stand sichtlich unter

Schock, und der Arzt empfahl ihr, sich in einem der Krankenzimmer auszuruhen, bis sie sich besser fühle. So könne er sie keinesfalls gehen lassen.

»Du kannst Feierabend machen, Kai«, sagte Hella, nachdem sie sich von der Witwe verabschiedet hatten und wieder im Auto saßen.

»Und du?« Kai sah sie vorwurfsvoll an.

»Setz mich bitte in Mitte ab, ich muss noch mit Senge sprechen«, erwiderte sie, ohne seine Frage zu beantworten. Kais Frau Sandra wartete schließlich auf ihren Mann, und warum sollten sie zu zweit beim Kriminalrat antanzen, wenn doch einer von ihnen vollkommen genügte, um den Tagesbericht abzuliefern? »Keine Sorge, ich komme sowieso nicht zur Ruhe, bevor Daniela anruft und mir sagt, woran Zumdiek gestorben ist.«

»Du brauchst deinen Feierabend wie wir alle, Hella, so geht das nicht weiter«, ließ Kai nicht locker.

»Wenn ich mit Senge gesprochen habe, fahre ich sofort nach Hause und lege mich hin, versprochen, Papa!« Sie schmunzelte, aber nicht ohne Wehmut. Sie hatte den ängstlichen Gesichtsausdruck ihres Vaters vor Augen, sein »Pass auf dich auf, Prinzessin!« klang wieder in ihren Ohren. Mindestens tausendmal hatte er es zu ihr gesagt, und sie hatte ihn doch nie ernst genommen.

Hella hatte das Gefühl für die Zeit verloren, sie spürte auch keine ausgesprochene Müdigkeit, nur die einbrechende Dunkelheit sagte ihr, dass ein Tag zu Ende ging, den man nicht gerade erfolgreich nennen konnte. Der Fall Krenz hing weiter im Ungewissen. Burmann, der Schwiegersohn des Mordopfers und der einzige Tatverdächtige, hatte gute Gründe, die Namen der Kredithaie aus dem Milieu nicht zu nennen. Seine Todesangst und die Sorge um seine Frau waren berechtigt. Außerdem konnte ihm die KTU nicht die geringsten Spuren am Tatort in der Filiale am Ziegenmarkt zuordnen. Kein Geständnis, nicht einmal eine geschlossene Indizienkette hatten sie zu bieten.

Kai setzte sie vor dem Kommissariat ab, ihr Blick lief die Fassade des grauen Gemäuers hoch. In Senges Büro brannte noch Licht. Hella verspürte nicht die geringste Lust, sich seine Litaneien anzuhören, aber daran ging kein Weg vorbei.

Das Handy. Daniela. »Hella, ich habe die Leiche weitgehend untersucht.« Fast hätte sie die Stimme ihrer Freundin nicht erkannt. Manchmal klang darin einfach zu stark der Mann durch, als der sie einmal geboren wurde. »Die Todesursache ist wirklich nicht alltäglich, jedenfalls handelt es sich nicht um einen Herzinfarkt oder einen Schlaganfall ...«

»Sondern?«

»Zumdiek ist an einer Überdosis Etorphin gestorben. Sie muss ihm mit einer Spritze verabreicht worden sein, das würde zu dem Einstichloch am rechten Oberarm passen ...«

»Was bitte ist Etorphin?«

»Ein Betäubungsmittel.«

»Ein Versehen also?«

»Möglicherweise. Das Erstaunliche ist nur: Es handelt sich um ein Betäubungsmittel für Elefanten.«

Diese Diagnose machte sie allerdings für einen Augenblick sprachlos. »War Zumdiek drogensüchtig?«, fragte sie dann, denn ihr fiel eine Todesserie in der Drogenszene ein, die mit der Streckung durch Betäubungsmittel zusammenhing.

»Soweit meine bisherigen Untersuchungen ergaben, war er es nicht. Was seine Leberwerte betrifft, war er eher Feierabendtrinker. Und einen Irrtum schließe ich auch eher aus.«

»Du denkst also, dass ihm das Mittel verabreicht wurde?«

»Ja. Wer würde sich dieses Zeug schon freiwillig injizieren?«

»Dann hat ihn wohl jemand überrascht«, dachte Hella laut.
»Halte mich bitte weiter auf dem Laufenden. Vielleicht findest du doch Spuren von Gewalteinwirkung.«

»Aber nicht vor morgen, Liebes.« Daniela legte auf.

»Also noch ein Mord, wenn ich das richtig verstehe.« Senge stöhnte. »Als wäre der Fall Krenz nicht verwirrend genug.« Da konnte ihm Hella nur zustimmen. Sicher gab es viele Menschen, die dem Bäckermeister den Teufel an den Hals gewünscht hatten, aber ihn auf diese Art zu ermorden, dazu gehörte ein außergewöhnliches Motiv.

»Und jetzt wird ein berühmter Chirurg aufgefunden, der mit einem Betäubungsmittel für Elefanten in die ewigen Jagdgründe geschickt wurde und in dessen Rocktasche ein blutendes Fremdherz steckte.« Im Blick des Kriminalrats lag Verzweiflung, als könnte er nicht glauben, was er soeben selbst gesagt hatte.

»Die Gerichtsmedizin wird morgen weitere Ergebnisse nachreichen, Ludger«, erwiderte Hella.

»Der Presse habe ich mitgeteilt, dass wir im Fall Krenz in alle Richtungen ermitteln, aber aufgrund des ungewöhnlichen Tathergangs noch intensivere Nachforschungen betreiben müssten«, kam von Senge.

Er wusste sich eben immer herauszureden, der Kriminalrat, dachte sie. Doch für irgendetwas mussten Kriminalräte schließlich gut sein »Du hast ihnen also nicht konkret gesagt, wo wir die Leiche gefunden haben?«

»Noch nicht, aber wenn ich es tue, und wir können nicht einmal einen Verdächtigen vorweisen, dann setzen sie uns die Pistole auf die Brust, das dürfte dir doch klar sein.«

7

Nach Dienstschluss hatte Hella überlegt, ob sie noch auf ein Bier in Christos' Taverne vorbeischauen sollte, aber dann war die Sehnsucht nach Ruhe doch größer gewesen. Sie war nach Hause gefahren, hatte sich auf ihrer Couch im Wohnzimmer entspannt und darauf gewartet, dass sich der Sturm in ihrem Kopf legte. Gegen elf war sie dann schlafen gegangen.

Jetzt war bereits wieder Morgen, sie saß vor ihrem grünen Kaffeepott und starrte die kahlen Wände im Wohnzimmer an. Wie lange wohnte sie jetzt hier? Fast zwei Jahre, und nicht ein Bild hing an der Wand, nicht einmal zu einer kleinen Fotoecke im Schrankregal mit Bildern von ihrer Mutter und ihrem Dad hatte sie es gebracht. Und dann jammern, weil man sich nicht richtig zu Hause fühlte, wo es allein an ihr lag, das zu ändern. War es nicht an der Zeit, Ja zu sagen?

Doch die Frage zu beantworten, ging im Augenblick über ihre Kräfte. Noch fühlte sich ihr Kopf so leer an wie ein Kaufhaus nach dem Schlussverkauf. Er würde erst wieder aus allen Nähten platzen, wenn sie die Fragen zum Fall Zumdiek überfielen. Herauszufinden, was es mit dem blutigen Herz in Zumdieks Tasche auf sich hatte, war zunächst Danielas Aufgabe. Währenddessen mussten Kai und sie selbst Neues über den Tatverlauf in Erfahrung bringen …

»Wenn Zumdiek durch Fremdeinwirkung zu Tode gekommen ist«, folgerte Hella eine Stunde später bei der Morgenbesprechung im Kommissariat Mitte, »dann ist die Täterin oder der Täter entweder bereits im Krankenhaus gewesen oder beim Betreten von mindestens einer der Überwachungskameras erfasst worden. Kollege Fischbach, das ist eine Aufgabe für dich.«

Kai nickte, offenbar hatte er auch mit der Zuteilung gerechnet.

»Bitte alle Auffälligkeiten überprüfen. Besonders natürlich alle Personen, die sich an dem Tag in Zumdieks Räumen aufhielten, kamen und gingen. Es gilt, den Ablauf des Todestages lückenlos zu rekonstruieren.«

Simon ließ sich nichts anmerken, aber Hella wusste, dass er darauf brannte, einen wichtigen Job zu übernehmen, und sie hatte einen für ihn: »Simon, du bringst alles in Erfahrung, was wir über Professor Zumdiek wissen müssen: Familiäres, seine Erfolge, Niederlagen, Freunde, Feinde und so weiter. Wie wir wissen, war er in einen Skandal verwickelt, und sein Ruf hat stark gelitten, vielleicht wollte ihn jemand eine Schuld büßen lassen, die damit in Verbindung steht.«

»Eine Kleinigkeit für Simon, nicht wahr? Er ist doch unser Internetexperte.«

Senge konnte einem mit seiner Lobhudelei glatt die gute Laune verderben.

»Ich selbst werde mit Zumdieks Assistentin sprechen, die kann uns vermutlich weiterhelfen. Kai wird mich begleiten und die Kameras checken«, ließ sich Hella nicht aus dem Tritt bringen.

»Und was ist mit dem Fall Krenz? Ich werde Klaas Burmann wohl entlassen müssen. Es gibt kein stichhaltiges Belastungsmaterial«, mischte sich noch einmal der Kriminalrat ein.

Hella nickte nur. Für sie war klar, dass im Fall des Bäckers nun ein zermürbender Befragungsmarathon folgen würde. Wie jeder erfolgreiche Geschäftsmann hatte Bertold Krenz eine Menge Kontakte, Feinde und Neider, die jetzt versuchten, dem Scheinwerferlicht zu entgehen …

»Der neue Fall kommt mir auch ziemlich eigenartig vor«, dachte Kai Fischbach laut nach, als sie sich auf dem Weg ins Klinikum befanden. »Ich habe keine echten Argumente, aber dass Zumdiek wie ein Elefant eingeschläfert wurde, finde ich mindestens so kurios wie den Bäcker in der Röhre. Von dem Herz in der Tasche ganz zu schweigen …«

Hellas Handy schnitt ihm das Wort ab. »Budde.«

»Du wirst nicht glauben, was ich dir jetzt sage …« Selten klang Daniela so aufgeregt. »Ich habe das Herz aus Zumdieks Tasche untersucht und mit einem Kollegen von der Zoologie deswegen geskypt, da meiner Meinung nach Tiergewebe vorlag.«

»Ja und?« Hella stellte das Handy auf laut.

»Es handelt sich um das Herz eines erwachsenen Affen, allerdings einer kleineren Rasse, einer Meerkatze vermutlich. Und das viele Blut stammt von einem Schwein …«

»Hab ich's nicht gesagt?«, stand Kai ins Gesicht geschrieben.

»Also noch eine Mordinszenierung. Konntest du Abwehrspuren finden?«

»Bislang keine. Keine Hämatome, die Fingernägel sind sauber. Zumdiek muss überrascht worden sein, vielleicht hat sich jemand von hinten genähert. Die Wirkung des Betäubungsmittels war so stark, dass es ihn gleich umgehauen hat.«

»Dank dir, Daniela, bis später.«

»Dass es sich um eine Anspielung auf den Beruf des Professors handeln musste, war doch von Anfang an klar, oder?«, wandte sie sich an Kai. Der Kollege sollte sich nur nichts einbilden, dachte sie. »Das bringt uns allerdings nicht voran. Denn es fragt sich jetzt: Wer könnte für beide Fälle infrage kommen, wenn wir im ersten nicht einmal eine tatverdächtige Person haben? Und haben wir es wirklich mit einer Serie zu tun?«

Acht Uhr sechsundfünfzig, bewölkt, die Außentemperatur betrug feuchtkalte acht Grad, als sie aus dem Wagen stiegen. Kai begann mit seiner Arbeit direkt an der Pforte der Klinik. Er würde einiges zu tun haben, bis er alle Aufzeichnungen eingesammelt hätte. Währenddessen fuhr Hella mit dem Aufzug in den dritten Stock und traf dort auf Zumdieks Mitarbeiterin, die ihren Arbeitsplatz in einen von der KTU freigegebenen Raum verlegt hatte. Die junge, zierliche Frau mit kastanienrot getönter Kurzfrisur, auf deren Namensschild »Dr. Angela Werner« stand, wirkte immer noch schockiert. Offenbar hatte sie erst nach Dienstantritt am Morgen von den Ereignissen erfahren. Als sie hörte, dass es sich um eine offizielle Ermittlung handelte, erklärte sie sich aber ohne zu zögern bereit, alle Fragen zu beantworten.

Die Zeit drängte, und Hella wollte die Zeugenbefragung so schnell wie möglich durchziehen. »Wir versuchen, den Ablauf des letzten Arbeitstags von Professor Zumdiek zu rekonstruieren. Da können Sie uns wertvolle Dienste leisten, Frau Dr. Werner«, begann sie.

»Natürlich, fragen Sie. Professor Zumdieks Kalender liegt allerdings in seinem Büro. Ich habe nur die OP-Termine ...« Sie schob Hella Unterlagen zur Einsicht zu. Doch Hella warf kaum einen Blick darauf.

»Gab es gestern irgendwelche Zwischenfälle, wirkte der Professor nervös oder gereizt?«

»Gereizt war er ehrlich gesagt immer«, kam prompt die Antwort. »In letzter Zeit passte ihm fast gar nichts mehr …«

»Ich meine, fiel Ihnen gerade gestern etwas Ungewöhnliches an seinem Verhalten auf?«

»Nein, eigentlich nicht«, erwiderte die Ärztin. »Außer vielleicht, dass er am Morgen einen ziemlichen Disput mit Dr. Eidinger hatte.«

»Worum ging es?«

»Das kann ich Ihnen nicht sagen. Als Dr. Eidinger aus dem Zimmer des Professors kam, war sein Gesicht jedenfalls knallrot vor Wut. Da wusste ich, dass sie wieder aneinandergeraten waren.«

»Mochten Sie Ihren Chef?«, wechselte Hella ganz plötzlich das Register, was die junge Ärztin sichtlich verblüffte. Wahrscheinlich hatte sie sich diese Frage selbst nie gestellt, doch offenbar wurde ihr in diesem Moment bewusst, dass Zumdiek sie nicht mehr zur Rechenschaft ziehen konnte, egal, was sie antwortete.

»Wir hatten ein nicht einfaches, aber vertrauensvolles Verhältnis. Das heißt: Solange ich ihn nicht enttäuschte, denn das war die Bedingung für unseren Burgfrieden. Und Widerworte vertrug er ganz und gar nicht.«

»Ist Ihnen das immer gelungen?«

»Nein, vor allem am Anfang nicht, aber in letzter Zeit verließ er sich ganz auf mich und akzeptierte sogar, wenn ich in dringenden Fällen seine Dispositionen umwarf.«

»Ist Ihnen gestern irgendjemand aufgefallen, der den Professor sprechen wollte und nicht in diese Abteilung gehörte?«

»Nein, nicht dass ich wüsste. Am Morgen waren zwei Operationen angesetzt, davon hat er eine selbst durchgeführt, am späten Vormittag hatte er Besuch von einem Pharmareferenten, den er seit Jahren kennt. Mit wem er zu Mittag gegessen hat, weiß ich nicht, aber das hat er sicher in seinem Kalender vermerkt.«

»Wann haben Sie den Professor das letzte Mal gesehen, bevor Sie Dienstschluss gemacht haben?«

Die junge Ärztin dachte kurz nach. »Als Dr. Eidinger nach siebzehn Uhr sein Zimmer betrat, da habe ich Prof. Zumdieks Stimme noch gehört. Ich bin dann gegen siebzehn Uhr dreißig gegangen, etwas früher als sonst, ich hatte noch eine private Verabredung. Da war Dr. Eidinger noch bei ihm.«

Also hatte Eidinger den Professor vermutlich als Letzter gesehen, dachte Hella, als das Telefon auf dem Schreibtisch der Ärztin ihr Gespräch unterbrach. Den genauen Todeszeitpunkt würde sie bestimmt von Daniela in Kürze erfahren.

»Vielen Dank. Bitte halten Sie sich zu unserer Verfügung«, verabschiedete sie sich von Zumdieks Assistentin. Als sie den Gang betrat, kam ihr Kai Fischbach bereits entgegen.

»Das Aufnahmematerial ist recht gut, aber ich brauche mehr Anhaltspunkte, um die Suche spezifizieren zu können«, sagte er.

»Zunächst kommen alle, die versuchen, ihr Gesicht zu verbergen, infrage. Sehe ich das richtig, Kai?«

»War mir schon klar«, antwortete er etwas pikiert. »Auf den ersten Blick allerdings kein Ergebnis. Die Rezeption hat mir noch mitgeteilt, dass die Gänge der Abteilung für Organtransplantation besonders gut überwacht werden. Deshalb hab ich mich gleich auf den Weg gemacht.«

Ein Blick an die Decken bestätigte die Aussage, die Gänge waren ausgesprochen dicht mit Kameras bestückt. Als sie im Mitarbeiterzimmer nachfragten, konnte ihnen ein Pfleger weiterhelfen, der ihnen das Material vorspielte. Doch es tauchte niemand Verdächtiges in den Aufnahmen auf. Die Weißkittel, die den Gang in Richtung der Räume des Professors benutzt hatten, konnten schnell und einwandfrei identifiziert werden.

»Mir fällt etwas auf«, meldete sich jetzt Kai.

»Was meinst du?«

»Ich habe weder den Professor noch Dr. Eidinger auch nur ein einziges Mal auf dem Gang gesehen.«

»Sehr gut«, erwiderte sie, worauf Kai so tat, als habe er das Lob überhört. Er war eben sensibel, ihr Kai. Sie befragten noch einmal den Pfleger, und es stellte sich heraus, dass die Räume bis hin zum Sprechzimmer des Professors durch einen rückwärtigen Korridor miteinander verbunden, aber nicht durch Kameras gesichert waren.

»Die tatverdächtige Person musste das gewusst haben, nur so konnte sie sich ungesehen in Zumdieks Zimmer schleichen.«

»Aber irgendwann musste sie das Krankenhaus betreten haben, oder?«

»Natürlich, Chefin. Aber das kann auch über einen der Seiteneingänge geschehen sein. Davon gibt es unzählige hier.«

»Bleib dran, werte alle Aufnahmen aus, die dir in die Finger kommen, und ruf mich an, wenn es Neuigkeiten gibt.«

Eigentlich war es doch ganz einfach: Wer immer dem Professor die Todesspritze gegeben hatte, kannte sich im Gebäude aus, war ein akribischer Planer, besaß einen ausgeprägten Sinn für Drama und musste eine unglaubliche Wut im Bauch haben. Hella seufzte.

Dr. Eidinger schaute sie beinahe angriffslustig an, nachdem Hella sich nicht von seiner Mitarbeiterin im Vorzimmer hatte aufhalten lassen und nach kurzem Klopfen in sein Reich eingedrungen war.

»Ich muss doch sehr bitten. Sie können sich gar nicht vorstellen ...«

»Nein, sicher nicht«, unterbrach sie ihn sofort. »Aber wir müssen hier einen Mord aufklären, und das hat absolute Priorität. Oder soll ich Sie für eine Befragung lieber ins Kommissariat bestellen?«

»Nein, nein, ist schon gut«, winkte er ab und beruhigte sich schnell wieder. »Wenn es sein muss. Eine Sekunde bitte.« Woraufhin er zum Telefon griff. »Stellen Sie Herrn Dr. Wilbert den Kollegen schon vor. Ich komme, sobald ich hier fertig bin.« Wieder zu Hella: »Freundlicherweise haben uns die Kollegen aus Hannover Unterstützung geschickt, wir sind notorisch unterbesetzt, wissen Sie?« Sein verbissen wirkendes Gesicht war kaum zu einem Lächeln fähig, aber sein Blick wurde milder.

»Ich brauche weitere Informationen über Ihre Beziehung zu Professor Zumdiek. Standen Sie in einem Konkurrenzverhältnis?«

Eidinger atmete schwer aus. »Wie ich bereits sagte, Ottmar war ein Gott, der erwartete, dass man ihm huldigte. Hier im Haus war er konkurrenzlos. Ich hatte als einziger Mitarbeiter die Ehre, ihn duzen zu dürfen. Wenn man seine uneingeschränkte Autorität akzeptierte und sich danach richtete, kam man ganz gut mit ihm aus.«

»Das kann nicht einfach gewesen sein. Ich habe gehört, dass Sie öfter aneinandergerieten ...«

»Nun ja, er hatte sich zur Angewohnheit gemacht, mir für alles, was in der Abteilung nicht glatt lief, die Verantwortung zuzuschieben. Das führte auch gestern Morgen wieder zu Ärger, aber es war nicht weiter tragisch. Bei Operationen vertrauten wir uns hundertprozentig und verstanden uns blind. Auch während des Spendeskandals habe ich voll und ganz hinter ihm gestanden.«

Offenbar wollte er keinesfalls als sein Gegner wahrgenommen werden, dachte Hella, so wie er es betonte. »Kannten Sie sich auch privat?«

»Wie man eben einen guten Arbeitskollegen so kennt. Wir, das heißt meine Frau Charlene und ich, waren auf seine Partys eingeladen, ein-, zweimal im Jahr, aber wirkliche Gemeinsamkeiten außer dem Beruf hatten wir nicht. Wir waren einfach zu verschieden. Es beginnt schon damit, dass ich gern lese und er Golf spielte. Außerdem, wenn man sich ohnehin den lieben langen Tag sieht, dann …«

»Verstehe. Von dem Organspendeskandal weiß ich nur aus der Zeitung. Professor Zumdiek war darin verwickelt, wie dort zu lesen war.«

»Ja, man hat ihm vorgeworfen, die Empfängerliste manipuliert zu haben, konnte ihm aber nichts nachweisen. Sein Ruf hat dabei stark gelitten, nicht der des Chirurgen, sondern der des Arztes, Sie verstehen? Es blieb etwas von dem Verdacht an ihm hängen, er hätte seine Tochter bevorzugt behandelt und ihr ein Spenderherz implantiert, das für einen anderen Patienten vorgesehen war, der vor ihr auf der Liste stand. Zum Glück hat alles noch ein gutes Ende gefunden.«

Das Affenherz. Aber warum ein Affenherz? Ein Schweineherz hätte es doch auch getan? Es musste noch einen anderen Bezug zu dem Mord geben, dachte Hella. »Nach Auskunft von Dr. Werner müssen Sie der letzte Zeuge gewesen sein, der Professor Zumdiek lebend gesehen hat.«

Ein Anflug von Empörung trat auf Eidingers Gesicht. »Wir hatten noch eine kurze Besprechung, Ottmar und ich.

Es ging um eine nicht ganz einfache Nierentransplantation ...«

»Wann haben Sie den Professor aufgesucht und wann sind Sie gegangen?«

»Sie glauben doch nicht etwa ...«

»Als Polizistin glaube ich nie etwas.«

Jedenfalls teilte Eidinger offenbar die Eigenschaft des Mordopfers, leicht reizbar zu sein. »Frau Werner kann bezeugen, dass ich kurz nach siebzehn Uhr ...«

»Ja, das kann sie, aber laut ihrer Aussage ist sie früher gegangen und hat Sie nicht mehr herauskommen sehen.«

»Ja, das stimmt, sie war bereits gegangen, als die Besprechung etwa gegen siebzehn Uhr vierzig zu Ende war.«

Eidinger hätte sich nicht einmal beeilen müssen, um innerhalb der ihm zur Verfügung stehenden Zeit den Mord zu begehen. Aber bislang fehlte noch das Motiv. Warum sollte er seinen Chef ermorden? Eidinger reichte offenbar nicht an dessen berufliche Fähigkeiten heran, hätte ihn also nie ersetzen können. Und warum die Inszenierung, fragte sich Hella. Viel wahrscheinlicher wäre es, wenn jemand, der von dem Spendeskandal betroffen war, den Professor für alle sichtbar bestrafen wollte. »Als Sie das Sprechzimmer verließen, lebte der Professor also noch.«

»Ja, natürlich. Soweit ich das beurteilen kann, war er in bester Verfassung.«

Wieder meldete sich das Telefon an Eidingers Schreibtisch. Die Visite wartete. »Wenn Sie weitere Fragen haben, stehe ich später gern zur Verfügung«, verabschiedete er sich von Hella mit der üblichen Floskel, wirkte aber etwas überrascht, als sie ihm antwortete.

»Das könnte in Kürze der Fall sein. Bitte rechnen Sie auch damit, dass wir Ihre Frau befragen.«

»Was hat denn Charlene damit zu tun?«

»Das wissen wir noch nicht, aber sie kannte Professor Zumdiek, das genügt vollkommen als Grund für eine Zeugenbefragung.«

»Natürlich«, sagte er und schien einsichtig, »tun Sie, was Sie für nötig halten.« Er kehrte ihr den Rücken zu und verließ den Raum.

Kai Fischbach war noch länger mit der Sichtung der Kameraaufnahmen beschäftigt, also blieb Hella ausreichend Zeit, sich den Tatort genauer anzusehen. Zwei Türen führten in Zumdieks Sprechzimmer, die eine vom Vorzimmer aus, durch die Patienten und Besucher eintraten. Die andere lag hinter dem Schreibtisch und führte zu dem rückwärtigen Korridor, der in dem Mitarbeiterraum endete. Für einen Überfall aus dem Hinterhalt wie gemacht. Die Täterin oder der Täter war vermutlich mit gezückter Spritze hinter dem Professor aufgetaucht, hatte das Überraschungsmoment genutzt und zugestochen. Zumdiek konnte sich nicht mehr zur Wehr setzen, das Betäubungsmittel hatte ihn sofort außer Gefecht gesetzt.

Auf dem Schreibtisch des Opfers fanden sich keine Unterlagen, die ihr einen Hinweis auf die Tat gaben, und die Termine in seinem Tischkalender waren in einer krakeligen, kaum lesbaren Handschrift eingetragen. Soweit Hella sie entziffern konnte, ließen sich keine Unterschiede zu den Angaben von Dr. Werner, seiner Mitarbeiterin, feststellen. Nach dem Mittagessen hatte er offenbar seine Visite durchgeführt und sich am Nachmittag vor der Besprechung mit Dr. Eidinger noch mit Schreibtischarbeiten beschäftigt.

Ihr Handy meldete sich. Die Nummer der Gerichtsmedizin erschien auf dem Display.

»Du bist sicher schon ganz heiß auf den Todeszeitpunkt«, knarrte Danielas Stimme.

»Kann man so sagen …«

»So wie es sich für mich darstellt, kam Zumdiek zwischen siebzehn Uhr dreißig und achtzehn Uhr zu Tode. Die Leichenstarre hatte gerade eingesetzt, als ich das Opfer zum ersten Mal gesehen habe.«

»Dann muss alles ziemlich knapp nacheinander passiert sein«, dachte Hella laut. »Die Täterin oder der Täter musste den Überblick über die Abläufe gehabt haben. Dank dir, Daniela.«

»Das müsste dir eine Calzone bei Giovanni wert sein …«

»Unbedingt. Ich ruf dich zurück.« Sie drückte ihre Freundin schmunzelnd weg und meldete sich bei Kai. »Zumdiek wurde etwa zwischen siebzehn dreißig und achtzehn Uhr ermordet. Wer hat sich zu dem Zeitpunkt in seiner Abteilung aufgehalten und was hat er dort gemacht? Bitte den Aufenthalt aller Personen, die sich auf der Station befanden, lückenlos abklären. Die Kameras müssten zumindest Dr. Werner aufgezeichnet haben, als sie das Haus verließ. Das war gegen halb sechs.«

»Klar, Chefin. Ich habe übrigens nachgefragt, ob der Mitarbeiterraum auf der Station durchgehend besetzt gewesen sei. Eigentlich schon, hat mir ein Krankenpfleger geantwortet, aber es gebe immer unbewachte Momente. Und auf meine Frage, ob sich jemand ungesehen an der Glasscheibe vorbeischleichen könne, meinte er, dass es nicht schwer sei, wenn man es darauf anlege.«

»Gute Arbeit, Kai. Du kannst Mittagspause machen.«

»Und was ist mit dir?«

Ein Blick auf die Uhr sagte ihr, dass auch für sie Mittagszeit war, aber die Ergebnisse vom Morgen waren unbefriedigend. Die Täterin oder der Täter war ihnen um Haaresbreite voraus oder log sie dreist an. »Ich hab noch etwas vor. Ich melde mich.«

Kai schwieg, und sie wussten beide, dass sie als Nächstes eine Frau befragen würde, denn das machte sie gern allein.

8

Auf dem Weg zum Ausgang des Kommissariats kam Hella an der Automatenecke vorbei. Manchmal mussten eben zwei Schokoriegel und eine Tüte Lakritz-Konfekt als Mittagessen genügen. Jedenfalls fühlte sie sich nach dem ersten Biss in weiches Karamell eindeutig besser.

Das Privatanwesen der Zumdieks lag in der Nähe von Schloss Richmond. Die Südstadt-Villa war vermutlich aus den Siebzigern, penibel gepflegt und von einem parkartigen Gartengrundstück umgeben, das ein mannshoher Stahlzaun vor ungebetenen Gästen schützte. Dieser schien jüngeren Datums zu sein, ebenso die Sicherheitskameras rund um den Eingang. Nachdem Hella den Klingelknopf gedrückt hatte, dauerte es einige Zeit, bis sich eine weibliche Stimme an der Sprechanlage mit einem schlichten »Hallo?« meldete.

»Budde, Kripo Braunschweig, Frau Zumdiek?« Statt einer Antwort folgte ein Summen, und die Tür sprang auf. Die Anlage des Grundstücks mit seinen beschnittenen Bäumen erinnerte an asiatische Gartenkunst, im hinteren Teil wurden kleine Teiche und eine Bogenbrücke aus Bambus sichtbar. Passend zu der Kulisse trat nun Frau Zumdiek in einem mit Kirschblüten bestickten Kimono vor die Tür, ihr Gesicht so weiß wie das von Madame Butterfly in der Oper. Für einen Moment raubte es Hella den Atem.

»Vielleicht kommt es Ihnen wie Maskerade vor, aber ich bin nicht verrückt«, begrüßte sie die Witwe. »Es hat etwas mit Philosophie und Lebensart zu tun. Die Asiaten und besonders die Japaner verstehen etwas von innerer Ausgeglichenheit. Überhaupt ist uns der Ferne Osten da weit überlegen«, erklärte sie weiter. Wahrscheinlich hatte sie dieses Gleichgewicht gerade besonders nötig.

»Bitte, kommen Sie doch herein!« Jasmin Zumdiek tippelte in kleinen Schritten voraus und führte sie in einen großen Wohnraum. Er war mit asiatischen Holzschnitzereien und zierlichen Möbeln dekoriert, in jedem Winkel stand eine Bodenvase mit Ornamenten und Schriftzeichen verziert, Aquarelle mit Blumen- und Vogelmotiven und grinsende Masken aus Mahagoni hingen an den Wänden. Sie nahmen Platz in einer kunstvoll geflochtenen Rattangarnitur.

»Darf ich Ihnen Tee anbieten?«, fragte Jasmin Zumdiek. »Mein Händler hat erst vor zwei Tagen eine neue Lieferung Grüntee aus Sri Lanka bekommen ...«

»Gern«, erwiderte Hella, worauf sich ihr Gegenüber erhob und tippelnd den Raum verließ. Die Chance für den Junior, dachte Hella und drückte Simons Nummer auf ihrem Handy. »Was kannst du über Zumdiek berichten? Aber bitte in der Kurzfassung.«

»Ottmar Dietrich Zumdiek«, kam es wie aus der Pistole geschossen, als hätte er auf ihren Anruf gewartet, »wurde als Dreijähriger von einer bis dahin kinderlosen Familie in Oldenburg adoptiert. War hochbegabt und übersprang mehrere Klassen in der Schule. Nach dem Wehrdienst Studium der Medizin in Hamburg, später in Stanford und Eaton. Ein Superman mit unzähligen Auszeichnungen ...«

»Das war zu vermuten. Und privat?«

»Verheiratet seit über zwanzig Jahren mit Jasmin Zumdiek, geborene Sattler, eine späte Tochter Franziska. Sie ist gesundheitlich labil, nach einem Unfall ab der Hüfte gelähmt. Außerdem litt sie an einem schwachen Herzen, das sie fast das Leben gekostet hätte. Ihr Vater konnte sie in letzter Sekunde retten. Diese Aktion war auch der Grund für den Skandal, worunter Zumdieks Ruf stark gelitten hat. Angeblich bevorzugte er seine Tochter. Aus Sicht des Professors hat er nur einen Tausch vorgenommen, denn plötzlich standen zwei Herzen zur Verfügung. Seine Tochter war angeblich in schlechterem Zustand, deshalb hat er sie zuerst operiert. Es gibt aber bis heute Stimmen, die behaupten, er habe die Spenderliste manipuliert …«

»Dank dir, Simon, bis später. Ich muss jetzt Tee trinken.« Mit einem Schmunzeln drückte sie den Kollegen weg, denn die Hausherrin nahte, in den Händen hielt sie ein Tablett mit zierlichem Porzellangeschirr. Sie stellte es auf dem quadratischen Holztisch ab und platzierte Teller und Tassen ohne jede Eile.

»Ich möchte Ihnen noch einmal unser Beileid für den Tod Ihres Gatten aussprechen, Frau Zumdiek. Sicher ein unersetzlicher Verlust für Sie und Ihre Tochter.« Die Witwe sollte auf keinen Fall den Eindruck gewinnen, dass man nicht genug Respekt ihr gegenüber zeigte. Das könnte Vertrauen zerstören.

Doch Jasmin Zumdiek schien ihr kaum zuzuhören, sie schaute an ihr vorbei durch das Panoramafenster in ferne Horizonte, als wollte sie ihr ganzes Leben überblicken. Schließlich goss sie ihnen beiden Tee ein und setzte sich auf den Stuhl gegenüber von Hella.

»Ja, es ist ein großer Verlust«, begann sie. »Vor allem ist es ein Schock, dass plötzlich alles zu Ende ist, verstehen Sie? Immerhin waren es über zwanzig Jahre.«

Im Gegensatz zum gestrigen Abend schien sie emotional abgeklärt zu sein. In ihrem Gesicht regte sich nichts. Offenbar bemerkte sie, dass Hella sich darüber wunderte.

»Bitte lassen Sie sich durch meine Ruhe nicht täuschen«, ging sie darauf ein. »Ich muss noch sehr um meine Fassung ringen. Aber immer wenn es in meinem Leben schwierig wurde, hat mich die fernöstliche Weisheit getröstet und auf dem richtigen Weg gehalten.«

Hella nahm einen Schluck von dem heißen Tee, der eine leicht bittere Note hatte. »Sie werden verstehen, dass Sie die Erste sind, die ich befragen muss, um mir ein Bild von Ihrem Mann und Ihrem gemeinsamen Leben machen zu können«, begann Hella.

»Natürlich, fragen Sie nur …«

»Wie war Ihr Verhältnis in letzter Zeit?«

Jasmin Zumdieks Gesicht blieb unbewegt. »Wir waren seit über zwanzig Jahren ein Paar. Dass manches in einer so langen Zeit zur Routine wird, dürfte klar sein, aber insgesamt harmonierten wir, natürlich auch in der Sorge um Ska, unsere Tochter.«

»Es gab also keine Auseinandersetzungen zwischen Ihnen kurz vor seinem Tod?«

Die Witwe wollte zu einer Antwort ansetzen.

»Sag jetzt nichts Falsches, Mami! In diesem Haus ist schon genug gelogen worden. Irgendwann muss damit Schluss sein«, fuhr die schneidende Stimme einer jungen Frau durch den Raum, die sich ihnen unhörbar genähert hatte. Sie saß in einem Rollstuhl, die feinen Hände lagen auf der Griffleiste der Räder. Hella fiel sofort ihre zarte Schönheit auf, obschon Wut ihr Gesicht verzerrte. Doch auch sie schaffte es anscheinend nicht, Jasmin Zumdieks fernöstliches Gleichgewicht zu irritieren.

»Bitte, Ska, lass das jetzt! Die Kommissarin ist hier, um von mir Fakten und Informationen zu erfahren, damit sie den Fall so schnell wie möglich lösen kann. So verhält es sich doch, Frau …?«

»Budde, Hella Budde, Kriminalhauptkommissarin«, erwiderte Hella laut und deutlich. Franziska Zumdiek stutzte einen Augenblick, dann schien sie das Interesse an der Situation verloren zu haben, machte kehrt und verschwand wieder unhörbar in einem der hinteren Zimmer.

»Sie müssen meine Tochter entschuldigen. Franziska hat gesundheitlich viel durchgemacht, sie ist oft emotional überreizt. Und jetzt noch der Mord. So etwas hält selbst ein gesunder Mensch kaum aus. Ich mache mir riesige Sorgen um sie, sie darf sich doch nicht aufregen wegen ihres Herzens.«

»Natürlich«, erwiderte Hella, aber Franziska Zumdiek hatte ihr eine Tür aufgestoßen, und die Gelegenheit durfte sie nicht ungenutzt lassen. »Was meinte Ihre Tochter damit, dass in diesem Haus bereits genug gelogen worden sei?« Offenbar hatte sie den Finger in die Wunde gelegt, denn Jasmin Zumdieks Blick wanderte unruhig hin und her. Allerdings fing sie sich schnell wieder.

»Vielleicht hat Ska ja ganz recht. Es ist Zeit, sich von Lebenslügen zu verabschieden. Unsere Ehe war nicht unproblematisch – aber ich frage Sie: Welche ist das nicht?«

»Inwiefern?«, hakte Hella nach.

»Er war eine schwierige Persönlichkeit. Wahrscheinlich seiner Kindheit geschuldet ...«

»Soviel ich weiß, war er ein Waisenkind und ist adoptiert worden«, ergänzte Hella.

Jasmin Zumdiek sah sie verblüfft an. Dass die Polizei so schnell ihre Arbeit machen könnte, damit hatte sie offenbar nicht gerechnet. »Ganz richtig, vielleicht ist Ihnen auch bekannt, dass sein Adoptivvater trotz seiner Leistungen nicht viel von ihm hielt und ihm bis zuletzt unter die Nase rieb, dass er nichts wäre, wenn er ihm damals nicht das Studium bezahlt hätte. Ottmars Leben bestand eigentlich nur darin, diesem Unmenschen zu beweisen, was er zu leisten imstande war. Ein Getriebener mit einem gestörten Selbstwertgefühl, ein Mann, der sich stets bestätigen musste und von seiner Umwelt absoluten Respekt abforderte. Oft war es unerträglich. Immer und überall musste er das letzte Wort haben.« Sie seufzte.

»Aber Sie liebten ihn ...«

»Anfangs waren wir beide sehr glücklich, teilten die Leidenschaft für asiatische Kulturen und machten ausgedehnte Reisen nach Japan und China. Viel Zeit blieb uns nicht, denn seine Karriere stand immer im Mittelpunkt. Damals habe ich auch noch meinen Job als Verlagslektorin ausgeübt, aber als Franziska, unsere Tochter, kam und mit zwei Jahren einen Unfall erlitt, von dem sie eine Lähmung bis zur Hüfte zurückbehielt, habe ich mich nur ihr gewidmet ...« Mit einer demonstrativ langsamen, fast majestätischen Bewegung nahm sie ihre Tasse wieder auf und trank einen Schluck Tee. »Obwohl Ottmar seine Tochter sehr liebte, hat er es im Grunde nicht verkraftet, dass sie behindert ist, später kam auch noch die Herzschwäche dazu. Schließlich der Skandal um die Transplantation. Das alles hat unsere Ehe stark belastet. Aber ich habe immer zu ihm gehalten.«

Dafür konnte man nur Verständnis haben, dachte Hella, doch es blieb das Gefühl, dass ihr diese Frau etwas verschwieg, und der Auftritt der Tochter kam ihr wie ein Hilferuf vor.

Hella hätte Franziska Zumdiek gern ein paar Fragen gestellt, aber ihre Mutter machte ihr unmissverständlich klar, dass sie es nicht dulde. Ihre Tochter habe den Schock noch nicht überwunden, und sie erlaube nicht, dass sie nun einem weiteren Stress ausgesetzt würde, dem sie vielleicht nicht gewachsen sein könnte. Worauf sich Hella fürs Erste verabschiedete.

Fünfzehn Uhr sechs. Im Kommissariat Mitte wartete bereits Kai auf sie, auch Simon erschien und brachte unaufgefordert drei Becher Kaffee mit in ihr Büro.

»Kollege Pläschke zieht anscheinend alle Register. Aber vielleicht trinkt unsere Chefin ja lieber Lotusblütentee?«, stichelte Kai.

»Kaffee ist ganz in Ordnung«, erwiderte Hella. »Doch zur Sache Kollegen.« Sie ließ sich nicht anmerken, dass sie sich insgeheim darüber freute, wie sie allmählich zu einem Team zusammenwuchsen. »Ich will kurz zusammenfassen: Der schlechte Gesundheitszustand der Tochter belastete die anfangs glückliche Ehe der Zumdieks schwer, das hat die Witwe unumwunden zugegeben. Darüber hinaus muss Ottmar Zumdiek ein ziemlicher Psychopath gewesen sein, anerkennungssüchtig, egozentrisch, unangenehm bis despotisch im Umgang mit den Kollegen im Krankenhaus. Laut der Witwe war es seiner problematischen Beziehung zu seinem Adoptivvater geschuldet. Während des Gesprächs erschien die Tochter im Rollstuhl und forderte ihre Mutter auf, mit den Lügen aufzuhören. Was gemeint war, konnte ich nicht erfahren, werde mir beide aber noch einmal vorknöpfen.«

»Und was hat es mit dem Organspendeskandal auf sich?«, fragte Kai.

»Jasmin Zumdiek hat die Version vertreten, die wir bereits kennen. Ihr Mann habe seine Tochter zuerst operiert, weil ihr Leben auf Messers Schneide stand. Angeblich standen zwei Herzen zur Verfügung und beide Operationen wurden erfolgreich ausgeführt. Vielleicht hat die Presse den Skandal entfacht. Die schüren den Verdacht, um die Geschichte künstlich aufzublähen und daran zu verdienen. Das wäre nicht das erste Mal ...«

»Aber was sollte dann das Herz in der Tasche des Opfers, und dazu noch ein Affenherz?«

»Möglicherweise gehört der Täter oder die Täterin zu denen, die den Professor für einen Betrüger halten«, kam von Simon.

»Oder es ist ein Ablenkungsmanöver, und er wurde aus einem ganz anderen Grund getötet.«

»Eifersucht, Neid?«, schlug Kai vor.

»Vielleicht.«

»Frauengeschichten?«

»Seine Frau hat sich dazu noch nicht geäußert. Aber es wird nicht die einzige Befragung bleiben, und natürlich werde ich auch mit der Tochter sprechen, selbst wenn sie wahrscheinlich kaum mehr als den Hintergrund beleuchten kann. Was hat der Kameracheck ergeben, Kai?«

»Am Tag des Mordes verstauten die meisten Personen, die das Krankenhaus durch den Haupteingang betraten, größere Taschen, Rucksäcke und so weiter in den Schließfächern im Parterre. Jedenfalls ist niemand mit Tasche in der Abteilung von Professor Zumdiek angekommen.«

Der Ablauf der Tat ließ eigentlich nur eine Möglichkeit zu, dachte Hella, obwohl es ihr ziemlich unwahrscheinlich vorkam. »Ich fasse zusammen: Als Täterin oder Täter kommt also jemand infrage, der im Laufe des Tages ungesehen ins Haus kam, bis zur Rezeption der Chirurgie gelangte und dort abwartete, bis die unbesetzt war, sich hintenherum durch den inneren Korridor bis zum Zimmer des Professors schlich, ihm die Spritze setzte, das Affenherz in seinem Arztkittel platzierte und dann genau so ungesehen wieder verschwand ...« Sie stöhnte. »Und was gibt es Neues von dir, Simon?«

»Wie verabredet habe ich das Internet auf den Kopf gestellt. Der Professor war Mitglied in einigen Vereinen und im Golfclub. Hatte weitreichende Beziehungen. Pressefotos mit allen Größen der Stadt. Ehrenmitgliedschaften, Ehrendoktorwürden, internationale Preise ... Eine Info könnte besonders interessant sein: Zumdiek war natürlich auch Mitglied im Rotary Club. Und ratet mal, wer noch?«

»Bertold Krenz«, antwortete Hella ohne zu zögern. Doch was bedeutete das schon? Alle, die Geld hatten und als Wohltäter wahrgenommen werden wollten, waren Mitglied in einem Service Club, dachte sie. Auch wenn sie in diesem Stadium jeder Spur nachgehen mussten. Schließlich hatten sie im Fall Krenz ebenso wenig in Händen.

»Gute Arbeit, Simon. Du solltest prüfen, ob hier eine Verbindung besteht.« Sie wandte sich an Kai. »Und du überprüfst bitte die Liste der Patienten, die von Professor Zumdiek in den letzten fünf Jahren operiert worden sind. Womöglich gibt es irgendwelche Zwischenfälle, die wir noch nicht auf dem Schirm haben.«

»Wird gemacht.«

Die Besprechung war zu Ende. Hella winkte die Kollegen hinaus, sie brauchte jetzt Ruhe zum Nachdenken. Erst jetzt fiel ihr auf, dass die Zeitung von heute aufgeschlagen auf ihrem Schreibtisch lag.

Rechte Umtriebe bei der Kripo Braunschweig?

Sie überflog den Artikel. Warum wusste sie nichts davon? Bei der letzten Untersuchung hieß es doch: alles nicht so schlimm. Und jetzt war die Presse besser informiert als sie? Wie ein Virus habe sich das Netzwerk verbreitet. Man befürchte, dass sogar Leitende Beamte in Verdacht stünden, so äußerte sich Arnfried Klett von der Justizbehörde ... In dem Augenblick fiel Hella ein, dass sich Kriminalrat Senge so seltsam verhalten hatte. Ob es da einen Zusammenhang gab? Hella öffnete ihren PC und checkte ihre E-Mails. Jemand schien sich einen schlechten Scherz mit ihr machen zu wollen. In einer Mail wurde sie mit »Herzlich willkommen, Kollegin« begrüßt und sie solle sich über einen Link mit einem Chatraum verbinden. Man habe sie empfohlen, war zu lesen, und mit diesem Schreiben und der sechsstelligen Nummer sei sie jetzt Mitglied von »Die Gerechten«. Der kurze Text verriet, worum es sich bei den Gerechten handelte: keine Gnade mit Abschaum, unerbittliches Durchgreifen bei Demonstrationen, die Staatsgewalt müsse sich wieder Respekt verschaffen und so fort.

Die Presse wusste bereits davon, und diejenigen, die hinter diesen »Gerechten« steckten, spielten dieses Spiel dennoch weiter. Sie mussten sich ziemlich sicher sein, dass man sie nicht so schnell dingfest machen konnte, dachte Hella und beschloss, sofort mit Ludger Senge darüber zu sprechen. Vielleicht handelte es sich um das, was ihn in der letzten Zeit umtrieb. Aber warum hatte er ihr nichts davon erzählt?

Als Hella den PC ausschalten wollte, wurde ihr klar, wie gerissen die Bande vorging. In der E-Mail wurde indirekt behauptet, dass sie sich mit den Inhalten identifizierte. Sie war angeblich empfohlen worden, hatte also bereits Interesse gezeigt. Vielleicht hatte der Kriminalrat mit der Sache gar nichts zu tun, und sie würde sich selbst dem Verdacht aussetzen, Mitglied in einer solchen Zelle zu sein, wenn sie ihn darauf ansprach?

Ludger traute ihr nicht, sonst hätte er ihr von seinen Problemen erzählt. Vielleicht war es sinnvoller, direkt den Staatsanwalt einzuschalten. Klapproth hatte ihr bereits einmal geholfen, als Senge sie vom Fall des ermordeten »Banksy von Braunschweig« abziehen wollte und dann eingestehen musste, dass nicht seine, sondern ihre Spur die richtige gewesen war.

Sie wusste allerdings, wie es ablaufen könnte. An sie war die E-Mail verschickt worden, und bei ihr würden die Ermittlungen beginnen. Und kaum, dass sie sich versah, blieb der Verdacht an ihr hängen, das Opfer verwandelte sich in einen Täter. Suspendierung drohte, der Ruf war ruiniert oder zumindest beschädigt. Ob an einem Verdacht etwas dran war oder nicht, es blieb immer ein Fleck auf der Weste. Vielleicht sollte sie die E-Mail einfach löschen …

Sie schaute auf die neue Funkuhr über der Eingangstür. Die einzige Veränderung, die sie in den knapp zwei Jahren Dienst in ihrem Büro vorgenommen hatte. Siebzehn Uhr sieben. Das elendige Gefühl, nichts zuwege gebracht zu haben, fraß ihr ein Loch in den Bauch, oder war es schlichtweg der Hunger? Aber bevor sie sich um den kümmerte, würde sie nicht umhinkommen, dem Kriminalrat von den heutigen Ermittlungen Bericht zu erstatten.

»Er hat noch Besuch, Hella«, nahm sie Roswitha, Senges Sekretärin, in Empfang. Mit ihrer rechten Hand zeichnete sie Klapproths Zwirbelbart in die Luft und rollte mit den Augen. Wenigstens eine behielt den Humor.

Kurz darauf öffnete sich die Tür zu Senges Büro, und die aufgebrachte Stimme des Staatsanwaltes war zu hören: »Ich frage mich, wie so etwas möglich ist. Jetzt haben wir den Salat.« Anscheinend wurde Klapproth in dem Augenblick bewusst, dass er bereits halb im Vorzimmer stand. »Wir sprechen uns!« Er kehrte Senge den Rücken, nahm ihre Gegenwart mit einem »Die Damen« zur Kenntnis und eilte mit zwei Schritten zur Tür hinaus.

Hella hatte Klapproth noch nie so wütend erlebt, und als sie das Büro betrat, hing Ludger Senge wie zusammengefaltet über der Stuhllehne.

»Was gibt es denn noch?«

Da war offenbar jemand am Ende. Einen ungünstigeren Moment hätte sie sich nicht aussuchen können, ihm mitzuteilen, dass ihre Nachforschungen außer Vermutungen kaum etwas ergeben hatten.

»Also gut, was gibt es in Sachen Mord zu berichten?« Er stand auf und ging ans Fenster. Hella fiel auf, dass er sich allein in den letzten Tagen stark verändert hatte. Er war nicht mehr der Chef vom alten Schlag, der die Formen hochhielt, der versuchte, die Truppe zu motivieren, wenn das auch manchmal fast komisch wirkte. Er hatte seine Souveränität verloren, was man allein daran feststellen konnte, dass er nicht einmal mehr zu verbergen versuchte, dass er ohne Glimmstängel nicht mehr durchhielt.

»Leider nichts Ermutigendes, Ludger«, gestand sie halblaut. »Ich wollte dir eigentlich andere Nachrichten bringen.«

Er öffnete das Fenster und steckte sich eine an. »Also mach es kurz, Hella.« Ohne sie anzusehen, hörte er sich die Fakten in Ruhe an. »Ein verrückter Fall. Zwei verrückte Fälle«, war sein Kommentar. »Auf den ersten Blick würde ich fast meinen, dass sie zusammenhängen könnten. Zwei inszenierte Morde, die mutmaßlich auf die Schuld der Opfer hinweisen sollen. Aber nachweisen lässt sich das alles nicht. Hier führt uns jemand vor und gibt uns gleichzeitig Hinweise auf seine Motive. Aber wir haben zu wenig in der Hand, um ihn zu verstehen. Ich fürchte fast … Ihr müsst euch beeilen, Hella. Wir können die Täterin oder den Täter nur stellen, wenn wir nichts übersehen.«

Er war eben doch ein Profi, dachte Hella, als sie kurz darauf auf dem Parkplatz vor dem Kommissariat in ihr Auto stieg. Die dubiose E-Mail hatte sie ihm verschwiegen. Sie war sich noch nicht sicher, wie sie damit umgehen sollte. Doch sie teilte Senges Einstellung zu den Morden. Ihre reelle Chance, diese aufzuklären, war solide Polizeiarbeit, Ermittlungen bis ins scheinbar noch so unbedeutende Detail. Und es gab viele Winkel, die sie beleuchten mussten. Die bislang einzige Verbindung der beiden Fälle hatte Simon gefunden: Beide Opfer waren Mitglieder im Rotary Club ...

»Hella, agapi mou. Welch Glanz in meiner Hütte.« Christos strahlte sie an, als sie seine Taverne betrat, und Hella hatte nicht mehr als ein müdes Lächeln für ihn. Doch ihr Neffe ließ sich davon nicht beeindrucken. »Einen schweren Tag gehabt, wie ich sehe. Aber wenn so ein Tag zu Ende geht, dann hat man doppelt Grund zu feiern. Oder wartest du damit lieber auf ...?« Christos bemerkte gerade noch rechtzeitig, dass er dünnes Eis betrat. »Vergiss es, agapi mou. Ich freue mich, dass du deinen Neffen wieder besuchst. Und wenn ihr den Mörder heute nicht geschnappt habt, dann schnappt ihr ihn morgen. Irgendwann geht er ins Netz. Alle gehen sie Kommissarin Hella Budde irgendwann ins Netz.« Mit seinem ansteckenden Lachen holte er sie aus ihrer trostlosen Ecke. Was wäre die Welt ohne den Charme der Griechen?

Nach einer Grillplatte und einem halben Liter Retsina machte sie sich auf den Weg nach Hause. Sie war zu Fuß. Nach dem Dienst hatte sie ihren Wagen vorsichtshalber vor ihrer Wohnung geparkt. Ein Besuch bei Christos lief nie ohne Alkohol ab. Als sie an der Wohnungstür vorbeikam, an der jetzt der Name Thielemann stand, musste sie an die alte Frau Voglmaier denken, die ständig mit den Bojanows und ihren fünf Kindern über Kreuz lag und im letzten Jahr ihre Magenoperation nicht überlebt hatte. Jedenfalls war nun Friede im dritten Stock.

In ihrer Wohnung angekommen, fiel ihr ein, dass sie Daniela anrufen wollte. Sie zog ihr Handy aus der Jackentasche und wählte ihre Nummer. Es meldete sich die Mailbox: vorübergehend nicht erreichbar. Sie war nicht nur eine erfolglose Ermittlerin, schalt sich Hella, sie war auch eine lausige Freundin. Wer sollte Verständnis dafür haben, dass sie sich allein fühlte, wenn sie die Menschen, die ihr nahestanden, nichts als vertröstete? Sie zog sich die Schuhe aus und setzte sich auf die Couch in ihrem Wohnzimmer. Im Ersten lief eine Doku über Afrika: galoppierende Herden, Gnus, Zebras ... Staubwolken in der trockenen Savanne. Alle rannten anscheinend auf ein Ziel in der Ferne zu. Hella konnte nicht erkennen, was es war. Sie konnte gar nichts mehr erkennen ...

Plötzlich schreckte sie auf, sie musste eingenickt sein, und als sie auf den Bildschirm starrte, hatte gerade ein Pack Löwen ein Gnu erwischt ...

9

Montag, Tag vier der Ermittlungen. Kurz nach sechs trieb es Hella aus den Federn. Unter der heißen Dusche stellte sie ihren Tagesplan zusammen. Nur ungern gab sie die Verantwortung für wichtige Verhöre an Kollegen ab, aber es blieb ihnen nichts anderes übrig, als in alle Richtungen gleichzeitig zu ermitteln, um endlich voranzukommen. Beim Kaffee in der Küche musste sie sich eingestehen, dass sie und ihre Kollegen noch zu keiner Strategie gefunden hatten. Für beide Morde gab es zwar Motive, aber es fehlten die Beweise, diese zu untermauern. Kai Fischbach würde sie zusätzlich darauf ansetzen, die Alibis jeder einzelnen Person, die sich im engeren Kreis der Opfer bewegte, mit beiden Tatzeiten zu vergleichen. Wenigstens würde sich so klären lassen, wie wahrscheinlich die Theorie war, dass eine Person beide Morde begangen haben könnte. Sie selbst ging weiter von zwei verschiedenen Tätern aus. Außerdem war das Motiv der Bestrafung nicht gerade selten ... Plötzlich Musik: »We Are The Champions«.

Natürlich, das Handy. Christos hatte ihr gestern einen neuen Klingelton eingestellt. Sie brauche mehr positive Energie, meinte er. Musik würde die Emotionen gleich höherschlagen lassen. Und mit den Emotionen hatte er recht behalten: Sie hasste es, am frühen Morgen angebrüllt zu werden, selbst wenn es Freddie Mercury war.

»Budde.« Der Jemand am anderen Ende meldete sich nicht. »Hallo?«

»Hier spricht Ska Zumdiek«, gab sich jetzt die Professorentochter zu erkennen, deren Stimme so unterkühlt wie die eines Roboters klang. »Vermutlich haben Sie ohnehin vor, mich früher oder später zu befragen. Ich möchte nur vermeiden, dass meine Mutter dabei ist. Heute Morgen hält sie sich bis gegen zehn in ihrem Sportstudio auf, wenn Sie wollen, können Sie vorbeikommen. Sie kennen ja den Weg.«

Als Hella in der Südstadt ankam, wartete Franziska Zumdiek vor der Villa bereits auf sie.

»Wenn Sie nichts dagegen haben, verlegen wir die Unterhaltung in den Park von Schloss Richmond. Wir müssten nur den Rolli mitnehmen.«

Jetzt, wo Hella sie zum ersten Mal aus der Nähe sah, spürte sie die Hoffnungslosigkeit, die diese so junge und schöne Frau ausstrahlte. Sie war erst Anfang zwanzig und doch so niedergeschlagen wie jemand, den das Leben tief enttäuscht hatte.

»Natürlich, gern. Auch mir tun ein paar Schritte gut. Ich sitze einfach zu viel …«, versuchte sie etwas hilflos die Atmosphäre aufzulockern. Sie half der jungen Frau aus dem Rollstuhl und verstaute diesen im Gepäckraum.

Während der Fahrt schwiegen Sie. Hella wollte die Zeugin nicht bedrängen. Sie würde reden, da gab es keinen Zweifel, schließlich hatte sie angerufen und ihr das Gespräch angeboten. Fragte sich nur, wie weit sie gehen würde. Jedenfalls musste es einen Grund geben, weswegen sie nicht in ihrem Elternhaus mit ihr sprechen wollte.

Sie hatten Glück, die Sonne kam heraus, als sie den Park betraten. Die Grasflächen schimmerten bereits grün, die Knospen der Sträucher waren prall und würden bald aufbrechen. In der Luft lag der Geruch nach feuchter Erde. Man spürte, dass der Mai nicht mehr weit war. Am Spielmannsteich brachte Franziska Zumdiek ihren Rollstuhl abrupt zum Stehen.

»Ich war lange nicht mehr hier«, begann sie. »Habe unser Haus seit der Operation kaum verlassen. Mein Vater hatte Angst, ich könnte mich erkälten, mir eine Infektion einfangen oder Ähnliches. Vor allem – was er aber nicht zugeben wollte – befürchtete er, dass man mich auf offener Straße angreifen könnte, weil ich angeblich das neue Herz zu Unrecht bekommen hatte. Wie oft habe ich es bereits verflucht. Wozu dieses wertvolle Teil an einen Körper verschwenden, der nur noch ein Haufen Schrott ist ...«

Es tat weh, diese junge Frau so reden zu hören, dachte Hella. »Aber ...«

»Nein, bitte tun Sie mir den Gefallen und sprechen Sie nicht wie meine Mutter. Sie glaubt, dass ich emotional gestört bin. Ich sei undankbar, behauptet sie. ›Ich verbiete dir, so zu reden‹, ist alles, was sie dem entgegenzusetzen hat. Warum soll ich nicht so reden, wenn es doch die Wahrheit ist? Wegen mir fehlt ein Herz, das einem anderen zu Lebensglück verholfen hätte. Für mich bedeutet es nicht mehr als die Verlängerung meines Elends.«

Hella schwieg. Auf so viel Resignation hatte sie keine Antwort. Franziska Zumdiek atmete tief durch und setzte sich wieder in Bewegung. Ihr Gesicht blieb unbewegt. Sie schien sich dennoch besser zu fühlen. Anscheinend war es eine Befreiung für sie, jemandem ihre Sicht der Dinge darstellen zu können.

Für Hella war der Moment gekommen, die Fragen zu stellen, die sie stellen musste. Eines wusste sie nun: Zumdieks Tochter hasste ihr Zuhause, weil sie dort wie eine Gefangene gehalten wurde, wenn es auch aus Sorge geschah. Gab es noch andere Gründe?

»Bei meinem letzten Besuch haben Sie Ihre Mutter aufgefordert, nicht mehr zu lügen. Was meinten Sie damit?«

»Ich meine damit, dass unser Leben als Familie eine Lüge war«, kam prompt die Antwort. »Die Ehe meiner Eltern war ein Trümmerhaufen, meine Mutter hat meinem Vater den Unfall nie verziehen, den er aus Leichtsinn gebaut hatte. Sie, dabei bin ich es, die aus diesem Rollstuhl nie mehr herauskommen wird. Außerdem hat er versucht, sich von seinen Schuldkomplexen mit anderen Frauen abzulenken.«

»Welche Frauen?«

»Vielleicht findet meine Mutter zu innerer Größe und wird Ihnen davon erzählen. Aber mein Vater war hinter jeder her, die er kriegen konnte ...«

»Übertreiben Sie nicht etwas?«, fragte Hella. Bei allem Verständnis erschien ihr die junge Frau doch etwas sehr verbittert.

»Sie glauben mir nicht?«

»Doch, natürlich, aber ...«

»Meine Eltern stritten in den letzten Tagen vor dem Mord fast täglich, für mich war es schlicht unmöglich, davon unberührt zu bleiben. Es ging darum, dass er in der Klinik wieder zudringlich geworden war. Meine Mutter warf ihm an den Kopf, dass er auf diese Weise bereits zwei Assistenzärztinnen losgeworden sei. Ob er es so weit treiben wolle, dass er für die Klinik untragbar sei. Bei der Gelegenheit kam sie auch damit heraus, dass sie natürlich längst von seiner Affäre mit Charlene Eidinger wisse ...«

»Die Frau von Dr. Eidinger?«

»Ja. Sie ist fünfzehn Jahre jünger als meine Mutter. Ich kenne sie von den Sommerpartys, die meine Eltern jedes Jahr veranstalten. Auf denen dann regelmäßig Mutters Künste als Gartendesignerin bewundert werden. Dabei macht sie selbst keinen Handschlag, alles erledigt eine Firma, die sie seit Jahren dafür anheuert. Wie öde das alles ist. Jedenfalls ließ sie mich und Torsten in Ruhe ...«

»Torsten ist Ihr Freund?« Ganz so trostlos schien ihr Leben doch nicht zu sein.

»War mein Freund ... Papa hat ihn auf dem Gewissen. Ich weiß nicht, was er zu ihm gesagt hat, jedenfalls ist Torsten nach der Herzoperation nicht mehr erschienen. Kein Anruf, kein Brief, nicht einmal eine SMS hat er mir geschrieben. Als ich meinen Vater nach Torsten fragte, sagte er nur, dass ich vor allem Ruhe brauche und mich keinesfalls überanstrengen dürfe. Torsten würde schon wiederkommen. Aber er kam nicht ...«

»Und warum?«

»Torsten war meinem Vater nicht gut genug. Wer seine Tochter bekommen wollte, der musste ein Überflieger sein. Harvard-Absolvent oder Oxford, darunter machte er es nicht. Er kapierte gar nicht, dass es umgekehrt war. Er durfte glücklich sein, dass sich jemand für seine Tochter interessierte, die nur noch ein Wrack ist, weil er auch noch auf der Autobahn den King spielen musste.«

»Das hat Sie sicher alles sehr verletzt ...« Hella sah Franziska Zumdiek in die Augen, und sie spürte, wie es ihr eiskalt den Rücken hinunterlief. Trotz langer Erfahrung meldete sich ab und an dieses Gefühl der Scham bei ihr, wenn sie tief in die Seele eines anderen eindrang.

»Zuerst ja. Ich war anfangs sehr traurig. Aber wenn Torsten mich wirklich gewollt hätte, dann hätte ihn auch mein Vater nicht davon abbringen können, mit mir zusammen zu sein. Torsten machte sich aus dem Staub, weil er Angst vor meinen Krankheiten hatte und weil er feige war. Ich kann ihn sogar verstehen. Ich bin auch feige. Wenn ich könnte, würde ich weglaufen, nur weg von hier, egal wohin ...«

»Sie sind nicht feige«, hörte sich Hella halblaut sagen. Die junge Frau im Rollstuhl wandte sich ab. Weinte sie?

Neun Uhr achtundvierzig. Hella hielt vor dem Gartentor der Villa und half Franziska Zumdiek aus dem Wagen. »Rufen Sie mich an, wenn Sie mir noch etwas sagen möchten. Sie haben ja meine Nummer«, verabschiedete sich Hella. Die traurige junge Frau hatte ihre Ermittlungen weitergebracht, dachte sie. Wenn sich ihre Aussagen bewahrheiteten, dass der Professor eine Beziehung zur Frau seines wichtigsten Mitarbeiters und er den Freund seiner Tochter gedemütigt und vertrieben hatte, ergaben sich Motive für den Mord.

Erst als Hella ihren silbergrauen Colt vor dem Kommissariat Mitte einparkte, stellte sie fest, dass sie während der Befragung von Franziska Zumdiek ihr Handy auf dem Beifahrersitz hatte liegen lassen. Drei Anrufe in Abwesenheit. Aber nicht von den Kollegen, offenbar wollte der Staatsanwalt etwas von ihr.

»Na, endlich«, schimpfte dieser, als sie sich im Gang über den Weg liefen.

»Entschuldigen Sie, Herr Klapproth, aber ich ...«

»Kommen Sie sofort in Senges Büro. Ich habe mit Ihnen zu reden.«

Warum in Senges Büro? Schlagartig erinnerte sie sich an diese E-Mail von den »Gerechten«. Warum hatte sie Senge nicht direkt davon in Kenntnis gesetzt? Jetzt fiel ihr auch dieser Mist noch auf die Füße.

Roswitha sah Hella konsterniert an, als sie das Vorzimmer betrat. »Hier geht gerade alles den Bach runter, fürchte ich.« Mehr brachte sie nicht heraus. Die Tür zu Senges Büro war nur angelehnt.

»Kommen Sie schon herein«, begrüßte sie Klapproth ungeduldig. Er saß auf Senges Platz hinter seinem Schreibtisch. Der Kriminalrat war anscheinend anderweitig beschäftigt oder krank. So schlecht wie er ausgesehen hatte, war das nicht verwunderlich.

»Ludger ist suspendiert.«

»Was?« Hella dachte, nicht richtig gehört zu haben.

»Er hat sich dermaßen dämlich verhalten, dass es mir unmöglich war, das zu verhindern.«

»Können Sie mir bitte erklären, worum es genau geht.«

»Typisch, nicht einmal seine engsten Mitarbeiter hat er in Kenntnis gesetzt«, entgegnete der Staatsanwalt, ohne zu antworten. »Er habe seine Kollegen beschützen wollen und deshalb geschwiegen, war seine Argumentation.« Offenbar war Klapproth immer noch fassungslos. »Den Helden wollte er spielen, alle Schuld auf sich nehmen. Idiotisch. Dann standen unerwartet die von der Inneren vor der Tür. Die Presse bekam Wind davon und hat seitdem nichts Besseres zu tun, als die ganze Kripo und ihre Arbeit in Verruf zu bringen. Mich wundert es jedenfalls nicht, dass uns die Leute nicht mehr für voll nehmen.« Er warf ihr einen Blick zu, als müsse sie verstehen, was ablief. Offenbar handelte es sich um den Zeitungsartikel, den sie auf ihrem Schreibtisch gefunden hatte. Und anstatt sich sofort bei Senge oder bei ihm zu melden …

»Ich muss Ihnen etwas beichten.«

»Jetzt sagen Sie nur nicht, dass man Ihnen auch so eine E-Mail geschickt hat. Und natürlich haben auch Sie nicht gewusst, wie Sie damit umgehen sollen …«

»Gestern«, gestand sie.

»Ja, ist denn das ... Sind wir hier ein Team oder nicht? Diese Angelegenheit kann uns alle den Kopf kosten. Bislang konnten die Spezialisten der Inneren den Absender nicht ermitteln. Da geht jemand ganz professionell vor, um uns alt aussehen zu lassen. Für Ludger ist das Spiel vermutlich gelaufen. Die Innere ist von ›unbekannt‹ informiert worden, dass er versuchen würde, die Polizeistatuten zu untergraben. Und tatsächlich hatte er zwei dieser Mails in seinem Postfach, sogar abgespeichert. Einmal eine fingierte Mitgliedschaft und dann ein weiteres Hetzschreiben. Die haben sie natürlich gefunden. Seit Jahren bin ich mit Ludger befreundet, warum hat er mir nicht sofort Bescheid gegeben? Eitelkeit, pure Eitelkeit. Dabei redet er dauernd von Teamarbeit. Wo sind die echten Teamplayer, frage ich Sie.«

Sein scharfer Blick, der sich auf sie richtete, ließ sie erröten.

»Aber Ludger kann nichts damit zu tun haben, er ist absolut sauber, davon bin ich überzeugt«, versuchte sie, die Tirade des Staatsanwaltes zu beenden.

»Und was ist mit Ihnen, Hella? Sind Sie sauber? Wer steht zu Ihnen? Irgendwo bleibt immer Dreck hängen.«

»Sie stehen zu mir, oder?«

Er stutzte, dann sah er offenbar ein, dass es Zeit wurde, wieder von seiner Palme herunterzuklettern. »Sie müssen Senge vertreten, Hella. Ich kann nicht sagen, wann und ob er überhaupt zurückkommt.«

»Wie stellen Sie sich das vor? Ich muss zwei Mordfälle aufklären.«

Er antwortete nicht, aber sie wusste natürlich, dass sie ihm noch etwas schuldig war. Als sie bei ihrem ersten Fall in Braunschweig zu ihm kam, weil Senge sie davon abgezogen hatte, und ihn um Hilfe bat, hatte er sie auch nicht im Regen stehen lassen.

Klapproth erhob sich, trat zwei Schritte auf sie zu und wies mit der Rechten auf den Platz hinter Senges Schreibtisch, den er soeben freigegeben hatte. »Bis auf Weiteres ist jetzt hier Ihre Kommandozentrale«, sagte er. Und als er bemerkte, dass sie sich ziemlich unwohl fühlte: »Ich bin jederzeit für Sie zu sprechen. Ich rate Ihnen, machen Sie Gebrauch davon!« Es klang eher nach einem Befehl als nach einem Rat.

Nachdem der Staatsanwalt gegangen war, rief Hella zuerst nach Roswitha, Senges Sekretärin. Ihr merkte sie an, dass ihr der Rollentausch ebenso schwerfiel. »Ich verlasse mich auf dich. Alles soll so weiterlaufen wie bisher. Schwere Fragen werden später beantwortet«, gab Hella als Losung aus. »Was steht an?«

»Am Nachmittag die Pressekonferenz mit Rundfunk und Fernsehen.«

Natürlich eine Pressekonferenz, wie konnte es auch anders sein. Was sollte sie den Leuten nur sagen, ohne »das allgemeine Vertrauen in die Polizei signifikant zu beschädigen«, wie Senge immer sagte? Plötzlich wusste sie, warum Kriminalräte unverzichtbar waren …

Anscheinend hatten Kai und Simon auch von Senges Suspendierung erfahren.

»Herzlichen Glückwunsch, Frau Kriminalrat«, frotzelte Kai, als er und der junge Kommissaranwärter ihr neues Büro betraten.

Nach Späßen war Hella allerdings nicht zumute. »Uns bleibt nur übrig, wie gewohnt weiterzumachen, Kollegen«, erwiderte sie. »Was haben die Nachfragen ergeben, Kai?«

»Um ehrlich zu sein: nichts. Alle Zeugen und Verdächtigen im Umfeld der beiden Morde können mindestens in einem der beiden Fälle zur Tatzeit ein stichhaltiges Alibi nachweisen. Demnach ist nach wie vor von verschiedenen Täterinnen oder Tätern auszugehen.«

Hellas Blick verfinsterte sich. Wie sollte sie in wenigen Stunden an Ergebnisse herankommen, die die Presse zufriedenstellten?

»Ich habe in einer anderen Sache recherchiert«, meldete sich Simon zu Wort.

»Nur zu, es kann nur besser kommen.«

»Ich habe nachgefragt, wo man sich ein Affenherz besorgen könnte ...«

Kai lachte. »Im Zoo, wo sonst?«

»Gute Arbeit, Simon«, lobte Hella und musste schmunzeln. In dem Augenblick kam sie sich vor wie der Kriminalrat selbst. »Und was hast du genau herausgefunden?«

»Dass im Braunschweiger Zoo in letzter Zeit keine Affen verendet sind.«

»Hat denn jemand nach einem Affenkadaver gefragt oder ist ein Affe abhandengekommen?«

»Die Antwort ist: nein. Auch in den bekannten Zoofachgeschäften konnte ich nichts weiter erfahren.«

»Verflixt. Der Affe könnte natürlich aus privater Hand stammen, es gibt auch eine Menge illegale Halter von Exoten. Bitte nicht lockerlassen, Simon. Und Kai, nimm dir weiter die Herrschaften vor, die bei Bäckermeister Krenz finanziell in der Kreide standen. Bis zur Pressekonferenz sind noch gut zwei Stunden. Ich bin dankbar für die kleinste Spur.«

Es würde nicht viel bringen, bis zur Pressekonferenz am Schreibtisch zu hocken und zu grübeln, dachte Hella. Vielleicht könnte ihr die Frau von Zumdieks Kollege auf die

Sprünge helfen. Die Adressen von Charlene Eidinger hatte ihr Kai aufs Handy geschickt, die geschäftliche in der City nahe der Katharinen-Kirche, die private in Wolfenbüttel. Sie erreichte die Zeugin in Braunschweig.

»Galerie Eidinger«, meldete sich eine junge gut gelaunte Frauenstimme, die sofort ernster wurde, als sich Hella zu erkennen gab und ihren Besuch ankündigte.

Die Galerie lag in einer Seitenstraße. Die Einrichtung war vor allem funktional und bestand aus großen weißen Wandflächen, den darauf platzierten und von Spots angestrahlten Bildern und hüfthohen beschnittenen Heckenpflanzen, die wie Trennwände wirkten.

Hella hatte sich keine Vorstellung von Eidingers Frau gemacht. Sie war deutlich jünger als ihr Ehemann, hatte hellblondes, glattes Haar, das über ihre Schultern hing. Ihre Figur war beneidenswert, die Beine, die sie ungeniert zur Schau stellte, waren makellos, dabei wirkte sie keinesfalls wie einer dieser Hungerhaken in einer Model-Show. Charlene Eidinger lächelte charmant, auch wenn sie wahrscheinlich ahnte, weswegen Hella gekommen war.

Sie bot Hella Platz auf einer schiefergrauen Sitzgarnitur an und ließ sich nicht lange bitten.

»Sie sind hier wegen Ottmar, nicht wahr? Mein Mann hat sie mir bereits angekündigt. Ich helfe gern, aber zu dem schrecklichen Mord kann ich Ihnen wohl kaum etwas sagen. An dem Tag war Ruhetag in der Galerie, und ich habe meine Zeit in Wolfenbüttel verbracht. Also komme ich als Verdächtige wohl kaum infrage.«

Vermutlich hatte sie sich diese Sätze vorher zurechtgelegt, so unbeirrt, wie sie sie jetzt abgespult hatte, dachte Hella. »Es geht mir vor allem darum, so viel wie möglich vom näheren Umfeld des Ermordeten zu erfahren, Frau Eidinger. Wie war er als Mensch, mit wem pflegte er Umgang? Da hilft mir jeder Hinweis«, versuchte sie, das Misstrauen der Galeristin zu zerstreuen. »Welche Beziehung hatten Sie zu den Zumdieks?«

Auch auf diese Frage war sie offenbar vorbereitet. »Wir waren seit Jahren befreundet durch meinen Mann – Sie kennen ihn ja bereits –, Stefan war unentbehrlich für Ottmar und so kam es zu privaten Einladungen. Das gilt auch für Jasmin, seine Frau. Ich treffe sie regelmäßig zum Kaffee, wenn sie in der City ist.«

Fragte sich, wie weit diese Freundschaft ging. »Standen Sie Ottmar Zumdiek persönlich näher?«

»Wie gesagt …«, begann Charlene Eidinger, stockte aber dann. Hier war sie mit ihren vorbereiteten Antworten offenbar am Ende. Anscheinend sah sie aber schnell ein, dass sie sich einiges ersparen würde, wenn sie gleich mit der Wahrheit herausrückte. »Ottmar und ich hatten eine Affäre. Seit zwei Jahren …«

»Nur eine Affäre oder ging es darüber hinaus?«

In den Augen der Galeristin blitzte Empörung auf. Aber sie hatte sich gut im Griff. »Uns verband eine starke sexuelle Anziehung, und wir verstanden uns auch darüber hinaus sehr gut …«

»Also war da mehr …«

»Ja …«

»Wusste Ihr Mann davon?«

Auch diesmal zögerte die Befragte, offenbar um ihre Emotionen zu kontrollieren. »Ja, Stefan wusste davon. Wir hatten eine Ehekrise deswegen. Aber er hat sich damit abgefunden …«

»Dem Stolz Ihres Mannes war es sicher nicht zuträglich gewesen. Wie kam er damit klar, dass er nicht nur im Beruf

Ottmar Zumdiek vor sich hatte, sondern dass er nun auch noch seine Frau mit ihm teilen musste ...?«

»Hören Sie, ich ... Ja, er litt stark darunter, aber er wollte sich nicht trennen und hat es deshalb akzeptiert. Es war nicht einfach, aber wir haben uns arrangiert. Sind Sie jetzt zufrieden?«

Hella war bewusst, zu weit gegangen zu sein, es war ihre Absicht gewesen, Charlene Eidinger aus ihrer Komfortzone zu locken. Und sie hatte festgestellt, dass diese Frau versuchte, ehrlich zu sein, was für sie sprach. Es fragte sich jetzt, was Dr. Eidinger selbst dazu sagte, der das Verhältnis seiner Frau mit Zumdiek bislang verschwiegen hatte. Und sie mussten Jasmin Zumdiek, die Frau des Ermordeten, noch einmal auf die Affäre ansprechen. Vielleicht hatte diese das Fass zum Überlaufen gebracht.

Charlene Eidinger erhob sich. »Sie werden entschuldigen, aber ich habe noch zu tun.«

»Natürlich«, erwiderte Hella. Sie erhob sich ebenfalls. Im Verkaufsraum hielt sich allerdings kein einziger Kunde auf. »Braunschweiger Künstler?«, fragte sie nach einem Blick auf die Exponate.

»Auch«, erwiderte die Galeristin, von deren Ungeduld sich Hella nicht aus der Ruhe bringen ließ. Sie blieb vor einem der Werke in drastischen Rottönen stehen. »Beeindruckend«, sagte sie. »Wie heißt es?«

»Es ist eine Trilogie«, erklärte Charlene Eidinger. »Die Trilogie vom blutenden Herzen.«

Vierzehn Uhr dreißig. Kommissariat Mitte. Es kam, wie es kommen musste. Hella hasste es, im Rampenlicht zu stehen. Bislang hatte Kriminalrat Senge sie immer davor bewahrt, bei Pressekonferenzen aufzutreten. Jetzt traf es sie doppelt, denn alle Augen waren auf sie gerichtet, und sie konnte noch keine Ergebnisse vorweisen. Wie würde die Presse darauf reagieren?

»Unsere Ermittlungen verlaufen parallel. Wir sind sowohl im Fall Krenz als auch in dem jüngsten Mordfall von Dr. Zumdiek auf Spuren und Indizien gestoßen, die aber noch genauer untersucht werden müssen«, begann sie, wie sie es von Senge gelernt hatte.

»Katrin Liefers von Radio Braunschweig. Frau Budde, können Sie uns Näheres zu den Tathergängen sagen? Gibt es Anhaltspunkte dafür, dass diese Morde von einer Person begangen worden sind?«

»Sie werden verstehen, dass wir unsere Ermittlungen nicht erschweren wollen, indem wir Ergebnisse zu früh an die Öffentlichkeit bringen. Wir können Ihnen aber versichern, dass die Kriminalpolizei alles tut, um die Fälle so schnell wie möglich aufzuklären.«

Ein Reporter um die vierzig mit Brille erhob sich und machte dem Mann mit dem Mikro ein Zeichen. »Goran Strickler von der BZ. Frau Budde, es ist bekannt geworden, dass Ihre Dienststelle von einer rechtsradikalen Organisation unterwandert wurde, die sich ›Die Gerechten‹ nennt. Ist das richtig?«

Eine Frage, eine Falle. Ein falsches Wort, und die Meute würde über sie herfallen, das war ihr bewusst. Doch ebenso schoss ihr ein Gedanke quer: Hatte die Öffentlichkeit nicht ein Recht, wenigstens davon zu erfahren, dass die Dienststelle von diesen radikalen Scharfmachern bedroht wurde und vermutlich Unschuldige den Kopf hinhalten mussten?

In dem Augenblick trat jemand von hinten an sie heran und berührte ihre Schulter. »Nicht antworten!«, flüsterte eine männliche Stimme. »Gib die Frage an mich weiter.« Es war Staatsanwalt Klapproth.

10

Fünfzehn Uhr sechzehn. In ihrem neuen Büro ließ Hella die Pressekonferenz noch einmal Revue passieren. Angeblich hatte Klapproth den Medien gegenüber nicht ein Wort darüber verloren, dass der Kriminalrat vom Dienst freigestellt worden war. Aber wie kam es dann zu der Frage: »Wir sind in Kenntnis, dass Kriminalrat Senge kürzlich suspendiert wurde. Können Sie den Leserinnen und Lesern unserer Zeitung bestätigen, dass dieser Vorgang nicht mit der Infiltrierung durch rechtsradikale Kontakte zusammenhängt?«

Darauf eine Antwort zu geben, war selbst für den routinierten Staatsanwalt eine brandgefährliche Angelegenheit. Wenn er es abstritt, konnte er später selbst der Falschauskunft bezichtigt werden. Ein Nein würde wiederum bedeuten, dass er die Suspendierung indirekt zugab und sich die nächste Frage gefallen lassen musste: Warum war der Kriminalrat dann vom Dienst freigestellt worden?

Hella hatte Klapproth noch nie in Verlegenheit erlebt. Aber sie stand direkt neben ihm, und ihr entgingen nicht die Schweißperlen auf seiner Stirn.

»Vielen Dank für Ihre Frage, Herr Strickler«, war er bemüht, seine Souveränität herauszukehren. »Es ist jedoch nicht der Zeitpunkt, unsere Personalpolitik zu rechtfertigen. Wir haben zwei Mordfälle aufzuklären. Dass diese Dienststelle von einer rechtsradikalen Organisation unterwandert ist, wie Sie behaupten und wie in Ihrer Zeitung zu lesen ist, davon kann nach heutigem Wissensstand nicht die Rede sein. Sollten diesbezüglich belastbare Informationen vorliegen und wir zu einer Untersuchung gezwungen werden, erfahren Sie das an Ort und Stelle.«

Zweifellos war es ein Ablenkungsmanöver, wie man es von der Politik her kannte. Diesem Goran Strickler allerdings genügte es offenbar, Aufhebens von der Angelegenheit gemacht zu haben, und seine Kollegen schienen dankbar dafür zu sein, denn sie zückten fast gleichzeitig ihre Handys.

Jetzt, wo Hella am Schreibtisch darüber nachdachte, war ihr das selbstgefällige Lächeln des Reporters Bestätigung genug, dass er zu den gnadenlosen Schlagzeilenjägern gehörte. Aber woher, zur Hölle, wusste er von Senges Suspendierung? Es musste eine undichte Stelle im Kommissariat geben. Jemand wollte der Dienststelle und insbesondere Kriminalrat Senge Schaden zufügen.

Nach der Pressekonferenz hatte Klapproth sichtlich mitgenommen gewirkt. »Ich wünschte, ich könnte hier mehr tun. Aber wir haben ohnehin zu wenige Leute. In der Sache der Rechtsradikalen können wir nur auf die Ergebnisse der Inneren hoffen, Hella. Ich brauche nicht zu betonen, dass zwischen uns absolutes Vertrauen herrschen muss, nichts darf an die Öffentlichkeit geraten. Du kannst übrigens Hans zu mir sagen.« Mit einem müden Lächeln hatte er ihr die Hand entgegengestreckt, und sie hatte eingeschlagen. Ja, sie vertraute ihm, aber galt nicht auch: Besondere Situationen erforderten besondere Maßnahmen? Sie griff zum Telefon, Kai Fischbach meldete sich sofort. »Es gibt etwas Neues. Ich brauche dich.«

Der Kollege ließ nicht lange auf sich warten.

»Die Spezialisten der inneren Abteilung mögen gut sein, vielleicht kriegen sie auch irgendwann heraus, wer ›Die Gerechten‹ sind und von welchem Computer aus die

E-Mails abgeschickt worden sind«, sondierte sie die Lage.

»Aber so lange können wir nicht warten.«

»Soll das etwa heißen …?«

Sie schwieg, starrte ihn nur an. Alles stand und fiel jetzt mit Kai. »Ohne dich bin ich machtlos. Überleg dir gut, was du jetzt sagst, Kai. Ich finde, wir sind es unserer Abteilung schuldig, vielleicht auch Senge. Natürlich darf niemand etwas davon erfahren …«

»Und ich war der Meinung, wir hätten alle Hände voll zu tun, zwei Morde aufzuklären«, erwiderte er. Doch das folgende kurze Schweigen bedeutete sein Einverständnis, worauf sie gehofft hatte.

»Wir müssen mehr über diesen Reporter Goran Strickler herausfinden, um klarzustellen, ob er selbst in rechte Umtriebe verwickelt ist«, gab Hella als neuen Auftrag aus. Kai nickte, warf ihr jedoch einen ernsten Blick zu, bevor er das Büro verließ. Natürlich wusste sie selbst, was es bedeutete, ohne offizielle Order der freien Presse hinterherzuschnüffeln. Schließlich war es kein gesetzwidriges Vergehen, Gerüchte und Vermutungen zu verbreiten. In dem Fall hatte der Reporter den Nagel sogar auf den Kopf getroffen. Aber was blieb ihr übrig? Sie musste diese rechten Scharfmacher so schnell wie möglich aus dem Verkehr ziehen. Und der Verdacht drängte sich auf, dass dieser Reporter und der E-Mail-Schreiber zusammenhingen. Auch die Frage, wer die undichte Stelle im Kommissariat war, musste beantwortet werden. Zweifellos war es jemand, der sich mitten im Geschehen befand …

Siebzehn Uhr zwölf. Hella hatte den ermordeten Chirurgen vor Augen, als sie auf den Parkplatz der Klinik einbog. In seiner Kitteltasche ein blutendes Herz. Aber warum ein Affenherz?

Dr. Eidinger hatte ihr eine Viertelstunde gegeben. Das sei Luxus in Anbetracht seines Termindrucks, hatte er am Telefon gesagt.

Jetzt saß sie ihm an seinem Schreibtisch gegenüber. Seit sie Eidingers Frau kannte, verdichtete sich auch ihr Bild von ihm. Äußerlich war er nicht der Typ, auf den frau sofort flog. Er war keinesfalls größer als eins fünfundsiebzig und hatte eine Halbglatze. Eine Frau, die Sicherheit suchte, würde auf diesen Typ fliegen. Dafür musste sie offensichtlich auf anderes verzichten.

»Sie sind bei meiner Frau gewesen ... So wie Charlene mir am Telefon berichtet hat, sind Sie nun über alles im Bild. Ich weiß also nicht, welche Fragen ich Ihnen noch beantworten könnte, Frau Budde«, begann er. Die Arroganz, die er an den Tag legte, sollte offenbar seinen Ärger darüber verdecken, dass er vor ihr jetzt ziemlich nackt dastand.

»Es geht mir nicht um Ihr Privatleben, Herr Dr. Eidinger, das dürfen Sie mir glauben. Aber wenn ich höre, dass Ihre Frau mit Ihrem Vorgesetzten, mit dem Sie oft aneinandergerieten, eine Affäre hatte, dann werden Sie verstehen, dass ich nachfragen muss, warum Sie mir das bis jetzt verschwiegen haben.«

»Nirgendwo steht geschrieben, dass ich mit meinen Eheproblemen hausieren gehen muss«, erwiderte er gereizt.

»Gab es denn Probleme?«

Er zögerte. Für einen Augenblick glaubte sie, das zweite Gesicht des selbstbewussten Arztes zu sehen, das des verletzten Ehemannes, des Verlierers, dessen Stolz zutiefst gedemütigt worden war. »Ja, die gab es ...« Er seufzte.

»Hatte Ihre Frau die Absicht, sich von Ihnen zu trennen?«

»Nein, das heißt, eine Zeit lang schon, aber Ottmar wollte sich offenbar nicht scheiden lassen, und da habe ich sie gebeten ...«

»Sie lieben Ihre Frau?«

»Ist es verboten, seine Ehefrau zu lieben?«

»Nein, aber ihren Liebhaber zu ermorden!«

Er hielt in seiner Wut inne und starrte sie fassungslos an. Es war ihr nicht einfach so herausgerutscht. Eidinger sollte begreifen, dass er nicht nur der letzte Zeuge war, der Zumdiek lebend gesehen hatte. Er hatte auch als Einziger ein Motiv, seinen Rivalen aus dem Weg zu räumen, und kam somit als Verdächtiger infrage.

Eidinger beruhigte sich, begriff jetzt anscheinend, dass er besser aussagte, als sich selbst Steine in den Weg zu legen.

»Hatten Sie Ziele in Ihrer Ehe?«, setzte sie die Befragung fort, als hätte es diesen kleinen Ausbruch nicht gegeben. »Kinder oder berufliche Veränderungen?«

Sein Blick ging über sie hinweg. »Ich wollte immer Kinder, aber Charlene nicht. Sie hasst die Vorstellung vom Hausmütterchen. Sie geht ganz in ihrer Galerie auf und kümmert sich um ihre Tiere.«

Hella brauchte nicht weiter zu fragen. »Ja«, erwiderte Dr. Eidinger auf ihren überraschten Blick. »Sie hat ein Faible für Papageien, Echsen und Schlangen ...«

»Und Affen?«

Zuerst starrte sie der Arzt nur entsetzt an, dann platzte ein lautes Lachen aus ihm heraus, von dem er sich kaum beruhigen konnte. »Jetzt enttäuschen Sie mich aber, werte Frau Kommissarin«, sagte er dann und wischte sich über die Augen. »Wenn Sie mich für den Mörder halten sollten, dann dürften Sie mir doch etwas mehr Raffinesse zutrauen. Meinen Sie wirklich, ich würde dem Liebling meiner Frau das Herz herausreißen, nur um mich an meinem alten Rivalen zu rächen? Meine ganze Existenz, die Liebe meines Lebens riskieren und dann auf eine Art und Weise, die an schlechte Horrorfilme erinnert? Halten Sie mich für verwirrt?«

»Bitte verstehen Sie mich richtig, Herr Dr. Eidinger«, versuchte Hella ihr Vorgehen zu rechtfertigen. »Ich muss alle Möglichkeiten in Betracht ziehen, auch wenn sie auf den ersten Blick noch so unwahrscheinlich erscheinen. Das entspricht nicht nur den Dienstvorschriften, das sagt auch die Erfahrung.«

»Dann will ich Ihnen gestehen: Ja, meine Frau besitzt ein kleines Totenkopfäffchen, es heißt Tschako, sein Herz befindet sich immer noch in seiner Brust und schlägt recht munter. Besuchen Sie uns doch einmal in Wolfenbüttel. Dann können Sie sich von der Wahrheit meiner Worte überzeugen.«

In dem Augenblick unterbrach ein Anruf ihr Gespräch. Dr. Eidinger wurde im OP verlangt.

Hella spürte immer noch die Hitze auf ihren Wangen nach dem peinlichen Zwischenfall in der Klinik. In solchen Augenblicken halfen ihr die Sprüche ihres Vaters: Wenn es um Mord geht, darf man bei den Ermittlungen keine Option außer Acht lassen, selbst wenn ein Tathergang auf den ersten Blick völlig unmöglich erscheint …

»We Are The Champions« riss sie aus ihren Gedanken, als sie sich gerade in den Wagen setzen wollte. Vor kaum drei Minuten hatte sie Simon den Auftrag gegeben, und bereits jetzt meldete er sich zurück. Alle Achtung, er nahm seine Sache ernst. »Der Name ist Torsten Reinhardt. Er wohnt bei seiner Mutter in der Blasiusstraße zwei in der Nähe vom Amalienplatz.«

»Danke dir, Simon. Du kannst für heute Schluss machen.« Sie schaute auf die Uhr. Wenn Franziska Zumdieks ehemaliger Freund berufstätig war, dann könnte sie ihn bereits zu Hause antreffen. Bei Studenten wusste man allerdings nie.

Hella verzichtete auf das Navi. Sie kannte den Amalienplatz. Der Berufsverkehr hielt sie allerdings geschlagene zwanzig Minuten auf. Als sie aus dem Wagen stieg, war der Himmel bewölkt, und es sah nach Regen aus. Manchmal hasste sie es, den Tag nur in Momentaufnahmen zu erleben. Doch sie hatte keine Zeit, ihren Gefühlen nachzugehen. Jede Minute zählte, um diese irrsinnigen Morde aufzuklären.

Die Wohnungstür der Reinhardts öffnete ein schlanker junger Mann. »Wer ist das?«, krächzte eine Frauenstimme aus dem Hintergrund, noch bevor er selbst fragen konnte.

»Die Polizei«, antwortete Hella für ihn. »Sind Sie Torsten Reinhardt?«

»Ja. Worum geht es?«, fragte er, wirkte aber nicht sonderlich überrascht.

»Ich habe ein paar Fragen im Mordfall Zumdiek. Sie waren mit Franziska Zumdiek bekannt, wenn ich nicht irre?«

»Ja, bitte kommen Sie herein«, antwortete er mit einem entschuldigenden Lächeln wohl für das Verhalten seiner Mutter. Er führte sie in ein Wohnzimmer, dessen Einrichtung mindestens dreißig Jahre alt war, und bot ihr Platz in einem abgenutzten Sessel an. »Was will die Frau?«, tönte erneut die krächzende Stimme.

»Entschuldigen Sie bitte.« Torsten Reinhardt verließ den Raum, erschien aber bereits nach kurzer Zeit wieder im Wohnzimmer. »Ich habe meine Mutter nur beruhigt. Sie ist sehr krank, wissen Sie, und sie macht sich immer Sorgen um mich.«

Hella konnte Franziska Zumdiek verstehen. Dieser junge Mann vermittelte Ruhe und Fürsorglichkeit, sah gut aus und besaß Charme. Dass sie unter der Trennung gelitten hatte und vielleicht noch immer litt, war nachvollziehbar.

»Ich kann mir denken, weswegen Sie gekommen sind. Die Zeitungen sind voll davon. Es muss furchtbar für Ska sein«, sagte er. »Darf ich Ihnen …«

»Nein, danke«, kürzte Hella ab. »Ich habe nur ein paar Fragen.«

Er nickte. »Bitte.«

»Sie waren mit Franziska Zumdiek befreundet, ist das richtig?«

»Ja, es war mehr, wir waren zusammen, wir liebten uns.«

»Und wie würden Sie Ihr Verhältnis zu ihrem Vater beschreiben?«

»Sicher hat Ska Ihnen bereits erzählt, dass wir uns nicht besonders verstanden …« Er schaute zu Boden. »Er wollte nur das Beste für seine Tochter, und auch ich bin durch sein Raster gefallen.«

»Aber sie hielt an Ihnen fest?«

»Ich sagte bereits: Ska und ich waren ein Paar. Sie respektierte ihren Vater, aber sie liebte mich.«

»Hat Ottmar Zumdiek Ihnen klargemacht, das Feld für einen Besseren zu räumen?«

Die Frage schmerzte offenbar und machte Torsten Reinhardt für einen Augenblick sprachlos. »Wenn Sie fragen, ob er mich demütigte, dann kann ich bestätigen, dass er es immer wieder versuchte.«

»Und das machte Ihnen gar nichts aus?«

»Doch, sehr sogar. Ska und ich beschlossen, eine eigene Wohnung zu nehmen trotz der Drohung ihres Vaters, wenn sie das wagte, würde er ihr keinen Cent über den Mindestsatz zahlen.«

»Und dann …«

»Dann kam die Diagnose, dass sie an einer Herzmuskelentzündung litt«, fiel er ihr ins Wort. Anscheinend wühlte ihn die Geschichte immer noch sehr auf. »Ska war an den Rollstuhl gewöhnt, aber jetzt kam die Herzkrankheit dazu, und sie hatte ständig den Tod vor Augen. Das veränderte sie.«

»Was meinen Sie?«

»Sie wollte nicht, dass ich sie besuchte. Sie ging nicht mehr an ihr Handy, beantwortete keine meiner Nachrichten. Ich schrieb ihr, dass wir gemeinsam mit der Situation fertigwerden könnten, wenn wir zusammenhielten. Im Krankenhaus hat man mich abgewiesen. Es hat lange gedauert, bis sie wieder genug Selbstbewusstsein entwickelt hatte, um mich wieder an sich heranzulassen.«

»Sie müssen sie sehr geliebt haben …«

Er errötete. »Ihr Herz war schließlich so stark angegriffen, dass sie operiert werden musste. Danach war ihr jede Aufregung verboten. Und ihr Vater sorgte höchstpersönlich dafür, dass ich sie nicht sehen durfte. Eine lange Zeit. Ich liebte sie, aber ich musste einsehen, dass ich in ihrem Leben keinen Platz mehr fand. Angeblich war ich sogar eine Belastung für ihre Gesundheit. Irgendwann meldete sich meine Selbstachtung, und ich gab auf. Ich hoffe, Sie können das verstehen …«

Ein unglücklicher junger Mann, geplagt von Gewissensbissen, saß ihr gegenüber. »Sie müssen Ottmar Zumdiek gehasst haben«, stellte Hella in den Raum. Er sollte ihr alles erzählen.

Torsten Reinhardt ließ sich Zeit mit der Antwort, wartete offenbar, bis das, was er soeben gehört hatte, in die letzte Kammer seines Hörorgans gesickert war. »Ja, ich gebe zu, das habe ich!« Manchmal sei er von seinen Gefühlen übermannt worden und habe Zumdiek am liebsten den Hals umdrehen wollen. Aber schließlich sei ihm nichts anderes übrig geblieben, als sich damit abzufinden, dass Skas Vater immer seinen Willen bekam.

»Wo waren Sie, als der Mord geschah?«, stellte Hella die unvermeidliche Frage, und als sie seinen betroffenen Blick sah, schickte sie hinterher: »Ich kann nicht anders, als Sie das zu fragen.«

»Vormittags und nachmittags war ich in der TU und abends in meiner Loge, wir hatten unser Treffen.«

»Sie sind Freimaurer?«

Er verhehlte nicht, dass er stolz darauf war. »Ja, ich bin durch einen Kommilitonen dazugekommen. Mir gefällt die Lebenseinstellung ...«

Die verängstigte Stimme seiner Mutter rief seinen Namen. »Oje«, sagte er und erhob sich. »Wenn Sie keine Fragen mehr haben ...«

»Kümmern Sie sich jetzt um Ihre Mutter. Ein Kollege wird sich mit Ihnen in Verbindung setzen. Bitte geben Sie ihm dann die Termine der Vorlesungen und die Namen der Zeugen an, die bestätigen können, dass Sie anwesend waren.«

»Natürlich.«

Torsten Reinhardt begleitete sie zur Tür. »Übrigens«, sagte Hella, bevor sie das Treppenhaus betrat. »Es liegt jetzt in Ihrer Hand, ob Professor Zumdiek seinen Willen bekommt oder nicht ...«

Im Wagen griff Hella zum Handy und erwischte Simon kurz vor Dienstschluss. »Torsten Reinhardt war zur Tatzeit in einer Vorlesung der TU, hat also ein Alibi. Überprüfe doch bitte die Angaben und setz dich mit ihm in Verbindung. Er ist zu Hause. Ist Kai noch da?«

»Nein, hat sich bereits vor einer Stunde verabschiedet.

Angeblich hat er sich für ein Probetraining bei einem Fitnessclub angemeldet. Wusste gar nicht, dass Kai so geil auf Muckis ist.« Simon lachte.

Auch Hella musste schmunzeln, aber das konnte der junge Kollege nicht sehen. »Reiß dich zusammen, Simon. Es ist nicht zu akzeptieren, dass ältere Kollegen verspottet werden, weil sie sich fit halten.« Sie drückte ihn weg, fragte sich allerdings auch, was Kai gepackt hatte. Ob seine Sandra dahintersteckte? Kai war auch nicht am Handy zu erreichen.

Hella schickte Roswitha, ihre neue Sekretärin, in den Feierabend.

»Glaubst du, dass Senge zurückkommt?«, fragte die, als sie noch einmal zur Tür hereinschaute. Roswitha war eine gute Seele.

»Natürlich, was sonst? Mach dir keine Sorgen«, antwortete sie ihr. Hella kam sich falsch auf diesem Platz vor. Aber solange sie auf seinem Stuhl säße, würde sie den Kriminalrat würdig vertreten, nahm sie sich vor. Das Telefon. »Hella Budde, Apparat Senge.«

»Kai hier …«

»Wo bist du?« Er sollte ihr unbedingt selbst bestätigen, dass er unter die Fitnessanhänger gegangen war.

»Darüber morgen mehr, live im Büro«, ließ er sie jedoch abblitzen. »Ich rufe an, weil ich etwas seltsam fand. Ich habe mich noch einmal auf die Videoüberwachung im Krankenhaus konzentriert und festgestellt, dass Jasmin Zumdiek das Krankenhaus viel früher betreten hat als ausgesagt. Nach ihren Angaben war sie erst nach dem Anruf von Eidinger in die Klinik gefahren. Sie war aber bereits eine gute Stunde vorher im Haus, also zur Tatzeit. Das lässt sich klar nachweisen.«

»Danke dir, Kai, dann weiß ich, was ich zu tun habe.«

Eine friedliche Abendsonne breitete sich über dem Himmel der Stadt aus. Vor der Villa der Zumdieks in Braunschweigs Süden stand der SUV von Jasmin Zumdiek, die offenbar zu Hause war, obwohl im Inneren des Gebäudes kein Licht brannte. Hella betätigte die Klingel, ein weicher hallender Gong, der perfekt zu der asiatischen Einrichtung passte. Es dauerte eine Weile, bis die Hausherrin öffnete. Diesmal trug sie einen Jogginganzug, war ungeschminkt und ihre Augen sahen verquollen aus. Eigentlich erkannte Hella sie nur an der leicht nach vorn gebeugten Haltung.

»Bitte entschuldigen Sie, Frau Budde, aber ich kann nicht gerade sagen, dass Sie mir willkommen sind«, begrüßte die Hausherrin sie mit belegter Stimme.

Der Geruch von Menthol drang aus dem Flur in Hellas Nase. »Erkältung?«

Jasmin Zumdiek nickte nur.

»Ich werde nicht lange bleiben, aber ich habe mit Charlene Eidinger gesprochen ...«

Jasmin Zumdiek gab jetzt die Haustür frei und schloss sie hinter Hella. Flur und Wohnzimmer lagen im Halbdunkel. Es war still in diesem Haus, unangenehm still, und von den Wänden grinsten die asiatischen Masken mit Zähnen aus Elfenbein. Jasmin Zumdiek bot ihr Platz auf der Ledergarnitur an. Erst jetzt drückte sie den Lichtschalter, und eine Stehlampe warf ein schummriges Licht in den weiten Raum.

»Ich mag kein künstliches Licht. Ich genieße das Tageslicht bis in seine letzten Züge. Das Sonnenlicht ist unbestechlich, wenn Sie verstehen, was ich meine.«

»So wie die Wahrheit«, erwiderte Hella, worauf Jasmin Zumdiek die Miene der Dulderin aufsetzte. »Bitte fragen Sie.«

»Bei unserem letzten Gespräch haben Sie mir verschwiegen, dass Ihr Mann eine Affäre mit der Frau seines Kollegen Eidinger hatte. Warum?«

Offenbar fühlte sie sich nicht ertappt, musste allerdings auch damit gerechnet haben, dass es herauskommen würde. »Ich habe niemandem etwas getan, muss also nicht grundlos mein Privatleben vor anderen Leuten ausbreiten.«

»Wissen Sie, dass Eifersucht eines der stärksten Mordmotive ist?«

»Wer sagt Ihnen, dass ich eifersüchtig war?«

»Waren Sie?« Um das näher zu erklären, musste die Witwe anscheinend weit ausholen.

»Also gut. Ich bin sogar Zeugin gewesen, als es zwischen den beiden gefunkt hat. Es war hier in diesem Haus auf einer Party zu Ehren von Ottmars Doktorvater, der kurz zuvor fünfundneunzig geworden war. Ottmar und Charlene sahen sich zum ersten Mal. Den ganzen Abend über konnten sie nicht voneinander lassen. Niemand anderes war mehr existent für die beiden. Das Einzige, was mich in der Zeit danach tröstete, war, dass ich mit meinem Elend nicht allein war und es mit jemandem teilen konnte. Mit Stefan, Charlenes Mann. Im Gegensatz zu mir, der ich Ottmars Touren kannte, war er allerdings völlig verzweifelt, hat deshalb einen Selbstmordversuch begangen. Er brauchte Charlene, deshalb war er dann mit jeder Lösung einverstanden gewesen, nur um sie nicht zu verlieren ...«

»Und was war mit Ihnen? Wollte sich Ihr Mann nie von Ihnen trennen?«

Die Witwe zögerte einen Augenblick. »Vielleicht. Ich kann es nicht mit Bestimmtheit sagen. Mir gegenüber hat er es jedenfalls nie geäußert. Mir stand auch ein starker Freund zur Seite: sein schlechtes Gewissen. Ja, so skrupellos Ottmar auch sein konnte, dass er seine Tochter zum Krüppel gefahren hatte, verzieh er sich nie ...«

»Und Sie ließen es ihn spüren?«

»Ich tat, was eine besorgte Mutter tun muss: Ich habe meine und die Existenz meiner Tochter sichergestellt. Ottmar hatte selbst darauf bestanden, dass nach der Herzoperation alle Aufregung von Ska ferngehalten werden sollte. Und eine Scheidung wäre garantiert nicht ohne Geräusche abgegangen. Daran habe ich ihn lediglich erinnert.«

Hella meinte im hinteren Teil des Raumes eine Bewegung wahrgenommen zu haben. Sie ahnte, wer sie belauschte.

»Ich frage mich, wie Sie mit Charlene Eidinger befreundet sein konnten.«

»Befreundet ist nicht das richtige Wort. Wir pflegen Kontakt. Ich besuche regelmäßig ihre Ausstellungen und sehe mir die Werke ihrer neuesten Hoffnungsträger an. Sie ist ehrgeizig, die liebe Charlene, will vorne mitspielen und natürlich verkaufen. Aber dazu braucht sie den Kunstverein, und der bin ich ...«

Franziska Zumdiek hatte recht, dachte Hella. Verlogenheit war sogar ein noch zu harmloses Wort für das, was in den Beziehungen dieser Familie vorherrschte. »Sie haben ausgesagt, dass Sie erst nach Dr. Eidingers Anruf das Krankenhaus betreten haben, ist das richtig?«

Jasmin Zumdiek zögerte. »Nein ... Ich war bereits im Haus«, antwortete sie dann halblaut.

»Warum?«

»Ich wollte mit ihm reden.«

»Worüber?«

»Er hat mich angerufen und gesagt, dass es aus sei. Ich und Ska lebten besser, wenn das Gezerre ein Ende habe ...«

»Sie sind also in seinem Sprechzimmer erschienen?«

»Nein, er hat es abgelehnt, mich zu sehen. Ich saß in der Cafeteria und starrte vor mich hin. Stefan wollte ihn zur Rede stellen ...«

»Das war also die Besprechung, in der es sich angeblich um eine schwierige Operation drehte ...«

»Ich kann Ihnen nicht sagen, wie das Gespräch genau ablief.«

Eidinger hatte sie also wieder an der Nase herumgeführt. Die nächste Begegnung mit ihm würde im Kommissariat stattfinden, schwor sich Hella. Er sollte erfahren, wie es sich anfühlte, ein Verdächtiger zu sein. Doch vorher war es ihre Aufgabe, die Ergebnisse der KTU noch einmal bis ins Kleinste durchzugehen und zu überprüfen, ob am Tatort DNA-Spuren von Eidinger an Stellen gefunden worden waren, wo man sie nicht vermutete.

»Ich hoffe, dass ich Ihnen weiterhelfen konnte. Wenn Sie mich jetzt entschuldigen, mir geht es wirklich nicht gut.« Jasmin Zumdiek wartete nicht erst auf ihre Antwort. Sie erhob sich und machte eine unmissverständliche Geste in Richtung Tür.

Diese Frau ließ sich das Heft nicht aus der Hand nehmen. Zwischen den Eheleuten hatten sicher harte Auseinandersetzungen stattgefunden. Und Franziska Zumdiek war Zeugin gewesen. »Ich danke Ihnen. Halten Sie sich bitte weiterhin zu unserer Verfügung«, verabschiedete sich Hella.

Während der Fahrt ging Hella die Zusammenhänge noch einmal durch: Eidinger war der Letzte, der Zumdiek lebend gesehen hatte, verschwieg wichtige Informationen und hatte mindestens ein schwerwiegendes Motiv, mit seinem Rivalen abzurechnen. Zumdiek hatte ihm seine Frau genommen und offenbar auch kurz davorgestanden, seine Ehe restlos zu zerstören. Es fehlte nicht an Indizien. Hinzu kam, dass ausgesprochen wenig Zeit für die Tat zur Verfügung stand. Ein Fremder hätte kaum ungesehen eingreifen können. Allerdings musste auch Jasmin Zumdieks Alibi in der Cafeteria bis auf die letzte Minute überprüft werden.

Hella war auf dem Weg in Richtung Innenstadt. Sie musste an Senge denken, sah ihn vor sich, abgemagert mit Zigarette im Mundwinkel. Warum hatte er geschwiegen? Sie hätte alles darum gegeben, ihm zu helfen, und gleichzeitig ärgerte sie sich über ihn. Klapproth hatte ganz recht. Senge gehörte zu denjenigen, die täglich Vorträge über Teamwork hielten und, wenn es darauf ankam, jämmerlich versagten. Sie war neugierig, was Kai herausgefunden hatte, aber der Tag war gelaufen, mehr zu diesem Thema würde es nicht vor morgen geben.

Auf dem Parkplatz vor dem Kommissariat Mitte tauschte sie die Wagen und lenkte ihren silbergrauen Colt auf die Münzstraße, als ihr einfiel, dass ihr Kühlschrank leer war.

Im Hausflur begrüßte Hella ein Kavalier der alten Schule, auch wenn er erst acht Jahre alt war: »Darf ich Ihnen helfen?« Drago zwinkerte ihr lächelnd zu, als sie die dritte Etage fast erreicht hatte.

»Danke, gern.« Sie überließ ihm natürlich die leichtere der Tüten.

»Ich wollte dich besuchen, aber du bist ja nie da«, verfiel der kleine Herzensbrecher übergangslos in einen Schmollton.

»Ich habe viel zu tun, mein Schatz«, erwiderte sie beschwichtigend. Denn wenn sie ihn »Schatz« nannte, fühlte er sich als ihr Liebhaber voll und ganz bestätigt.

»Papa hat gesagt, du hättest alle Hände voll zu tun. Morde über Morde. Stimmt das?«

»Ja, das stimmt.«

»Dann wird es Zeit, dass du mir davon erzählst. Ich habe übrigens eine Überraschung für dich: Ich werde dir eine Exklusiv-Lesung aus meinem neuen Buch geben. Wenn du willst, koche ich danach etwas Leckeres, damit du nicht vom Fleisch fällst.«

Am Treppenabsatz blieb sie stehen und musste sich sehr zusammenreißen. In diesem Moment war ihr sonnenklar, sie würde nie auf diesen Liebhaber verzichten können. Er besaß die schönste aller Gaben: Er brachte seine Angebetete zum Lachen.

*

Künstler mit Nadel und Faden wollt ihr sein, verhüllt die Welt mit Samt und Seide, damit man darunter das Elend nicht erkennt, und lasst euch fürstlich dafür bezahlen. Arme und minderjährige Kinder aber schuften für einen Hungerlohn in euren Werkstätten. Und ihr wagt es, euch selbst als Lichtgestalten zu präsentieren, Belzebuben in glitzernden Roben, die ihr seid? Doch glaubt mir, auch ihr werdet dem strafenden Schalk nicht entkommen ...

11

»Die Frau Kommissarin ist sicher müde und will nicht noch eine deiner Geschichten hören«, hatte Frau Bojanow vergeblich versucht, ihren Drago zu bremsen. Doch der hatte bereits Hellas Einkaufstüte vor ihrer Tür abgestellt, war in der Wohnung der Bojanows verschwunden und kurz darauf wieder aufgetaucht. »Seine Großmutter hat ihm ein Buch geschenkt. Jetzt liest er allen daraus vor«, entschuldigte sich Frau Bojanow bei ihr mit einem Seufzer. Diese Frau wusste ja nicht, welches Glück sie hatte, und das gleich fünf Mal, dachte Hella. Sie schenkte Drago also zehn Minuten, und nachdem er ihr sein Buch ausgiebig gezeigt und mit ehrfurchtgebietender Stimme daraus vorgelesen hatte, war er glücklich und zufrieden wieder abgezogen.

Am nächsten Morgen schmunzelte Hella immer noch darüber, als sie um acht Uhr vierundzwanzig hinter Kriminalrat Senges Schreibtisch saß. Sie hatte Dr. Eidinger ins Präsidium bestellen lassen. Roswitha hatte das für sie erledigt. Es war doch recht praktisch, dass ihr die unangenehmen Dinge jetzt von einer Sekretärin abgenommen wurden. Die Kollegen der KTU hatte sie persönlich gebeten, noch einmal verstärkt nach DNA-Spuren am Tatort zu suchen. Alles, was eine schlüssige Theorie stützen könnte, war jetzt hilfreich. Und Eidinger hatte sich wiederholt verdächtig gemacht.

Kurzes Klopfen, die Tür zum Büro öffnete sich. Kai und Simon trafen zur Morgenbesprechung ein. Auch wenn sich der Kenntnisstand kaum geändert hatte, bestand Hella darauf, beide Kollegen bei dem Verhör mit Eidinger hinzuzuziehen. Sie waren ein Team. Simon gab sie den Auftrag, vorher zu überprüfen, ob Jasmin Zumdiek wirklich nach dem Betreten des Krankenhauses bis zu Eidingers Anruf in der Cafeteria des Krankenhauses verbracht hatte. Darüber hinaus waren Simons Ermittlungen im Zusammenhang mit dem Rotary Club bislang erfolglos geblieben. Offenbar waren Krenz senior und Professor Zumdiek im Club nicht einmal zusammen gesehen worden.

Mit Kai hatte sie noch etwas anderes unter vier Augen zu besprechen. »Was gibt es Neues?«, fragte sie ungeduldig, als Simon gegangen war.

Kai wusste natürlich sofort, was sie meinte. »Goran Strickler ist sechsundvierzig Jahre alt, verheiratet, zwei Kinder. Abitur, abgebrochenes Jura-Studium, dann Journalismus mit Abschluss in Hildesheim. Berufsstart in Goslar, ist jetzt Redakteur bei der BZ, hat aber bislang keine nennenswerte Karriere hingelegt ...«

»Kontakte und Aktivitäten?«

»Kein Parteibuch, wenn du das meinst. Ich konnte auch sonst keine Auffälligkeiten feststellen ... bis auf eine ...«

Er konnte es einfach nicht lassen, dachte Hella. Sie warf Kai nur einen müden Blick zu. Doch das stachelte ihn noch an.

»Er ist Mitglied in einem Fitnessklub ...«

»Und du wirst mir bestimmt gleich sagen, was das Besondere an diesem Fitnessklub ist, oder?«

»Natürlich, Chefin. Ich kenne den Klub bereits von einem anderen Fall, ist Jahre her ...«

»Mein Kai, wo wären wir, wenn du nicht ein so verdammt gutes Gedächtnis hättest?«

Er grinste. »Ich bin ihm also dorthin gefolgt und habe ein Probetraining gebucht.«

»Aber das ist nicht alles ...«

»Nein, du glaubst nicht, mit wem er sich dort getroffen hat ...«

Sie zuckte mit den Achseln und warf ihm einen flehenden Blick zu, endlich mit dem Versteckspiel aufzuhören.

»Mit Tom Seipold.«

Das war allerdings eine Überraschung. Den ehemaligen Kollegen hatte Hella nicht mehr auf der Rechnung gehabt. Jetzt erinnerte sie sich an Toms merkwürdiges Verhalten, seinen Wutausbruch damals im Museum nach einer Befragung und wie Tom ihre Kritik an seinem unsensiblen Stil nicht akzeptierte. Tom Seipolds ganze Persönlichkeit strahlte eine gewisse Aggressivität aus, die sich für sie vor allem dadurch erklärte, dass sie ihm angeblich den Job vor der Nase weggeschnappt hatte. Aber dann war er plötzlich aus ihrem Blickfeld verschwunden. Sie hatte ihn nicht vermisst, und wenn sie jetzt darüber nachdachte, kam ihr merkwürdig vor, dass es Kriminalrat Senge offenbar ebenso ergangen war. Ludger, der Tom angeblich als Kollegen so hochgeschätzt hatte, erwähnte ihn plötzlich nicht mehr, als wäre er nie da gewesen ...

In dem Augenblick öffnete sich die Tür. Ohne anzuklopfen, was bei ihr so gut wie nie vorkam, stand Roswitha mit großen Augen und offenem Mund vor ihnen ...

Neun Uhr siebenundzwanzig. Sie waren mit zwei Einsatzwagen in Richtung nördliche Stadtgrenze unterwegs. Hella hatte Roswitha vorher beauftragt, die Befragung von Dr. Eidinger auf den Nachmittag zu verlegen. Die neue Situation zwang sie dazu, vor allem aber zu absoluter Disziplin.

Sie durfte sich keinesfalls diesem verdammten Gefühl der Ohnmacht ergeben, das ihr wie ein Seil um den Hals lag. Das Logo des ansonsten stereotypen Industriegebäudes war stadtbekannt und bereits von Weitem zu sehen. Enzo Brenner stand für Mode aus Braunschweig. Wer kannte sie nicht, die berühmten Preisschlachten am »Black Friday«. Und jetzt sollte auch der Firmenchef selbst zu den Opfern dieser verrückten Mordserie gehören?

Der Einsatzwagen, mit dem Kai und Simon gekommen waren, parkte bereits vor dem Personaleingang, als sie auf das Firmengelände einbog. Ein schlanker Mann in schwarzem Lederoutfit, den Hella aus der Entfernung für Ende zwanzig gehalten hatte, wirkte völlig verstört.

»Was soll ich jetzt machen? Sie sind doch von der Polizei, was soll ich jetzt nur machen?«, wandte er sich an sie, als sie aus dem Wagen stieg.

»Bitte beruhigen Sie sich«, antwortete Hella. »Geben Sie den Kollegen Ihre Daten und warten Sie. Ich bin gleich bei Ihnen.« Sie rief Simon und überließ ihm den aufgelösten Mann, anscheinend ein Zeuge. »Du machst die erste Befragung, ich verlasse mich auf dich.« Sie waren unterbesetzt, jetzt musste auch der junge Kollege zeigen, was er konnte. »Wo ist es geschehen?«, fragte sie den Zeugen, der daraufhin erbärmlich zu zittern begann.

»Die Treppe rauf im obersten Stock.«

Kai begleitete sie. Der hintere Teil des Gebäudes war sichtbar älter als der offenbar für den Verkauf angebaute Teil. Sie verzichteten darauf, den Aufzug zu benutzen, den zweiten Stock erreichten sie über das Treppenhaus. Dort erwartete sie ein ausgedehntes Loft, das eine Schiebetür in zwei Ateliers teilte. Eine Frau mittleren Alters in einem karierten Kostüm empfing sie an der Tür. Auch sie wirkte wie paralysiert.

»Polizei?«, fragte sie dumpf.

»Kriminalhauptkommissarin Budde, mein Kollege Fischbach«, erwiderte Hella.

»Karthaus mein Name, Irene Karthaus. Ich bin – ich war Enzos Sekretärin und Mädchen für alles ...«

»Wo ist die Leiche?«

»Nebenan in seinem Atelier. Er arbeitete Tag und Nacht an der neuen Fashion-for-Men-Kollektion ...«

»Haben Sie ihn gefunden?«

Die Sekretärin nickte nur, brach dann in Tränen aus und ließ sich auf einen der Sessel nieder, die mitten im Raum standen.

Auf den ersten Blick war der Tote von den Utensilien, die überall im Atelier verstreut lagen, nicht zu unterscheiden. Die Schnittmuster und bunten Stoffe auf den Tischen und die Deko an den Wänden lenkten die Aufmerksamkeit in alle Richtungen. Doch dann erregte eine der Schneiderpuppen in der Mitte des Raumes Hellas Aufmerksamkeit. Daran befestigt war nicht etwa ein Entwurf für ein modisches Outfit. An dieser Puppe hing ein Mensch wie der Gekreuzigte selbst ...

Hellas Handy zerriss das Entsetzen. »Ich wollte euch nur vorwarnen«, meldete sich Simon. »Er hat es bei mir nicht mehr ausgehalten und ist auf dem Weg zu euch.«

»Wen meinst du?«

»Den Mann in Leder. Sein Name ist Max Körner, er war der Assistent und Chefdesigner von Brenner. Offenbar auch noch mehr ...«

Da war Körner bereits zu hören und stürmte ins Atelier. »Alles Mörder und Unmenschen. Wie lange soll er denn hier noch hängen? Das ist ... das ist doch ... Oh nein, Enzo, wer konnte dir das nur antun?«

Er wankte mit ausgebreiteten Armen in Richtung der Leiche, begann plötzlich laut zu schluchzen und fiel Kai Fischbach beinahe in die Arme.

»Bitte beruhigen Sie sich«, redete Kai auf ihn ein und führte den Mann in den Vorraum. Hella zog die Schiebetür zu, um sich konzentrieren zu können. Roswitha hatte vom Kommissariat aus die KTU bereits informiert. Sie selbst rief Daniela an, die mitten in einer Obduktion steckte.

Was sie sah, ließ ihr das Blut in den Adern gefrieren. Jemand hatte Enzo Brenner mit Ledergürteln an einer Schneiderpuppe befestigt. Eine lange Zuschneideschere steckte tief in der Herzgegend. Der Tote trug eine Jeans und eines dieser schrillen Hemden, für deren Design er berühmt war. Der Kopf lag zur linken Seite hin, die Augen starrten leer in den Raum. So weit sichtbar, hatte die Wunde kaum geblutet, Brenner musste bereits tot gewesen sein, als man ihn an die Puppe gefesselt hatte. An der rechten Schläfe ließ sich ein Hämatom erkennen, aber dazu würde ihr Daniela in Kürze mehr sagen können. Erst auf den zweiten Blick fand Hella, was sie suchte, das ungewöhnliche Merkmal, das zu den anderen Morden passte: An jeder zweiten Fingerkuppe glänzte ein metallener Fingerhut, und in der Brusttasche seines Hemdes steckten ein Nadelkissen und Nähseide. Offenbar wieder ein Hinweis auf eine Schuld, ein neues Rätsel, das mit Nadel, Faden und Schere zusammenhing.

Hellas Blick fiel auf die Männer in den weißen Anzügen in der Tür. »Bitte, Kollegen, das Atelier gehört euch, und nicht vergessen: Nehmt gleich die Fingerabdrücke von Brenners Sekretärin und die seines Assistenten. Wahrscheinlich werden sich die hier überall finden ...«

Um diese Tat zu verstehen, würde sie mit den Ermittlungen von vorn beginnen müssen, dachte Hella, auch wenn sich ihr immer mehr der Verdacht aufdrängte, dass alle drei Morde dieselbe Handschrift trugen.

Max Körner hatte sich kaum beruhigt. Er saß immer noch zitternd in einem der Polstersessel im vorderen Atelier, das offenbar sein eigenes war. Kai stand neben ihm und passte auf ihn auf wie auf einen kleinen Jungen, der jeden Moment aus Schmerzvergessenheit etwas Unvernünftiges tun könnte. Auch die Sekretärin, Frau Karthaus, die auf einem Stuhl hinter einem mit Schnittmustern überladenen Schreibtisch Platz genommen hatte, ließ ihn nicht aus den Augen.

»Darf ich Ihnen ein paar Fragen stellen?«, versuchte Hella eine erste Zeugenvernehmung.

Körner wandte ihr sein verheultes Gesicht zu.

»Standen Sie in enger Beziehung zu Enzo Brenner?«

»Er war mein Mann, und wir wohnten zusammen. Ist das eng genug?«

Jetzt machte sich die Sekretärin bemerkbar und schüttelte den Kopf, ohne dass Körner es sehen konnte.

»Sie waren verheiratet?«

»Nein, das nicht, aber muss man verheiratet sein, um zu wissen, dass man zusammengehört?«

»Nein, sicher nicht. Jedenfalls arbeiteten Herr Brenner und Sie zusammen ...«

»Ja, so kann man es ausdrücken. Wer, denken Sie, ist seit fünfzehn Jahren für den größten Teil der Kollektion verantwortlich? Wer kümmert sich darum, dass alles rechtzeitig fertig wird?

Enzo hat sich ja nur noch mit seinem Lieblingsthema – Hemden und noch mal Hemden – beschäftigt. Das war nicht nur sein Lable, das war auch sein Faible. Und doch war er die Seele des Geschäfts ...« Er unterbrach sich und hob die Hände. »Oh, Enzo, wie soll es nur weitergehen ohne dich?«

Max Körner bot ein Bild der Verzweiflung. Der Mann war außer sich, und doch musste Hella den Versuch starten, die letzten Stunden zu rekonstruieren. »Wer hat den Toten gefunden?«

»Irene und ich sozusagen, wir beide. Ich war wütend, weil Enzo nicht einen einzigen Blick auf meine neue Kollektion geworfen hatte, und öffnete am Morgen die Tür zu seinem Atelier. Ich rief nach ihm, aber er antwortete nicht. Dann fragte ich Irene, ob er außer Haus sei. Aber sie schüttelte den Kopf. Wir sind dann beide hinein ...« Körner erfasste erneut das blanke Entsetzen.

»Wann haben Sie Enzo Brenner das letzte Mal lebend gesehen?«

»Gestern Abend. Der Tag war lang, ich hatte genug und wollte nach Hause. Ich sagte zu ihm, er solle nicht wieder so lange arbeiten. Er war ein Besessener, wissen Sie? Manchmal blieb er sogar über Nacht im Atelier, und am nächsten Morgen hatte er dann etwas Unvergleichliches gezaubert ...«

»Sie sagten, dass Sie zusammenleben?«

»Ja, Enzo hat uns ein wunderschönes Penthouse gekauft ...« Tränen füllten wieder seine Augen.

»Kann sich jetzt jemand um Sie kümmern?«

Er antwortete nicht. Hella suchte den Blickkontakt mit Irene Karthaus, die nickte schweigend. Auf der gleichen Etage befand sich ein Ruheraum, in den die Sekretärin und Kai Fischbach den verstörten Max Körner brachten.

»Er hat sich etwas beruhigt und eine Schlaftablette geschluckt«, teilte die Sekretärin Hella später mit und versicherte: »Max hat eine Schwester im Breisgau, aber die ist krank und nicht mobil. Ich werde auf ihn aufpassen, bis er sich wieder gefangen hat.«

Die Kollegen der KTU hatten ihre Arbeit in Brenners Atelier bereits begonnen, natürlich ohne die Leiche von ihrer Fundstelle fortzubewegen. Davor sollten Gerichtsmedizin und der Staatsanwalt, der sich bereits angekündigt hatte, Opfer und Tatort möglichst unverändert besichtigen können.

Nach kurzer Zeit erschien Klapproth. »Es wird immer enger für uns«, raunte er Hella zu, als er sich von dem verstörenden Anblick losgerissen hatte, der sich ihm im Atelier des Modemachers bot. »Ich habe heute einen anonymen Tweet erhalten. Ob die Polizei überhaupt noch wisse, was sie tue, Hashtag schlapper Haufen. Ich gebe zu, das hat mir wehgetan. Lass jeden Quadratzentimeter nach Spuren absuchen, hörst du? Wir müssen diesem mörderischen Mummenschanz ein Ende setzen!«

Jetzt schien auch noch der Staatsanwalt mit den Nerven fertig zu sein. Er hielt sich nicht länger auf, verabschiedete sich bei Hella mit einem Klaps auf die Schulter und wäre beinahe mit Daniela Weinreb zusammengestoßen, als er im Eilschritt das Atelier verließ.

»Das Profil einer Täterin oder eines Täters spitzt sich offenbar zu«, war Danielas Kommentar, als sie den Leichnam erstmalig umrundete. »Soweit ich oberflächlich erkennen kann, ist der Mann durch einen Schlag mit einem stumpfen Gegenstand, der das rechte Schläfenbein zertrümmert hat, getötet worden. Es sei denn, der Stich in die Brust wurde ihm vorher beigebracht. Aber dazu scheint zu wenig Blut geflossen zu sein. Bevor ich das abschließend beurteilen kann, muss ich ihn mir auf dem Tisch noch genauer ansehen. Das Bild der Morde scheint einen Stil zu haben – oh, entschuldige, Hella, wollte mich nicht einmischen. Bin ja froh, dass es nicht meine Sache ist. Übrigens, du siehst auch nicht gerade frisch aus ...«

»Ich rufe dich an, versprochen«, erwiderte Hella, ohne sich zu trauen, ihrer Freundin ins Gesicht zu sehen.

»Das habe ich schon einmal gehört«, kam prompt von Daniela, worauf diese sich an die Kollegen der KTU wandte. »Brenner gehört euch, und bringt ihn anschließend bitte so schnell wie möglich in die Gerichtsmedizin. Er kommt heute noch unters Messer.«

Die große runde Uhr im Stil einer Bahnhofsuhr, die über der Tür am Eingang des Ateliers hing, zeigte elf Uhr sechsundvierzig, als sich Hella mit Irene Karthaus zu einer Befragung in ihr Büro zurückzog. Die Zeugin wirkte jetzt gefasst. Es war direkt wohltuend, mit einer Person sprechen zu können, die sich trotz der Umstände noch im Griff hatte, dachte Hella.

»Ich habe fast zwanzig Jahre für Enzo gearbeitet, war bereits dabei, als wir seine erste Kollektion auf die Beine stellten. Damals noch als seine Assistentin. Später übernahm Max meine Position, und ich wurde die gute Seele und sein Sprachrohr in jeder Hinsicht. Seitdem wir expandiert haben, bin ich vor allem die Verbindung zwischen der kreativen Etage und den Abteilungen Produktion und Verkauf. Die Arbeit einer Chefsekretärin und Mädchen für alles, wenn Sie so wollen ...«

»Enzo Brenner hat Ihnen also vollkommen vertraut.«

»Ja, das kann man sagen. Er schätzte meinen Rat auch in Modefragen bis zum Schluss. Manchmal gab es sogar Streit zwischen ihm und Max, weil er zuerst mich gefragt hatte, wenn er sich in der Wahl der Farbe nicht sicher war.« Ein Funke von Stolz glimmte in ihren Augen.

Hella ließ sich noch einmal ausführlich von der Zeugin schildern, wann und wie sie den Toten am Morgen gefunden hatte. Es deckte sich mit den Angaben von Max Körner. Über den genauen Todeszeitpunkt würde Daniela sie so bald wie möglich in Kenntnis setzen. »Wann haben Sie gestern das Büro verlassen?«, fragte sie weiter. »Ist Ihnen gestern Abend oder am Morgen eine verdächtige Person in der Nähe der Ateliers aufgefallen?«

»Nein. Als ich gestern gegen achtzehn Uhr Feierabend machte, war Enzo noch bestens gelaunt und rief mir ›Ciao Bella!‹ hinterher. Mein Büro liegt gleich neben dem Treppenhaus, wie Sie gesehen haben. Manchmal lasse ich die Tür offen, damit ich sofort reagieren kann, wenn man nach mir ruft. Bei wichtigen Telefonaten bleibt die Tür natürlich geschlossen.«

»Gibt es Sicherheitskameras im Haus und rund um das Gebäude?«

»Ja, in den Verkaufsräumen, im Lager und außerhalb. Hier in den Ateliers und der Verwaltung noch nicht überall, aber kürzlich ist eine Firma beauftragt worden, die … Warten Sie, ich muss nachschauen …«

Hella griff zum Handy, um den Kollegen zu beauftragen. »Kai, es gibt eine Videoüberwachung, schau dir das doch bitte einmal an.«

»Bei der Arbeit, Chefin.«

»Und?«

»Ich checke gerade alle Autos, die seit gestern Abend und heute Morgen auf dem Mitarbeiterparkplatz aufgetaucht sind. Vor den Ateliers gibt es keine Kameras, nur unten am Eingang eine, die aber außer Betrieb ist. Der Pförtner sagte, die ganze Anlage würde in Kürze erneuert.«

»Gut, Kai, lass dich nicht aufhalten.« Sie drückte den

Kollegen weg und wandte sich wieder an die Sekretärin, die offenbar vergeblich nach dem Namen der Sicherheitsfirma gesucht hatte: »Wer könnte Enzo Brenner so gehasst haben, dass er ihm das angetan hat?«

Die Zeugin antwortete nicht, öffnete aber ohne jede Eile eine Schublade ihres Schreibtischs und holte einen Stapel Briefe hervor, die sie vor Hella ausbreitete. »Suchen Sie sich einen aus«, sagte sie mit müder Stimme. »Es sind ausnahmslos Morddrohungen.«

12

»Im Laufe der Jahre sind eine Menge dieser Morddrohungen zusammengekommen. Und die, die Sie hier sehen, sind längst nicht alle. Enzo hat meistens darüber gelacht und sie zerrissen. Nur Versager hätten keine Feinde, behauptete er immer. Und ob er Frauen oder Männer oder Frauen und Männer liebe, das sei ganz allein seine Sache«, erklärte Irene Karthaus, während Hella einen Blick auf einige der anonymen Drohbriefe warf. »Er ist mit den sexistischen Anfeindungen ganz locker umgegangen, wusste aber, dass sie dem Geschäft schaden könnten, und kehrte sie unter den Tisch«, fuhr die Zeugin fort. »Ich habe sie gesammelt, ohne dass er davon wusste. Immerhin ist es Beweismaterial, oder? Es hätte auch leicht sein können, dass einer dieser Schmierfinken ernst machte. So kam jedenfalls die Sammlung zustande. Einige sind noch aus seiner Anfängerzeit in Stuttgart, als er seine erste Boutique eröffnete ...«

»Sind in letzter Zeit wieder solche Drohbriefe aufgetaucht?«

»Letztes Jahr. Aber nicht von Neidern oder Gegnern seines Sexlebens. Diesmal hing es mit dem Fair-Trade-Label zusammen. Er würde unsaubere Geschäfte betreiben, Kinderarbeit zulassen und die Bedingungen von Fair Trade unterlaufen, haben ihm Aktivisten vorgeworfen ...«

Die Hoffnung war gering, dass auf den Briefen die Fingerabdrücke der Mörderin oder des Mörders zu finden waren, doch Hella benachrichtigte sofort die KTU. »Sie haben sicher Verständnis dafür«, wandte sie sich an die Zeugin, »dass wir die Briefe als Beweismaterial beschlagnahmen.«

In dem Moment warf Irene Karthaus einen erstaunten Blick zur Tür hin. »Hannelore ...«, entwich ihren Lippen, als wäre ihr ein Geist erschienen.

Auch Hella wandte sich dem Besuch zu.

»Oui, c'est moi«, erwiderte eine weibliche Gestalt, deren Alter sich wohl zwischen fünfzig und sechzig bestimmen ließ. Ihre Kurzhaarfrisur und ihr glitzerndes Outfit erinnerten an den Look der Zwanzigerjahre des letzten Jahrhunderts. Die schwarz getönte Brille verwehrte den Blick in ihre Augen. Wieder erhob sie ihre raue Stimme: »Nein, ich bin nicht Lagerfelds jüngere Schwester, wie man meinen könnte. Dann lebte ich in Paris an der Seine und nicht in Braunschweig-Volkmarode«, sprach sie Hella direkt an und nahm jetzt sogar die Brille ab. Darunter lugte ein lebhaftes und freches Augenpaar hervor. »Mein Name ist Hannelore Brenner. Ich bin Enzo Brenners Frau, jedenfalls laut Trauschein. Und deshalb ist es auch eine Selbstverständlichkeit, mich als Erste in Kenntnis zu setzen, sollte meinem Mann etwas zugestoßen sein, nicht wahr, Irene?« Ihre Augen funkelten zornig.

»Natürlich, Hannelore«, antwortete die Angesprochene höchst verlegen. »Aber es war alles so schrecklich, und Max ... Ich wollte dich längst benachrichtigen, doch dann ...« Sie wies auf Hella.

»Budde, Kriminalhauptkommissarin«, reagierte Hella sofort. »Wie haben Sie vom Tod Ihres Mannes erfahren?«

»Obwohl ich dieses Haus seit Jahren nicht betreten habe, arbeiten hier noch Menschen, die zu mir halten und nicht versuchen, mich zu hintergehen.«

»Und wer bitte ist das konkret?«

Hannelore Brenners überhebliches Lächeln wirkte wie eingefroren. »Sie werden doch nicht erwarten, dass ich Ihnen vor dieser Frau eine Auskunft gebe ...«

Das Gesicht der Sekretärin lief rot an, ihr Mund öffnete sich, aber anscheinend wollte sie eine Auseinandersetzung vermeiden.

»Dann werden wir die Befragung auf dem Kommissariat fortsetzen.« Hella erhob sich, aber so ließ die Witwe von Enzo Brenner nicht mit sich umgehen. »Ohne meinen Anwalt wird nichts dergleichen erfolgen. Oder kann in diesem Land jeder Staatsbürger einfach grundlos festgenommen werden? Ich wüsste nicht, womit ich mich verdächtig gemacht haben könnte.«

»Sie werden nicht verhört, sondern als Zeugin vernommen, denn auch als Zeugin sind Sie verpflichtet, zur Aufklärung des Falls beizutragen.«

Schweigen. Hannelore Brenner schien ihre Situation zu überdenken. Worauf sie fast eingeschüchtert erwiderte: »Wo ist Enzo? Darf ich ihn sehen?«

Hella griff nach ihrem Handy und wählte die Nummer der Gerichtsmedizin. »Bei der Arbeit«, meldete sich Daniela. Mehr Worte brauchte es nicht.

»In einer Stunde?«, fragte Hella.

»Mit Glück«, kam die Erwiderung vom anderen Ende, gefolgt von einem Klick.

»Bestehen Sie auf einen Anwalt oder sind Sie mit einer zwischenzeitlichen Befragung vor Ort einverstanden?«, wandte sich Hella an Hannelore Brenner, die demonstrativ ihre getönte Brille wieder aufsetzte. »Ich habe allerdings nicht die Absicht, auch nur eine Minute länger als nötig in diesem Haus zu bleiben. Wenn es unbedingt sein muss, könnten wir vielleicht irgendwo einen Kaffee trinken«, antwortete sie.

Unzählige Fragen warteten darauf, beantwortet zu werden, und es war schwer zu entscheiden, welche Vorrang hatte.»Wir sprechen uns später. Bitte übergeben Sie die Briefe an die Kollegen«, richtete sich Hella an Irene Karthaus, die still hinter dem Schreibtisch saß und wie eine Maus auf den nächsten Angriff der Katze wartete.»Befindet sich in der Nähe so etwas wie ein Café?«

»Gleich gegenüber auf der anderen Straßenseite, die Krenz-Filiale.«

Zufall oder ein Wink des Schicksals, fragte sich Hella. Die Witwe des Modemachers stolzierte grußlos vor ihr aus dem Büro. Der Gang war immer noch teilweise abgesperrt, die Kollegen der KTU liefen geschäftig hin und her.

»Hat man ihn in seinem Atelier gefunden?«, fragte Hannelore Brenner. Ihre Stimme klang jetzt traurig. Offensichtlich besaß sie die Fähigkeit, ihre Stimmungen innerhalb von Sekunden völlig neu zu registrieren.

»Ja«, antwortete Hella nur kurz.

»Und was ist genau passiert?«

»Frau Brenner, bitte haben Sie Verständnis, dass ich hier die Fragen stelle …«

Die Witwe schwieg. Draußen wehte ein unangenehm feuchter und kalter Wind, der Himmel war verhangen, auch die Sonne schien diesen Apriltag nicht zu mögen.

Das Café der Bäckerei-Filiale war mit lediglich fünf Tischen bestückt. Sie verzogen sich in eine Ecke mit Blick auf die Straße und das geschwungene Logo an der Fassade von Brenner Fashion.

»Warum fällt es Ihnen schwer, die Firma zu betreten?«,

wollte Hella wissen, nachdem sie ihre Bestellung aufgegeben hatten. Schließlich hatte die Witwe unverhohlen klargemacht, wie unerträglich ihr das war.

»Ich weiß nicht, ob eine Stunde ausreicht, um Ihnen das zu erklären«, erwiderte Hannelore Brenner, aber anscheinend als Zeichen ihres guten Willens nahm sie die dunkle Brille von der Nase und gewährte Hella einen offenen Blick in ihr Gesicht.

»Man hat mich sozusagen aus dem Reich der schönen Künste verbannt. Ich würde stören, den kreativen Fluss unterbrechen, sagte Enzo. Man erteilte mir Hausverbot, nachdem ich vor acht Jahren die Originalentwürfe für die Sommerkollektion zerrissen hatte. Ich hielt sie für uninspiriert, spießig, ja dilettantisch … Une putain de merde … Mehr war dazu nicht zu sagen. Natürlich kam dieser gottverdammte Mist von Max, von wem sonst …« Sie stand kurz davor, sich in Rage zu reden.

»Aber zwischen Ihnen herrschte nicht immer Krieg«, lenkte Hella vom Thema ab.

Ihr Gegenüber schwieg einen Moment. Plötzlich schwammen ihre Augen in Tränen. »Ist er wirklich tot?«, fragte die Witwe mit hohler Stimme.

»Bitte erzählen Sie mir von ihm und Ihnen«, versuchte Hella, die offenbar von wechselnden Gefühlen geschüttelte Frau zu beruhigen. Es konnte auch eine Reaktion auf den Schock sein.

»Wir haben uns in Hamburg kennengelernt«, begann sie. »Damals lief ich noch auf dem Catwalk. Aber ich war nicht so einfältig wie die meisten. Ich wollte selbst Mode machen, nicht nur meinen Körper als Kleiderständer vermieten. Zwischen Enzo und mir funkte es, wir wurden ein Paar und heirateten. Anfangs verstanden wir uns nicht nur privat, sondern auch bei der Arbeit blendend, wollten Mode mit Anspruch machen, auch für den kleinen Geldbeutel ... Eine Schande, was daraus geworden ist ...«

»Bitte beruhigen Sie sich ...«

»In Stuttgart gingen wir an den Start. Irene war die Schneiderin, der Enzo bedingungslos vertraute. Sie kannte alle Tricks, wusste, was er wollte. Auch ich verstand mich gut mit ihr. Erst später ...«

»Und seit dem Hausverbot haben Sie das Firmengelände nicht mehr betreten?«

»Nein.«

Hella versuchte, ihr in die Augen zu schauen, doch die Zeugin wandte sich ab. Dieser Rauswurf musste sie zutiefst gekränkt haben. Nur langsam beruhigte sie sich, sah aber offenbar ein, dass dieser Krieg nun vorbei war und sie sich nicht mehr verteidigen musste.

»Aber Sie hatten noch Kontakte in die Firma, wie Sie sagten ...«

»Ja, mit Hartmut Seeler, dem Leiter der Verkaufsabteilung verbindet mich eine lange Freundschaft. Er hört im Betrieb die Flöhe husten und erzählt mir alles, was in diesem Irrenhaus vorgeht ...«

»Sie wohnen in Volkmarode?«

»Ja, Enzo und ich hatten nach langer Suche und mit viel Glück endlich ein Haus gefunden, das unseren Vorstellungen genügte. Ein altes Forsthaus am Waldrand, ringsum nur Wald und Natur ...«

»Wohnen Sie immer noch da?«

»Ja.«

»Allein?«

»Als mein Mann Max kennenlernte, war unsere Zeit mit einem Schlag vorbei. Er entdeckte angeblich sein zweites

Ich, war plötzlich ein ganz anderer ... Und Max sah seine Chance, er ließ ihn nicht mehr aus seinen Fängen. Von heute auf morgen war ich abgeschrieben. Nur manchmal kam Enzo zurück ins Forsthaus, blieb ein paar Tage, und wir spielten wieder Mann und Frau, gingen zusammen ins Bett, als würde es diesen Bastard nicht geben ...«

Hellas Handy unterbrach sie. »Budde?«

»Ihr könnt kommen«, tönte die bekannte Stimme aus der Gerichtsmedizin.

»Und Sie haben Ihren Mann nicht zum Teufel geschickt?«, fragte Hella auf der Fahrt in Richtung Stadtmitte. Draußen nieselte es bei stockendem Verkehr. Die Witwe des Modemachers saß auf dem Beifahrersitz, hatte offenbar ihr inneres Gleichgewicht zurückgewonnen und nicht die Absicht, es wieder zu verlieren.

»Diese Frage verstehe ich sogar«, antwortete sie. »Außenstehenden muss mein Leben der letzten Jahre wie das einer Masochistin vorkommen. Aber mir blieb nur diese eine Möglichkeit, meinen Mann hin und wieder zu sehen. Trotz allem war es Liebe zwischen uns. Ob andere das verstehen oder nicht. Eines Abends, es war ein idyllischer Herbstabend, wir saßen auf der Couch vor dem offenen Kamin, sagte er zu mir: ›Ich liebe dich, Hanne, und ich werde dich immer lieben. Aber du musst mich so akzeptieren, wie ich bin ...‹ Damals antwortete ich nicht, doch ich hielt bis heute aus, auch wenn es mir verdammt noch mal nicht leichtgefallen ist ...«

Als Hella auf dem Parkplatz der Gerichtsmedizin anhielt, setzte Hannelore Brenner wieder ihre getönte Brille auf, als wollte sie zwischen sich und dem, was sie erwartete, eine Schutzmauer hochziehen. Sie stiegen aus. Schweigend und mit gesenktem Kopf folgte ihr die Witwe.

Für Daniela waren diese Begegnungen zwischen den seelenlosen Körpern, die ihr alle Geheimnisse preisgegeben hatten, und den entsetzten Angehörigen Routine. Eine schaurige Routine, dachte Hella, und sie fragte sich nicht zum ersten Mal, wie man das jahrelang aushalten konnte. Diesmal dauerte diese Begegnung allerdings nicht lang. Hannelore Brenner warf nur einen kurzen Blick auf das blutleere Gesicht ihres Mannes. Mit klarer Stimme sagte sie: »Ja, das ist er. Enzo Brenner, mein Mann«, worauf sie den Kopf zur Seite riss, um sich von dem Anblick zu befreien.

Hella führte sie auf den Gang, wo sie ihr einen Stuhl anbot und ihr versprach, sie zurückzufahren, sobald sie die unerlässlichen Fakten für weitere Ermittlungen von Dr. Weinreb erhalten habe.

»Brenner war bereits viele Stunden tot, als er gefunden wurde, die Totenstarre war voll ausgeprägt«, erklärte Daniela. »Meine Untersuchungen haben ergeben, dass er am Abend zuvor mit einem stumpfen Gegenstand erschlagen worden sein muss. Der Schlag ist anscheinend gezielt gegen die Schläfe geführt worden und hat zu einem Bruch des Schläfenbeins geführt. Der Stich mit der Zuschneideschere in die Brust hat zwar das Herz getroffen, ist aber eindeutig erst erfolgt, als das Opfer bereits tot war.«

»Ließen sich Abwehrspuren finden, die auf einen Kampf hindeuten?«

»Nein. Er ist wohl überrascht worden. Einige Druckspuren sind vermutlich entstanden, als der Körper an der Puppe befestigt worden ist. Ich habe auch die Unterseite der Fingernägel untersucht und das Material an die KTU geschickt.«

»Und wann war etwa der Todeszeitpunkt?«

»Nach meiner Einschätzung trat der Exitus zwischen neunzehn und einundzwanzig Uhr gestern Abend ein.«

Vermutlich hatten die Sekretärin und Max Körner zu dem Zeitpunkt das Gebäude bereits verlassen, dachte Hella. Aber ihre Alibis mussten noch überprüft werden. Keinem von ihnen konnte sie eine Vernehmung im Kommissariat ersparen. In dem Augenblick fiel Hella etwas anderes ein. Sie zog ihr Handy aus der Tasche. »Besteht eine Verbindung zwischen den Verkaufsräumen und dem hinteren Gebäudetrakt mit den Büros und Ateliers, Kai?«, fragte sie den Kollegen.

»Ich bin noch mit der Auswertung der Videos beschäftigt, aber ich werde Simon darauf ansetzen.« Kai legte auf. Eigentlich hatte sie Kai für den Job gewollt. Aber er lag richtig, man musste den jungen Kollegen die Chance geben, sich zu bewähren. In dem Moment beschlich sie ein noch ganz anderer Gedanke: War es nicht ein eindeutiger Beweis fürs Älterwerden, wenn man dem Nachwuchs nichts zutraute?

»Die Wunden an den Fingerkuppen durch das Aufdrücken der Metallhüte sind natürlich auch nach dem Exitus entstanden«, holte sie Daniela aus ihren Gedanken. »Ich frage mich langsam …«

»Wann dieses makabre Schauspiel ein Ende nehmen wird?« Hella sah sie nur ratlos an.

»Mir kommt es vor, als arbeite hier jemand ein Drehbuch ab«, erwiderte Daniela.

»Wenn wir wenigstens wüssten, wie der Film heißt.« Hella seufzte.

»Kaffee?«

»Keine Zeit. Die Zeugin wartet auf mich. Aber wie wär's mit heute Abend?« Hella zwinkerte ihrer Freundin zu.

»Ich glaube nicht daran …«

»Um acht bei Christos?«

Ein Lächeln erhellte Danielas Gesicht.

Hannelore Brenner bestand darauf, mit ihrem eigenen Wagen nach Hause zu fahren, und Hella brachte sie zurück in die Nordstadt zum Firmengelände von Brenner Fashion. Der Feierabendverkehr verstopfte die Straßen, sie kamen nur im Stop-and-go voran.

»Haben Sie von anonymen Drohungen gegenüber Ihrem Mann gewusst?«, nutzte Hella die Gelegenheit. Sie hatte die Hoffnung, dass sich die Witwe ihr mehr öffnete, wenn sie sich nicht bei einer offiziellen Vernehmung an einem Tisch gegenübersaßen.

»Bereits vor vielen Jahren hat er Drohungen erhalten«, kam ihre Antwort nach einer Weile. »Enzo liebte es, in der Öffentlichkeit zu provozieren, und nahm auch kein Blatt vor den Mund. Das lag in seinem Charakter. Er griff offen die Mitbewerber an, beschimpfte ihre Methoden, Reibach mit Billigware zu machen auf Kosten der Armen in Südasien. Für manche war er ein Nestbeschmutzer. Anfangs ließ Enzo nur in Deutschland arbeiten. Später, als die Kosten explodierten, wechselte er angeblich zu Fair Trade, aber …« Sie schwieg plötzlich.

»Hat es diesbezüglich Probleme gegeben?«

»Ich sage nichts weiter. Lesen Sie die Zeitung, dann wissen Sie mehr.«

»Er hatte also erklärte Feinde in seiner Branche?«

»Enzo war einer von denen, die stolz darauf waren, viele Feinde zu haben. Die Drohungen nahm er nicht ernst, sie stachelten ihn nur weiter an.«

»Hat ihm das geschäftlich nicht geschadet?«

»Da müssen Sie Irene – die Tempelwächterin – und unsere Steuerberater fragen. Ich kümmere mich nicht mehr darum. Seit drei Jahren leite ich ein Studio in Hannover und helfe dem Nachwuchs in der Modebranche auf die Beine. Da kann ich wenigstens etwas bewegen.«

»Und wer erbt die Firma nach dem Tod Ihres Mannes?«
Die Witwe zuckte mit den Schultern. »Da bin ich überfragt. Wahrscheinlich hat sich Max das, was noch übrig ist, bereits unter den Nagel gerissen. Im Laufe der Jahre hat er die Firma wie eine Made von innen ausgehöhlt. Aber Enzo war unbelehrbar, er ließ nichts auf ihn kommen, hat ihm freie Hand gelassen. Selbst als Max' Kollektionen floppten und unverkäufliche Ware die Lager flutete, nahm er ihn noch in Schutz.«

»Max Körner und Sie sind also nicht gerade die besten Freunde …«

Ein kurzer schriller Lacher war Antwort genug.

Als sie auf dem Parkplatz vor dem Firmengelände angekommen waren, öffnete Hannelore Brenner die Wagentür und stieg aus.

»Bitte erscheinen Sie morgen Vormittag im Kommissariat Mitte. Wir brauchen Ihre Fingerabdrücke und die protokollierte Aussage vom Ablauf Ihres gestrigen Abends«, rief ihr Hella nach.

»Wenn es sein muss«, erwiderte die Witwe, ohne sich noch einmal umzudrehen.

Was sollte sie von der Zeugin halten, fragte sich Hella. Einerseits zog sie nicht in Zweifel, dass sich das ehemalige Model aus dem Geschäft zurückgezogen und die Firma ihres Mannes seit Jahren nicht betreten hatte, andererseits steckten so viel Hass und Eifersucht in dieser Person, dass ihr durchaus ein Mord zuzutrauen war. Aber in dieser Form? Hella bezweifelte das.

Der Einsatzwagen der Kollegen stand noch an derselben Stelle. Das war die Gelegenheit, die neuesten Ermittlungsergebnisse abzugreifen. Noch bevor Hella den Haupteingang erreichte, meldete sie sich über Handy bei Kai

Fischbach. Simon und er hatten einen ersten Check der Überwachungsvideos durchgeführt. Da die Ateliers nicht erfasst wurden, gab es dafür auch kein Material. Es hatte sich allerdings herausgestellt, dass der Verkaufsraum durch einen Gang mit dem Treppenhaus und dem Aufzug im hinteren Verwaltungsbereich verbunden war.

»Brenner ist zwischen neunzehn und einundzwanzig Uhr getötet worden. Ich will wissen, wer in der Zeit den Verkaufsraum durch die Tür verlassen hat, die zu dem Verbindungsgang führt.«

»Ist klar«, erwiderte Kai.

Sie überließ die beiden Kollegen ihren Ermittlungen und machte sich selbst auf den Weg zu den Ateliers. Durch die Verbindungstür erreichte sie den Gang, an dessen Ende sich der Lift befand. Diesmal probierte sie ihn aus, um festzustellen, dass er Lärm wie ein Lastenaufzug machte. Wer sich auskannte, würde unbedingt vermeiden, auf diese Weise in den zweiten Stock zu gelangen, denn er musste damit rechnen, bemerkt zu werden. Als sie oben ankam, schien niemand mehr dort zu sein. Das Büro der Sekretärin war verschlossen, die Ateliers mit rot-weißem Absperrband gekennzeichnet. Doch die Türen standen offen …

»Ist da wer?«, rief Hella. Keine Antwort. »Geben Sie sich zu erkennen, hier ist die Polizei!« Sie schritt durch das erste Studio und näherte sich Brenners Atelier mit gezogener Dienstwaffe. Nichts bewegte sich. Von innen war kein Geräusch mehr zu hören. Als sie einen Blick in den Raum warf, fiel ihr die männliche Gestalt vor der Puppe auf, an die man die Leiche des Modemachers gefesselt hatte. Sie entspannte. »Was tun Sie hier?«, fragte sie Max Körner. Der drehte sich zu ihr um, ein halb gefülltes Champagnerglas in der rechten Hand.

»Haben Sie die Absperrung nicht bemerkt? Zutritt verboten!«

»Was heißt hier verboten ... Enzo ist tot. Es ist vorbei, verstehen Sie?« Er kam auf sie zu, offenbar angetrunken. Hella konnte ihn verstehen. Wenn er Brenner wirklich geliebt hatte, stand er unter Schock, und eigentlich sollte sich jemand um ihn kümmern. Wo war nur Irene Karthaus? Hella hatte die Sekretärin so verstanden, dass sie das übernehmen wollte.

»Sie sollten aufhören zu trinken«, wandte sie sich an Max Körner. Mit der darauffolgenden Reaktion hatte sie beinahe schon gerechnet.

»Wann, wenn nicht jetzt?« Er begann wie ein Kind zu heulen und wäre Hella vermutlich in die Arme gefallen, wenn sie nicht immer noch die Dienstwaffe in der Hand gehalten hätte. »Soll ich Sie nach Hause bringen?«

»Was soll ich allein zu Hause?« Er ging voraus und führte sie in den Aufenthaltsraum, der eher wie eine Abstellkammer wirkte. Dort hatten sich alte Möbel angesammelt, und von den Wänden platzte die Farbe ab. Auf dem verschrammten Tisch stand eine angebrochene Flasche Champagner. »Möchten Sie auch ein Glas? Wir sollten auf Enzo und unsere besten Jahre anstoßen«, sagte er und goss sich nach.

Wenn sie mit diesem Mann noch reden wollte, musste sie ihn daran hindern weiterzutrinken. »Nein, danke«, erwiderte sie. »Sie können jetzt und hier mit mir sprechen, Herr Körner, dann sollten Sie sofort aufhören zu trinken, oder wir setzen das Gespräch im Kommissariat fort.«

Die Androhung wirkte immer wieder. Der Zeuge stellte sein Glas auf der Spüle ab und setzte sich etwas unwillig an den Tisch ihr gegenüber.

»Bitte schildern Sie mir, was Sie gestern Abend und heute Morgen erlebt haben. Ich brauche jedes Detail, an das Sie sich erinnern können, auch wenn es Ihnen noch so unwichtig vorkommt.«

»Da gibt es nicht viel zu erzählen«, erwiderte er, nachdem er sich laut vernehmbar die Nase geputzt hatte. »Enzo war ganz in die neue Hemden-Kollektion vertieft und hat mich nicht einmal angeschaut, als ich ging. Wenn ich gewusst hätte …« Ihm kamen wieder die Tränen, aber er riss sich zusammen.

»Wann verließen Sie die Firma?«

»Gegen achtzehn Uhr. Ich habe allerdings nicht genau auf die Uhr geschaut.«

»Fuhren Sie direkt nach Hause?«

»Nein, ich machte einen Zwischenstopp bei unserem Weinkontor und plauderte noch ein halbes Stündchen mit Pierre, dem Inhaber. Wir sind gut befreundet …«

»Und dann sind Sie also in Ihre gemeinsame Wohnung gefahren. Wo befindet sich die?«

»In der Innenstadt am Neustadt-Rathaus. Eine Traumwohnung. Enzo konnte das Penthouse damals weit unter Wert ersteigern …«

»Gibt es Zeugen, dass Sie den ganzen Abend dort verbracht haben?«

»Nein. Aber es war wie an den vielen anderen Abenden auch, wenn Enzo in seine Welt abtauchte. Ich verbrachte etwas Zeit im Internet und sah mir noch einen Film an. Irene ist jedenfalls meine Zeugin. Sie hat mich gesehen, als ich ging. Sie bewacht Enzo immer noch wie ein Hofhund, die arme Seele …«

»Wieso sagen Sie das?«

»Obwohl er sie als Frau nicht mehr wahrnahm und sie

bereits vor Jahren ihren Platz abgeben musste, hörte sie nie auf, ihn zu lieben. Tragisch.«

»Musste sie Ihnen weichen?«, fragte Hella.

»Nein, Hanne. Irene war Enzos erste Frau, wenn auch ohne Trauschein. Sie tat alles für ihn, doch dann lernte er Hanne in Hamburg kennen, und Hanne drängte Irene aus dem Rennen. Um ihn nicht ganz zu verlieren, so erzählte mir Irene einmal, akzeptierte sie ihre Rolle als Nummer zwei und versuchte, sich unentbehrlich zu machen. Und das gelang ihr. Ohne sie würde niemand durch dieses Chaos dringen.«

»Und wann kamen Sie ins Spiel?«

Max Körner errötete, straffte aber seine Brust und ließ keinen Zweifel an seinem Selbstbewusstsein. »Ich brannte immer schon für Mode und Design. Aber niemand gab mir eine Chance. Dann suchte Brenner Fashion Mitarbeiter für eine Modenschau. Ich bekam einen Job als Kulissenschieber, und ich hatte Glück. Enzo warf sozusagen ein Auge auf mich. Und so fing alles an.« In seinem Blick schimmerte eine Art romantische Verklärung.

»Die Beziehung zwischen Ihnen?«

»Das trifft es nicht.« Er war plötzlich wie verwandelt und konterte fast empört: »Es begann eine große Liebe …« Er stockte wieder, offenbar wirkte der Schock, dass diese große Liebe jetzt Vergangenheit war. Mit der Rechten fuhr er sich durch sein getöntes braunes Haar. Nach Hellas Schätzung war er ungefähr fünfzehn Jahre jünger als Brenner, also Ende dreißig, Anfang vierzig. Aber sein Gesicht wirkte faltig und verlebt, vielleicht lag es auch daran, dass ihn die Situation stark mitnahm.

»Und die Frauen waren nicht eifersüchtig auf Sie?«

»Natürlich war es nicht einfach. Sie konnten beide nicht akzeptieren, dass Enzo auch Männer liebte. Hanne erklärte mir den Krieg, hält mich nach wie vor für unbegabt und schiebt mir alle Schuld für die finanzielle Schieflage von Brenner Fashion zu. Wir hätten alle Platz in dieser Firma gehabt, aber …«

»Und wie verstehen Sie sich mit Irene Karthaus?«

»Sie musste sich mit Hanne abfinden, und sie fand sich mit mir ab. Wir kommen jedenfalls miteinander aus. Natürlich war Enzos und mein Privatleben immer ein Tabu zwischen mir und ihr. Ich habe ihr gegenüber nie ein Wort darüber verloren. Von ihr weiß ich allerdings auch kaum etwas, nur dass sie in der Vorstadt wohnt, und ich kenne ihre Handynummer für unvorhergesehene Fälle.«

»Bitte schildern Sie mir jetzt, wie Sie heute Morgen das Atelier von Enzo Brenner vorfanden.«

Max Körner seufzte, er sah aber offenbar ein, dass es unvermeidbar war. »Als ich kam, schloss Irene gerade ihr Büro auf …«

»Wann war das?«

»Etwa um halb acht. Ich sollte noch einige Schnittmuster prüfen. An Enzos Tür hing immer noch das Schild ›Nicht stören‹. Er konnte rasend werden, wenn jemand das nicht beachtete. Ich hielt mich also daran und Irene auch. Dann kam ein wichtiger Anruf von der Produktion, und sie wollten Enzo angeblich persönlich sprechen. Irene traute sich nicht, ihn zu stören, also ging ich hinein, aber er saß nicht an seinem Tisch, an dem er für gewöhnlich seine Entwürfe zeichnete. Dort verbrachte er oft Stunden. Ich suchte nicht lange, lief aus dem Raum und fragte Irene, wo er sein könnte … Sie wusste es auch nicht, dann betraten wir noch einmal zu zweit das Atelier. Irene entdeckte ihn sofort …«

13

Neunzehn Uhr vierzehn. Ab einem gewissen Punkt hatten sich die Aussagen von Max Körner nur noch im Kreis gedreht, die Ereignisse setzten ihm offenbar sehr zu. Hella bot ihm an, ihn mit in die Innenstadt zu nehmen, er hatte zu viel Alkohol im Blut, um sich hinters Steuer zu setzen. »Schlafen Sie sich aus, Herr Körner, aber wir brauchen Ihre Aussage noch schriftlich«, sagte Hella, als sie ihn vor seiner Wohnung in der Innenstadt absetzte, und drückte ihm die Karte des psychologischen Dienstes in die Hand. »Zögern Sie nicht, dort anzurufen, wenn es Ihnen schlecht gehen sollte.«

Er bedankte sich und hatte wieder Tränen in den Augen. Seine Trauer wirkte echt, und dennoch durfte Hella sich davon nicht beeindrucken lassen. Auch Körner konnte der Täter sein. Immerhin lag sein Atelier unmittelbar neben Brenners, er hatte für die Tatzeit nur ein unzureichendes Alibi, und aus Erfahrung wusste sie: Liebe war ein ebenso starkes Mordmotiv wie Hass. Hella war noch seine schuldbewusste Miene in Erinnerung, als sie ihm gegenüber Hannelores Vorwürfe erwähnte. Dahinter steckte ein schlechtes Gewissen, da war sie sicher. Ein Grund könnte sein, dass die Verluste der Firma wirklich auf sein Konto gingen. Vielleicht war auch das Verhältnis zwischen den Liebenden längst nicht mehr so ungetrübt, wie Körner den Anschein zu erwecken versuchte.

Aber auch Hannelore Brenners Aussage musste überprüft werden. Hatte sie wirklich das Firmengelände seit

Jahren nicht betreten und sich aus den Geschäften heraus-
gehalten? Musste sie sich nicht wie ein Callgirl vorkommen,
wenn Enzo Brenner sie nur gelegentlich aufsuchte, um die
andere Seite seiner Sexualität auszuleben? Oder steckte Irene
Karthaus dahinter, die sich in dieser Vierecksbeziehung zum
Mädchen für alles hatte degradieren lassen? Vielleicht war
für sie das Maß endgültig voll gewesen, und sie hatte sich
auf diese Art gerächt?

Alles Fragen, auf die es noch keine Antworten gab. Als
Hella vor dem Kommissariat aus dem Einsatzwagen stieg,
hatte sie das Gefühl, der Regen würde auf ihrem Gesicht
verdampfen wie Wasser auf einer heißen Herdplatte. Sie
blickte an der düsteren Fassade des Kommissariats empor.
Oben in Senges Büro, das jetzt ihr Büro war, brannte Licht.

»Ich brauche Futter für die Meute«, begrüßte sie Staatsanwalt Klapproth und erhob sich hinter dem Schreibtisch,
um ihr die Hand zu reichen.

Natürlich, was sonst, dachte Hella. »Wir sind am Ball
und suchen im unmittelbaren Umfeld des Ermordeten nach
Spuren und Tatverdächtigen, meine Damen und Herren«,
legte sie los wie bei einer Konferenz. »Erste Befragungen
haben stattgefunden. Es müssen sehr viele Aspekte berück-
sichtigt werden, deshalb haben Sie bitte Verständnis, wenn
wir nichts bekannt geben, das den Fortgang der Ermittlungen behindern könnte ...«

Klapproth hob die rechte Hand und lachte. »Schon gut,
schon gut, du hast mich überzeugt. Du bist jetzt reif für die
Presse. Noch lieber wären mir allerdings handfeste Ergebnisse.« Ihrem Bericht, der darauf folgte, hörte er aufmerksam
zu. »Immerhin gibt es Ansätze«, war sein Fazit. »Obwohl
die Ähnlichkeit zu den anderen Fällen auf der Hand liegt,
sollte das nicht überbewertet werden.« Er deutete auf die

Akte auf dem Schreibtisch. »Der Bericht der KTU ist soeben hereingekommen. Die Kollegen haben sich selbst übertroffen. Scheinen Respekt vor dir zu haben, Hella.«

In dem Moment tat ihr die Anerkennung gut. Sie blätterte etwas verlegen in den Unterlagen.

»Ich habe mir erlaubt, vorab einen Blick hineinzuwerfen«, sagte Klapproth. »Diesmal sind ein Fußabdruck im Eingangsbereich des Ateliers und DNA-Spuren auf der Kleidung des Opfers gefunden worden. Könnte eine erste Spur sein ...« Bevor er den Raum verließ, drehte sich Klapproth noch einmal um. »Ach ja, ich soll dir von der KTU ausrichten, dass am Tatort im Fall Zumdiek keine weiteren DNA-Spuren gefunden worden sind, die nicht zur Aussage von Dr. Eidinger passen. Ich glaube nicht, dass er es war. Der Beruf verlangt eisenharte Nerven. Aber Zumdiek umzubringen und kaum eine halbe Stunde später in höchster Präzision eine komplizierte Operation durchzuführen, das erscheint mir fast unmöglich. Roswitha hat deshalb den Termin mit Eidinger am Nachmittag auf meine Weisung hin abgesagt.«

Hella seufzte, den hatte sie völlig vergessen. Kaum hatte der Staatsanwalt die Tür hinter sich geschlossen, meldete sich ihr Handy.

»Ja, was gibt's, Kai?«

»Gute Nachrichten im Fall Brenner, Hella.«

Sie konnte es kaum glauben. »Also heraus damit.«

»Gegen zwanzig Uhr, also innerhalb der angegebenen Tatzeit, hat eine der Kameras im Verkaufsraum eine mittelgroße Gestalt aufgenommen, leider nur von hinten. Bekleidung unauffällig, Jeans und Sneakers, dunkelgrüne Kapuzenjacke. Alter aus der Perspektive unbestimmbar.«

»Frau oder Mann?«

»Lässt sich auch nicht mit Bestimmtheit sagen. Dem Gang nach eher ein Mann.«

»Gute Arbeit, Kai. Immerhin ein Anfang. Wo bist du jetzt?«

»Na, da, wo ein Kriminalkommissar nach Feierabend eben steckt, im Sportstudio natürlich.«

Sie lachte. »Ist Strickler auch da?«

»Nein«, antwortete Kai, seine Stimme klang jetzt gedämpft. »Aber ich bin hier offenbar am richtigen Ort. Ich muss nur verdammt aufpassen. Immerhin bin ich lange genug im Job, da kennt man viele Leute, aber umgekehrt gilt das auch. Übrigens habe ich erfahren, dass Tom Seipold die Polizei verlassen hat. Er arbeitet jetzt bei einem Personenschützer. Wenn er in diesen Fall von Cyber-Mobbing verwickelt ist, muss es eine Verbindung zum Kommissariat geben. Möglicherweise hat die Person, mit der er in Kontakt steht, gar keine Ahnung, dass sie als Informant ausgenutzt wird ...«

Das vermutete sie auch. Bestimmt hatte Tom noch Kontakte ins Kommissariat, schließlich war er zehn Jahre lang ein durchaus beliebter Kollege gewesen. Bemerkenswert war allerdings, dass er seinen Job gewechselt hatte. Für einen ehrgeizigen Kommissar konnte eine Tätigkeit als Personenschützer doch kein voller Ersatz sein. Da wuchsen Frust und der Durst nach Rache.

»Fragt sich, wie wir an aussagekräftiges Material herankommen«, dachte sie laut nach.

»Ich muss Schluss machen, Hella«, flüsterte Kai. »Goran Strickler ist gerade eingetroffen. Ich werde mir etwas einfallen lassen.«

Angenommen, sie würden den Fall, der eigentlich nicht ihr Fall war, lösen, kam Hella in den Sinn, ein Skandal ließ sich auf keinen Fall verhindern, wenn es publik würde. Die

Schlagzeile stand ihr bereits vor Augen: »Ehemaliger Kollege unterwandert die Polizei und deckt Missstände auf«.

Kai hatte das Gespräch beendet, worauf eine Nachricht auf ihrem Display eintrudelte: »Ich warte seit zwanzig Minuten und gebe dir noch Zeit für ein Glas Retsina, um bei Christos aufzuschlagen. Deine Freundin Daniela.« Oje, die Verabredung mit Daniela hätte sie beinahe vergessen. Aber sie würde nicht lange brauchen, um ihren Wagen vor ihrer Wohnung abzustellen und die wenigen Schritte zu Christos' Taverne zu Fuß zurückzulegen. Sie schloss das Büro ab und machte sich auf den Weg.

Als sie nur wenige Minuten später in ihrem Hausflur am Fuß der alten Holztreppe stand, fiel ihr plötzlich ein, dass sie seit zwei Tagen den Postkasten nicht geleert hatte. Sie erwartete ein Schreiben der Hausverwaltung, weil angeblich die Miete erhöht werden sollte. Als sie den verschrammten Blechkasten öffnete, fand sie das Schreiben und einen Brief mit handgeschriebener Adresse. Wer schickte ihr persönliche Briefe? Sie erinnerte sich nicht, wann es das letzte Mal gewesen war. Bei näherem Hinsehen kam ihr die Schrift allerdings bekannt vor. Plötzlich zitterten ihre Knie …

Hatte sie nicht geahnt, dass es eines Tages so kommen würde? In ihrer Vorstellung stand er plötzlich wieder vor ihr. Sie blickte in sein wutentbranntes Gesicht mit den wilden Augen. »Ich finde dich überall, wo auch immer du dich versteckst«, hatte er damals gedroht, als sie sich vor vier Jahren das letzte Mal begegnet waren. Und sie hatte in der Zwischenzeit alles getan, um ihn zu vergessen. Aber vergeblich, er war immer noch da, der dunkle Schatten auf ihrem Leben: Billy.

Atemlos kam Hella vor ihrer Wohnungstür an. Der Schlüssel fand nicht sofort ins Schlüsselloch, so zitterten ihre Hände. Es waren eine Karte und ein Brief in dem Umschlag. Den Anfang der Karte hatte sie überflogen. Als sie endlich in ihrer Wohnung stand, überwältigte sie ein Gefühl von Ekel. Sie riss sich die Jacke vom Leib und übergab sich im Klo. Es dauerte eine Weile, bis sie sich wieder aufgerappelt und ihren Atem reguliert hatte. Der Briefumschlag lag samt Inhalt auf den Dielen. Sie konnte sich nicht vorstellen, ihn noch einmal zu berühren ... Wie ein Vieh hatte sie geackert, um jetzt das Gefühl zu haben, wieder da zu sein, wo sie vor vier Jahren angefangen hatte. Der Hamster im Laufrad. Und dieses Miststück schickte ihr eine Glückwunschkarte zu ihrem Vierzigsten, um sie daran zu erinnern ...

Sie öffnete das Barfach des Wohnzimmerschranks und griff nach der Flasche mit Weinbrand, die noch drei viertel voll war. Ein Glas brauchte sie nicht. Sie hatte nicht vor, gepflegt zu trinken. Nach zwei großen Schlucken spürte sie bereits die Wirkung, die den rasenden Roland in ihrem Kopf endlich ausbremste.

Sie war doch eine gestandene Frau, hatte eine leitende Tätigkeit bei der Kripo, vertrat sogar den Kriminalrat. Warum drehte sie durch, wenn sie allein diesen Namen las?

»Lies den Brief doch erst einmal in Ruhe durch«, meldete sich eine Stimme aus der Versenkung.

»Oh, Daddy«, stöhnte sie und setzte die Flasche noch einmal an. Als sie in den Flur schwankte, hörte sie auf einmal Geräusche. Es waren Schritte, die auf ihre Wohnungstür zukamen. Sie blieb wie angewurzelt stehen. »Nein ... das wagst du nicht ...«, hörte sie ihre eigene Stimme.

Die Schritte verstummten, offenbar hatten sie ihr Ziel erreicht. Vielleicht wollte jemand zu den Bojanows, die von morgens bis abends Verwandtenbesuche erhielten. Doch die Klingel schrillte an ihrer Tür. Sie duckte sich, hielt den Atem an. Nur diese alte Wohnungstür trennte sie von dem Albtraum ihres Lebens. Ob sie widerstehen würde, wenn er sie mit seinen harten Fäusten bearbeitete? Wieder drang ihr das grelle Geräusch der Klingel durch Mark und Bein. »Bleib da, wo du bist, du Schwein! Ich werde die ...« Da fiel ihr ein: Sie war es doch selbst. Sie selbst war die Polizei. »Hella ... Stimmt etwas nicht?«

Die Stimme von draußen kam ihr bekannt vor, es war nicht die von Billy, aber vielleicht täuschte er sie. »Hella, mach die Tür auf!«

Sie musste nur etwa zwei Meter überwinden und die Türklinke drücken. »Tu es!«, befahl die Stimme ihres Dads. Immerhin gab es noch die Sicherheitskette ...

Als sie die Tür öffnete, stand dort eine hochgewachsene Frau in regennassem Trenchcoat. »Daniela?« Hella zog die Sicherheitskette zurück.

Ihre Freundin fragte nicht lange und nahm sie in die Arme.

»Seit wir uns kennen, habe ich das Gefühl, dass du mir etwas sagen willst. Aber irgendetwas hat dich offenbar immer davon abgehalten. Jetzt geht es nicht mehr anders. Wenn du mich für deine Freundin hältst, raus damit!« Daniela verstand es, ihr endlich die Angst zu nehmen. Hella saß auf der Couch im Wohnzimmer, und auf ihrer Stirn lag ein Kühlbeutel aus dem Eisfach. Aber sie musste sich auch den Spott ihrer Freundin gefallen lassen. »Nett hast du's hier ...«, frotzelte sie, während ihr Blick durch den Raum schweifte. »Wenn man Kistenromantik mag. Übrigens, Bilder gehören an die Wand, nicht in die Ecke ...«

»Schon gut, du hast ja recht«, brummte Hella. Sie griff nach dem vollen Glas Mineralwasser auf dem Tisch. Direkt daneben lag der Briefumschlag, der aus ihr eine Hysterikerin gemacht hatte.

»Ich bin nicht hier, um deine Einrichtung zu kritisieren«, kam von ihrer Freundin, die es sich jetzt neben ihr im Sessel bequem machte und sich einen Weinbrand einschenkte. »Du musst mir nichts erklären. Ich hatte mir nur Sorgen gemacht, als du nicht bei Christos erschienen bist. Und da wollte ich lediglich nachsehen, ob bei dir alles okay ist.«

Sie war eine wirkliche Freundin, sie hatte Vertrauen verdient. »Du kennst die Geschichte bereits«, begann Hella.

Daniela sah sie erstaunt an.

»Nach dem Überfall im Sunshine hielt ich am Bett deine Hand und erzählte dir von meiner desaströsen Ehe mit Billy.« Wieder kamen ihr die Tränen, und sie verfluchte sich dafür.

»Du wirst entschuldigen, dass ich mich an nichts erinnere«, erwiderte Daniela. »Aber wenn man im Koma liegt, hört man so schlecht.«

»Ich gebe zu, ich war zu feige, es dir bei vollem Bewusstsein zu erzählen. Immer wieder wollte ich es, aber ... Ich schäme mich ...«

»Warum? Vielleicht habe gerade ich Verständnis dafür. Du warst die Erste, seit ich in der Braunschweiger Gerichtsmedizin tätig bin, der ich offen erzählt habe, dass ich als Mann geboren wurde. Du hättest mein Vertrauen mit Füßen treten können. Dass es nicht so kam, war mein Glück. Natürlich ist es für eine Frau in deinem Beruf nicht leicht, überhaupt noch jemandem zu vertrauen.« Daniela sah ihr fest in die Augen.

Sie hatte recht, es war nicht leicht, dachte Hella. Aber in diesem Moment stand ihr eine Tür offen, Daniela forderte sie auf einzutreten, und sie wusste, dass sich eine solche Gelegenheit nicht zweimal bot ...

»Nachdem er mehrfach zu Hause die Kontrolle über sich verloren und ich ihn angezeigt hatte, wurde vom Gericht ein Annäherungsverbot verhängt, und Billy verlor seinen Job bei der Armee«, begann sie zu erzählen und schilderte die letzten Wochen ihrer Ehe bis zur endgültigen Trennung.

»Hat er sich danach noch einmal bei dir gemeldet?«, fragte Daniela.

»Das Verbot lief über einen Zeitraum von zwölf Monaten. Danach habe ich nichts mehr von ihm gehört.«

»Hast du den Brief gelesen?«

Sofort geriet wieder ihr Herzschlag aus dem Takt. Allein diesen Brief in die Hand zu nehmen, bedeutete für sie, den Mann, der ihn geschrieben hatte, selbst zu berühren.

»Soll ich?«, fragte Daniela.

Hella zögerte, doch dann nickte sie. Die Karte war nichts weiter als ein vorgedruckter Geburtstagsglückwunsch. Billy musste jetzt zweiundvierzig sein. Sie ärgerte sich darüber, dass er sie auf diese Art zwang, sich daran zu erinnern. Das Rascheln des Papiers, als Daniela den Brief auseinanderfaltete, durchfuhr sie wie ein Phantomschmerz. Lieber nicht? Sollte sie ihn besser zerreißen und sich gar nicht erst darauf einlassen? Aber die Angst würde von Tag zu Tag schlimmer werden. Es war an der Zeit, mit dem großen Irrtum aufzuräumen. Sie hatte sich für eine starke Frau gehalten, die ihr Trauma allein durch Arbeit überwinden könnte, doch sie hatte sich überschätzt. Das musste sie sich endlich eingestehen. Jetzt bekam sie eine neue Chance. Sie war nicht mehr allein, sie hatte eine Freundin. Es war Zeit einzusehen, dass auch eine starke Frau nicht alle Probleme allein stemmen konnte …

Liebe Hella,

*es ist zu spät, sich zu entschuldigen, das ist mir klar.
Vielleicht glaubst du mir nicht einmal. Auch wenn
ich zutiefst bereue, was ich getan habe. Das will ich
dir schriftlich geben. Ich war es selbst, der dich von
mir wegtrieb, und es ist unverzeihlich, dass ich die
Kontrolle verlor und gewalttätig wurde.*

*In der Therapie habe ich dann gelernt aufzuhö-
ren, die Schuld bei anderen zu suchen, und mich
auf meine eigene Verantwortung zu konzentrieren.
Ich sah ein, dass ich am Ende unserer Ehe in eine
Sackgasse geraten war, die Sackgasse der Gewalt, aus
der ich nicht mehr herausfand.*

*Nach zwei Jahren intensiver Therapie konnte ich
mein Leben noch einmal ändern, habe eine gute
Arbeit und eine neue Partnerin gefunden. Sie kennt
mein altes Problem, aber sie denkt, dass jeder eine
zweite Chance verdient hat.*

*Ich hoffe, dass es dir gut geht, du bei der Kripo wei-
terhin Erfolg hast, und wünsche dir auch privat viel
Glück.*

Billy
*PS: Nach diesem Brief werde ich ganz aus deinem
Leben treten.*

14

Als sie aufwachte, hörte Hella Vogelstimmen. Sie lag auf der Couch im Wohnzimmer, zugedeckt mit ihrer grünen Fleecedecke. Einen Augenblick lang hielt sie das, was sie gestern Abend erlebt hatte, für einen Traum. Doch das Glas, aus dem ihre Freundin getrunken hatte, und der Brief auf dem Tisch waren Beweise dafür, dass alles genau so vorgefallen war, wie sie es in ihrem Gedächtnis abgespeichert hatte. Irgendwann musste sie eingeschlafen sein, und Daniela hatte daraufhin ihre Wohnung verlassen.

Ein dankbares Gefühl durchflutete sie. Das Erwachen an diesem Morgen fühlte sich nach Jahren endlich wieder richtig an. Und ihr wurde klar, wie sie mit dem schwarzen Fleck in ihrem Leben umgehen musste. Dieser Fall, ihr eigener, war ein Fall wie jeder andere, und so würde sie ihn auch behandeln. Dazu gehörte, Distanz zu wahren, schließlich hatte sie das gelernt. Es galt zu akzeptieren, dass dieser Fall abgeschlossen war und der Vergangenheit angehörte ...

Doch die Gegenwart sah anders aus. Mittlerweile war Mittwoch, der sechste Ermittlungstag, und sie hatten eine Handvoll Verdächtiger, aber niemanden, den sie dingfest machen konnten, in drei inszenierten Mordfällen, die Opfer und Ermittler gleichermaßen verhöhnten.

Acht Uhr siebenundzwanzig. »Du siehst heute so verändert aus, irgendwie schöner«, begrüßte sie Roswitha, als Hella das Vorzimmer zu Senges Büro betrat, das jetzt ihres war. Man sah es ihr also an, dachte sie.

»Vielleicht, weil Reife schön macht?«

»Bist du sicher?«, fragte Roswitha. »Aber warum wirkt sie dann nicht bei mir, nach dem, was ich auf diesem Platz alles erleben muss.«

Sie lachten beide.

Im Büro warteten Kai und Simon auf die Morgenbesprechung. Die beiden ersten Fälle waren festgefahren. Im Brenner-Fall wollten sie zunächst das Umfeld genauer unter die Lupe nehmen. Simon würde sich auf das Internet konzentrieren und möglichst viele Hintergrundinformationen zu Enzo Brenner beschaffen. Kai wertete immer noch die Aufnahmen der Überwachungskameras aus und versuchte, die unbekannte Person zu identifizieren, die zur Tatzeit anwesend war. Schließlich musste die Person das Haus auch wieder verlassen haben.

Im Anschluss telefonierte Hella mit Max Körner, der seine Aussage noch zu Protokoll geben sollte. Wie sie erfuhr, fühlte er sich miserabel und hatte sich krankgemeldet. Irene Karthaus, die ehemalige Sekretärin des Modemachers, war die Einzige, die bei Brenner Fashion die Stellung hielt. Ihre Aussage war noch unvollständig, denn am Tag zuvor waren sie von Hannelore Brenners Auftritt unterbrochen worden.

Als Hella im dritten Stock aus dem Lift stieg, saß Irene Karthaus an ihrem Schreibtisch. Die Tür zu ihrem Büro stand offen. Das Gesicht der Sekretärin wirkte grau und abgezehrt, sein Ausdruck passte zu dem schwarzen Rock und der Bluse mit Spitzenbesatz, die sie trug. Eine Frau über fünfzig, deren Leben anscheinend tief erschüttert worden war.

»… Ich melde mich in den nächsten Tagen. Sie werden Verständnis haben, dass ich Ihnen im Augenblick noch kein Okay geben kann.« Sie legte den Telefonhörer auf und seufzte. »Seit über einer Stunde geht das jetzt so«, wandte sie sich an Hella und bot ihr Platz auf dem Stuhl ihr gegenüber an.

»Wir sind gestern unterbrochen worden, Frau Karthaus«, verlor Hella keine Zeit. Die Sekretärin nickte nur. Sie hatte sie offenbar erwartet.

»Zunächst muss im Rahmen der Ermittlungen geklärt werden, wie sein Umfeld zu dem ermordeten Enzo Brenner stand, deshalb bin ich hier«, begann Hella.

Wieder nur ein Nicken.

»Sie waren Enzo Brenners erste Liebe?«

»Das glaube ich kaum«, antwortete die Sekretärin jetzt prompt. »Ich kann nicht einmal bestätigen, dass er mich je geliebt hat. Vielleicht ein paar Monate lang … Und das ist über dreißig Jahre her. Aber Enzo war meine große Liebe, und er wird es immer bleiben.«

»Jedenfalls steht fest, dass er Sie auch nach dreißig Jahren immer noch in seiner Nähe haben wollte.«

Der Blick der Zeugin verklärte sich für einen Moment. »Er konnte auch sehr lieb zu mir sein. Diese Bluse zum Beispiel mit dem wunderbaren Spitzenbesatz hat er für mich entworfen. Es gibt sie nur ein Mal …« Sie strich mit der Hand zärtlich darüber. Doch der sentimentale Moment verflog so rasch, wie er gekommen war. Ihre Stimme klang wieder nüchtern. »Vielleicht war ich für ihn, was man einen nützlichen Idioten nennt. Er wusste, dass ich nicht von ihm loskam und er sich hundertprozentig auf mich verlassen konnte. Ansonsten hatte er ja nur Schmarotzer um sich herum.«

»Sie meinen Max Körner und Hannelore Brenner?«

»Wen sonst? Max hatte nicht annähernd so viel Talent wie Enzo im kleinen Finger, und Hannelore ist eine unerträgliche Diva, die es am besten versteht, anderen das Leben schwerzumachen.«

»Stimmt es, dass Max Körner sich bei Enzo Brenner alles herausnehmen durfte und Brenner sogar in Seelenruhe zusah, wie sein Liebhaber mit seinen missglückten Kollektionen das Unternehmen ruinierte?«

»Das klingt ganz nach Hannelore. Max' erste Sommerkollektion war zweifellos ein Flop, aber von einem Flop geht man nicht unter, wenn man solide kalkuliert …«

»Hannelore war also eifersüchtig?«

»Die beiden waren wie Hund und Katze, was Enzo betraf. Hannelore hat nie verwunden, dass Max ihr die große Liebe vor der Nase wegschnappte. Und als Enzo sie rausschmiss, weil sie einen ganzen Stapel originale Modeentwürfe zerrissen hatte, brach der Krieg offen aus.«

So weit deckte sich das, was die Sekretärin sagte, mit dem, was Hella bereits wusste. »Und wie ist es Ihnen ergangen? Wie konnten Sie dieses Chaos ertragen? Für Ihre Gefühle schien da kein Platz zu sein.«

Diesmal musste Irene Karthaus überlegen, und die Antwort fiel ihr offenbar nicht leicht. »Es wäre gelogen zu behaupten, dass es mir nichts ausgemacht hätte, mich mit der Zuschauerinnenrolle zu begnügen. Aber Enzo war unersättlich in Sachen Liebe, und er schien es direkt zu genießen, wie Max und Hannelore sich um ihn rissen. Auch weiß ich, dass er sich längst nicht mit den beiden zufriedengab. Er nutzte jede Gelegenheit, über den Tellerrand zu blicken. Wenn Max wüsste …«

»Er hatte also Affären?«

»Ja, ich würde sagen, er war kein Kostverächter ...«

Hella nutzte die Gelegenheit, das Thema zu wechseln.
»Sie sammelten also die Morddrohungen, die Enzo Brenner
erhielt. Könnte es sein, dass abgelegte Geliebte oder Liebhaber auf diese Weise ihre Rache ankündigten?«

»Sein Sexleben war immer Grund für Spekulationen, und
Gerüchte trieben die wildesten Blüten. Da hat wahrscheinlich auch mancher Moralapostel vor Wut die Beherrschung
verloren und sich hinreißen lassen. Enzo hat das jedenfalls
so gesehen und dem weiter keine Beachtung geschenkt. Es
passierte ja auch nie etwas. Keiner kam ihm zu nahe, wurde
handgreiflich oder so etwas ...«

»Und was hat es mit den Aktivisten auf sich, von denen
Sie mir erzählten?«

In dem Augenblick errötete die Sekretärin, offenbar hatten diese Brenners Geschäften im Weg gestanden. »Um den
Umsatz anzukurbeln und sich von der Konkurrenz abzu-
heben, arbeitete Enzo mit einem Fair-Trade-Label zusammen. Anfangs lief es ausgezeichnet ...«

»Warum nur anfangs?«

»Die Kosten stiegen und der Markt fing die Preise nicht
auf. Wir blieben auf einem Großteil der Ware sitzen ...«
Wieder zögerte sie.

»Und was taten Brenner und Sie dagegen?«

»Darüber kann und möchte ich ohne unsere Anwälte
nicht sprechen«, kam jetzt die entschiedene Antwort.

»Brenner hat es also mit Fair Trade nicht mehr so ernst
genommen?«

»Kein Kommentar.«

Wenn sie jetzt versuchte, weiter nachzuhaken, würde sie
nichts erreichen und die Zeugin nur gegen sich aufbringen,
dachte Hella. Schließlich gab es noch andere Fragen, die

nach Antworten verlangten. »Jedenfalls hatten es die Aktivisten auf ihn abgesehen, und Brenner musste sich für seine unsauberen Geschäfte entschuldigen.«

»Genau. Darüber gibt es ja ausreichend Pressematerial. Weiter habe ich nichts zu sagen. Schließlich bin ich nicht für die Geschäftsleitung verantwortlich. Da müssen Sie andere im Haus fragen …«

»Aber Sie glauben, dass auch Drohungen von den Aktivisten dabei waren, die die unseriösen Praktiken von Brenner torpedieren wollten?«

»Ja, davon gehe ich aus.«

Die nächste Frage drängte sich auf, ob die Aktivisten am Ende so weit gegangen waren, eine Morddrohung in die Tat umzusetzen. Doch der Klingelton ihres Handys unterbrach sie. Es war Simon mit erstaunlichen Neuigkeiten.

»Sie haben einen Sohn, Frau Karthaus?«, wandte sich Hella an die Zeugin.

Die Angesprochene wirkte allerdings nicht im Mindesten verlegen. »Ja, warum?«

»Es ist Ihr Sohn mit Enzo Brenner, und der ist vor vier Tagen aus der JVA entlassen worden …«

»Und wie hat die Zeugin es begründet, dass sie bis dahin kein Wort über ihren Sohn mit dem Mordopfer verloren hat?«, fragte Staatsanwalt Klapproth eine gute Stunde später im Kommissariat in der Münzstraße.

»Sie wollte ihren Sohn angeblich nicht in die Sache hineinziehen, er habe ohnehin genug Probleme«, antwortete Hella. »Außerdem sei Martin nicht gerade ein Vorzeigesohn, über den man gern redete. Er habe es auch nicht leicht gehabt. Enzo habe sich zuerst für ihn interessiert, ihn mit Liebe und Geschenken überschüttet, dann aber fallen gelassen wie eine seiner Ideen, von der er aus unerfindlichen Gründen von heute auf morgen nichts mehr wissen wollte ...«

»Sicher hat es ihren Sohn schwer getroffen, so behandelt zu werden. Man muss kein Psychologe sein, um zu ahnen, dass da tiefe Wunden geschlagen wurden. Weswegen saß Martin Brenner denn ein?«, wollte der Staatsanwalt wissen.

»Martin Karthaus. Seine Mutter Irene und Enzo Brenner waren nie verheiratet. Martin war wegen Raubüberfall und Körperverletzung zu zwei Jahren verurteilt worden. Jetzt ist er auf Bewährung draußen. Sein Strafregister ist allerdings beachtlich. Bereits in der Schule fiel er durch seine Brutalität auf. Nachdem er einen Klassenkameraden krankenhausreif geschlagen hatte, musste er die Schule verlassen ...«

»Welches Verhältnis hat er zu seiner Mutter?«

Hella war noch der Gesichtsausdruck von Irene Karthaus in Erinnerung, als sie ihr eine ähnliche Frage gestellt hatte. »Wie soll es schon sein? Ich liebe ihn, er ist mein Sohn, auch wenn ich nicht behaupten kann, dass er mir viel Freude macht, war ihre Antwort. – Sie sind also enttäuscht von ihm, fragte ich weiter, worauf sie schwieg.«

»Und wie stand er zu seinem Vater?«

»Das wollte ich natürlich auch wissen. Fragen Sie ihn selbst, ich werde meinen Sohn nicht belasten, antwortete sie. In dem Moment war ihr offenbar nicht bewusst, dass sie damit bereits eine Menge über das Verhältnis der beiden verraten hatte ...«

Es klopfte an die Tür zum Büro. Kai erschien, ohne auf ein Herein zu warten. »Kann's losgehen?«, fragte er ohne weiteren Gruß.

Der Staatsanwalt begnügte sich offenbar mit dem Zwischenbericht. »Haltet mich auf dem Laufenden!«, entließ er sie.

Hella brauchte Kai erst gar nicht darauf anzusprechen. Er war vorbereitet. »Außer dem Foto in der Strafakte existiert ein Ganzkörperfoto aus der Wäscherei der JVA. Da ist Martin Karthaus von vorn zu sehen. Die Körpergröße des Unbekannten aus dem Verkaufsraum von Brenner Fashion könnte seiner entsprechen. Ob die Kopfform übereinstimmt, müsste allerdings noch von unseren Spezialisten überprüft werden.«

Martin Karthaus' Adresse in der Gartenstadt hatte Hella von seiner Mutter erhalten. Angeblich habe sie ihren Sohn nach der Entlassung noch nicht besucht. Das war bereits vier Tage her. Das Verhältnis Mutter und Sohn schien wirklich nicht das beste zu sein, auch wenn sie behauptete, ihn zu lieben. »Hat Irene Karthaus ihren Sohn in der JVA besucht?«, fragte sie Kai.

»Nur einmal in den zwei Jahren, soweit der Besucherliste zu entnehmen ist«, antwortete Kai.

»Gute Arbeit«, erwiderte Hella. Dieser Mann war ein idealer Kollege, ging ihr durch den Kopf. Warum er nicht weitergekommen war in seinen fast dreißig Dienstjahren, konnte sie kaum verstehen. Aber vielleicht gerade deshalb, weil er ein besserer Kollege und weniger für die Leitung von Ermittlungen geeignet war.

Nicht weit vom Ring bogen sie in eine kleine Seitenstraße ab. Zu der angegebenen Adresse gehörte ein schäbiger Altbau mit einem langen Klingelbrett an der Eingangstür. Der Name Karthaus war durchgestrichen.

»Zu wem möchten Sie?« Von der Grundstücksgrenze zur Straße hin trat ein alter Mann hinter einem der Sträucher hervor und kam ihnen mit einer Harke in der Hand entgegen. »Sie sind von der Polizei?«

Offenbar hatte er sie beobachtet, als sie aus dem Wagen gestiegen waren.

»Ja, wir möchten zu Herrn Martin Karthaus«, antwortete Kai, während hinter einem der Fenster im Parterre eine Gardine zur Seite geschoben wurde.

»Der wohnt nicht mehr hier. Hat gesessen – aber das wissen Sie ja bestimmt. Seine Freundin blieb noch eine Zeit lang, bis sie dann eines Tages verschwand. Eine Schande ist das, wie dieses Haus heruntergekommen ist. Meine Frau und ich sind die Einzigen, die noch die besseren Zeiten erlebt haben.«

»Kennen Sie Herrn Karthaus näher?«

»Das würde ich nun nicht sagen. Ich weiß nur, dass der Vater von dem jungen Karthaus angeblich der Modeschöpfer Brenner sein soll. Aber der Junge hat kein Bein auf den Boden gekriegt. War oft betrunken, und die Freundin war auch nicht besser. Einmal ist seine Mutter hier aufgetaucht. Aber das ist schon länger her.«

»Ist Herr Karthaus in den letzten Tagen hier gewesen, Herr …?«, fragte Hella.

»Bender, Jürgen Bender ist mein Name – Hilde, meine Frau, erzählte mir, dass er der junge Mann in Kapuzenjacke gewesen sein könnte, den sie vor drei Tagen vom Fenster aus beobachtete. Machte einen derben Krach, den man im ganzen Haus hörte. Offenbar wusste er nicht, dass niemand mehr in seiner ehemaligen Wohnung lebt, und weil keiner öffnete, wurde er wütend und schlug mehrmals mit der Faust gegen die Tür. Schließlich hat er sich aus dem Staub gemacht. Ich war an dem Nachmittag in der Stadt, musste meinen Personalausweis verlängern lassen, sonst hätte ich ihn mir vorgeknöpft.«

»Ist die Wohnung jetzt wieder bewohnt?«

»Nein.«

»Wissen Sie das genau?«

»Ich muss es wissen, schließlich bin ich der Hausmeister.«

»Dann haben Sie sicher auch einen Schlüssel zur Wohnung«, kam Kai auf den Punkt.

»Ja, das schon, aber ich kann nicht einfach so … Haben Sie einen Durchsuchungsbeschluss oder wie das heißt?«

»Nein, aber wie wäre es mit Gefahr im Verzug? Wir ermitteln immerhin in einem Mordfall.« Sie hatten keine Zeit für langes Federlesen. Dem Hausmeister verschlug es sichtlich die Sprache.

»Mord?«, brachte er schließlich heraus. »Jetzt wohnen schon Mörder unter diesem Dach …«

»Wir wollen Herrn Karthaus lediglich als Zeugen vernehmen«, stellte Kai richtig.

Bender zog sich die Gartenhandschuhe aus und öffnete die Haustür. Im Flur schlug ihnen der abgestandene Geruch nach Kohlsuppe entgegen. Auf der rechten Seite öffnete sich eine der Wohnungstüren. Eine Frau mit mürrischem Gesichtsausdruck trat grußlos auf die Steinfliesen heraus und hielt Bender ein Schlüsselbund hin.

»In Karthaus' Wohnung werden Sie kaum etwas finden. Der Mann mit dem Kuckuck war bereits hier. In Kürze wird geräumt, wie mir der Hausbesitzer mitteilte«, wandte sich Bender an Hella, während er sie in einen schlecht beleuchteten Teil des Gangs führte.

Die kleine Zweizimmerwohnung wirkte wie kürzlich verlassen, das Wohnzimmer war unaufgeräumt, das Bett im Schlafzimmer zerwühlt. In der Küche türmte sich das schmutzige Geschirr in der Spüle, im Kühlschrank vermehrte sich der Schimmel. Außer unbezahlten Rechnungen und der Kündigung des Mietverhältnisses fanden sich weder Fotos noch weitere Hinweise, die über den Verbleib der ehemaligen Mieter Auskunft geben konnten.

»Kennen Sie den Namen von Karthaus' Freundin?«, fragte Kai.

Der alte Mann versuchte sich zu erinnern. »Ein hübsches Mädchen. Wenn wir uns über den Weg liefen und sie hatte einen guten Tag, dann grüßte sie mich sogar ...«

»Der Name ...«

»Rike, hat er immer zu ihr gesagt. Aber ich möchte nicht darauf schwören. Im Mietvertrag steht jedenfalls nur sein Name. Aber an dem Tag, als wir sie das letzte Mal gesehen haben, hielt ein dicker Mercedes-SUV vor dem Haus, und ein älterer Mann im Anzug half ihr, ein paar Taschen im Kofferraum zu verstauen. Meiner Frau kam das verdächtig vor, und da hat sie sich das Kennzeichen aufgeschrieben. Da stimmt etwas nicht, meinte sie. Offenbar hatte sie recht ...«

15

»Danke dir, Simon«, beendete Hella das Gespräch am Handy und wandte sich an Kai: »Du wirst nicht glauben, auf welchen Namen der Wagen gemeldet ist?«

Kai schmunzelte. »Erzähl du mir noch einmal, dass dir Rätselraten auf die Nerven geht.«

»Auf Enzo Brenner.«

»Du meinst, dass der Mann im Anzug, von dem der Hausmeister gesprochen hat ...«

»Gut möglich. Jedenfalls sollten wir schnellstens herausfinden, was dahintersteckt.«

Kai drehte den Zündschlüssel um und fuhr zurück auf den Ring. Vielleicht stand der SUV, nach dem sie suchten, sogar auf dem Firmengelände von Brenner Fashion? Bei der Gelegenheit würden sie sich Irene Karthaus noch einmal vorknöpfen. Hella war sicher, dass die Mutter wusste, wo sich ihr Sohn aufhielt.

Keine fünfzehn Minuten später erreichten sie die Nord-Stadt. Doch der Wagen stand weder auf dem Kunden- noch auf dem Mitarbeiterparkplatz. Hella wählte eine Nummer, die sie seit gestern kannte. »Hier Budde, Kriminalpolizei Braunschweig. Ich habe eine Frage an Sie, Herr Körner. Fuhr Ihr Mann Enzo Brenner einen Mercedes-SUV?«

Die Antwort war eindeutig.

»Also er steht in der Tiefgarage auf seinem Platz«, wiederholte sie das, was Körner ihr geantwortet hatte. »Bitte geben Sie mir das Kennzeichen durch, damit wir sicher sein können.« Auch das stimmte überein. »Der Wagen ist beschlagnahmt, Herr Körner. Bitte benutzen Sie ihn nicht mehr, er muss nach Spuren untersucht werden. Ich benachrichtige sofort die Kollegen von der KTU.«

»Eines ist dir aber auch klar. Wenn Martin Karthaus den Mord begangen haben sollte, dann fällt er für die anderen Morde aus. In der Zeit hat er nämlich noch gesessen«, kam von Kai.

»Langsam, Kollege. Bislang ist Karthaus nicht verdächtig, er ist nach wie vor Zeuge, und wir klären die Umstände, nämlich das Verhältnis zu seinem Vater. Aber dazu müssen wir ihn erst einmal finden. Und dass die Morde zusammenhängen, ist nur eine Möglichkeit. Ob es tatsächlich so ist, wird allein die Beweislage bestimmen«, stellte Hella klar. Auch wenn der Druck noch so groß war, sie durften sich auf keinen Fall festfahren.

Irene Karthaus schloss soeben die Tür zu ihrem Büro ab. Sie sah erschöpft aus, kein Wunder nach dem, was sie in den letzten vierundzwanzig Stunden erlebt hatte.

»Wir konnten Ihren Sohn bislang nicht finden, Frau Karthaus. Kennen Sie eine gewisse Rike?«

Irene Karthaus stöhnte. Sie steckte den Schlüssel wieder ins Schloss. »Kommen Sie herein!«

Die Sekretärin nahm an ihrem Schreibtisch Platz, ihre anfänglich so bewundernswerte innere Ruhe war einer erkennbaren Ungeduld gewichen. Offenbar wollte sie die Geschichte loswerden und begann, aus freien Stücken zu erzählen: »Rike war Martins Freundin, vielleicht ist sie es noch. Ich habe schon lange keinen Durchblick mehr. Sie heißt Ulrike Meinerz und wohnte mit meinem Sohn zusammen. Anfangs dachte ich, sie hätte einen guten Einfluss auf ihn. Er wurde ausgeglichener, und es sah aus, als würde er die Kurve kriegen. Aber dann stellte sich heraus, dass sie Drogen nahm. Martin ließ sich von ihr herunterziehen und flog aus seinem Job als Mechatroniker, weil er unzuverlässig wurde.«

»In welcher Beziehung stand Enzo Brenner zu den beiden?«

Die Sekretärin errötete. »Was meinen Sie?«

»Sein Wagen ist vor Martins Wohnung gesehen worden«, gab Hella wahrheitsgemäß an.

»So?« Irene Karthaus war anscheinend immer noch erstaunt. »Davon wusste ich nichts.«

»Können Sie uns die Adresse von Rike Meinerz geben?«, fragte Kai.

»Nein, aber wenn Enzo … Vielleicht hat er sie in seinem Adressbuch notiert, das liegt auf seinem Schreibtisch.«

Kai erhob sich. Nach wenigen Minuten kam er zurück. »Eine Adresse konnte ich nicht finden, aber eine Handynummer.«

»Hast du schon angerufen?«, fragte Hella.

»Nein, natürlich nicht ohne Anweisung, Chefin«, erwiderte Kai und zwinkerte ihr zu.

Um sechzehn Uhr vierunddreißig trennten sie sich von Irene Karthaus. Unter der angegebenen Nummer meldete sich nicht Rike, sondern ihre Mutter. Rike wohne vorübergehend bei ihr, und es ginge ihr gerade ziemlich schlecht, erwiderte sie.

»Klar, was das bedeutet«, meinte Kai zu Hella. Sie nickte.

Die Mietskasernen in der Weststadt standen auf den Rasenflächen wie eine weiße Flotte auf grünem Meer und brachten Hella ihren ersten Fall ins Gedächtnis zurück. Der Banksy von Braunschweig hatte hier sein letztes Graffiti an eine der Fassaden gesprüht, den Hai mit dem aufgerissenen Maul. Angeblich hatte die Wohnungsbaugesellschaft das Bild mittlerweile überpinseln lassen.

Eine ziemlich übel gelaunte Mitvierzigerin öffnete ihnen die Wohnungstür. »Mussten Sie den Wagen so nahe ans Haus stellen? Hier haben die Flure Augen und Ohren, da weiß schnell jeder, dass Sie bei uns sind.«

»Wenn Sie nichts zu verbergen haben, kann es Sie doch nicht weiter stören«, blaffte Kai zurück.

»Frau Meinerz, wir brauchen Ihre Hilfe«, wechselte Hella daraufhin den Tonfall, schließlich wollten sie etwas von der Frau. »Können wir mit Ihrer Tochter Rike sprechen?«

»Kommen Sie herein. Sie schläft.«

Rikes Mutter führte sie in ein billig möbliertes Wohnzimmer mit dem Blick auf einen kleinen Balkon und bot ihnen Platz an.

»Stimmt es, dass Ihre Tochter ein Drogenproblem hat?«

»Ja, das stimmt, aber sie ist auf Entzug, und ich passe jetzt auf sie auf.«

Offenbar hatte die Zeugin nicht die Absicht zu mauern. Also spielte auch Hella mit offenen Karten: »Wir suchen den Freund Ihrer Tochter, Martin Karthaus …«

»Das ist aus, sie sind nicht mehr zusammen.«

»Seit wann?«, fragte Kai.

»Seit er bei seinem ersten Ausgang von der JVA ausrastete. Damals hatten die beiden noch die Wohnung in der Gartenstadt. Er hat sie halb totgeschlagen.«

»Und warum?«

»Weil sie jemanden kennengelernt hatte.«

»Eifersucht also. Hat Rike ihn angezeigt?«

»Nein, zuerst wollte sie, dann verzichtete sie darauf, wenn er sie zukünftig in Ruhe lassen würde.«

»Ist Martin Karthaus in den letzten Tagen hier aufgetaucht?«

Bei der Frage zögerte die Zeugin.

»Es geht um Mord, Frau Meinerz, jeder Hinweis ist wichtig.«

»Das sagen Sie so einfach. Was ist, wenn er mit seinen Freunden vor meiner Tür auftaucht? So schnell können Sie keine Streife schicken, wie die uns die Hölle heißmachen werden.«

»Wir können Sie nur schützen, wenn Sie uns helfen. Also wer sind seine Freunde?«

»Na, diese Aktivisten. Ich weiß auch nicht genau, wofür und wogegen die sind. Aber Martin hatte eine Zeit lang dazugehört. Ich glaube, es hatte auch etwas mit seinem Vater zu tun.«

»War Martin hier oder nicht?«

»Ja. Ich habe ihn aber nicht reingelassen und ihm klare Kante gezeigt. Wenn er Rike nicht in Ruhe ließe, dann würde ich seinem Bewährungshelfer Bescheid sagen und er säße morgen wieder hinter schwedischen Gardinen.«

»Und daraufhin ist er abgezogen?«

»Ja.«

»Ohne für Rike eine Adresse oder Telefonnummer zurückzulassen?«

In dem Moment waren Geräusche im Flur der Wohnung zu hören. Eine verschlafen wirkende junge Frau mit verschwitzten Haaren schlurfte in Häschenpantoffeln ins Wohnzimmer, ohne sie eines Blickes zu würdigen. Ihr Gesicht war bleich, der zierliche Körper bebte bis in die Fingerspitzen. Sie setzte sich neben ihre Mutter auf die Couch und griff nach der Packung Zigaretten auf dem Tisch. Erst als sie sich eine herausgenommen und angezündet hatte, schien sie wahrzunehmen, dass Besuch da war.

»Mein Name ist Hella Budde, das ist mein Kollege Kai Fischbach. Wir sind von der Kriminalpolizei und ermitteln in einem Tötungsdelikt.«

Rike Meinerz schien das nicht weiter zu interessieren. Nach einem tiefen Lungenzug fragte sie nur: »Was habe ich damit zu tun?«

»Enzo Brenner ist ermordet worden.«

Die Nachricht riss sie allerdings aus ihrer Lethargie. »Enzo ist tot? – Er hat es also doch getan. Dieser Mistkerl hat seinen eigenen Vater ...« Sie sprang von ihrem Platz auf und lief zum Schrank.

»Rike, lass das!«, rief ihre Mutter, doch Rike hatte bereits das Barfach geöffnet und schraubte mit zitternden Fingern den Deckel von einer Flasche Wodka ab.

Kai erhob sich, um ein Handgemenge zwischen Mutter und Tochter zu vermeiden. Er nahm Rike Meinerz die Flasche aus der Hand. »Setzen Sie sich, wir brauchen Ihre Auskunft nüchtern!«, sagte er im autoritären Tonfall. Offenbar machte es Eindruck auf die junge Frau. Sie fügte sich und setzte sich wieder auf die Couch.

»Wo ist Martin Karthaus?«, fragte Hella. »Mehr wollen wir fürs Erste nicht wissen.«

»Wenn er es getan hat, dann ist er bestimmt über alle Berge ...«

»Und wenn nicht?«

»Dann bei seinen Freunden ...«

»Und wo finden wir die?«

Auf das Versprechen hin, dass sie sie dann in Ruhe ließen, gab Rike Meinerz ihnen den Namen eines Szenelokals, wo

sich die Aktivisten in Abständen treffen würden. Es hieß
»Die Sanduhr« und lag in der Bahnhofsgegend.

»Vielleicht ist Rike mit Martin Karthaus fertig, aber ich
glaube nicht, dass er mit ihr fertig ist«, sagte Kai auf der
Fahrt in den Ostteil von Braunschweig.

»Das sehe ich auch so. Ihre Reaktion auf den Tod von
Enzo Brenner könnte auch darauf hindeuten, dass sie mit
seinem Vater ...«

»Eine Beziehung hatte?«, ergänzte Kai und wirkte ein
bisschen geschockt. Offenbar trieb es Brenner auch für ihn,
der in den vielen Jahren bei der Kripo so einiges erlebt hatte,
zu bunt. »Jedenfalls scheint sie Karthaus zu verdächtigen,
etwas mit Brenners Tod zu tun zu haben.«

»Eine Beziehung ist nicht ausgeschlossen«, erwiderte Hella.
»Aber so weit würde ich gar nicht gehen. Wenn Brenner es
war, der sie in seinem SUV abgeholt hat, dann standen sie
zumindest in Kontakt. Rike war nicht weiter vernehmungs-
fähig, aber später müssen wir sie unbedingt deswegen noch
einmal befragen. Vor allem aber müssen wir Martin Karthaus finden. Er ist der Schlüssel zu der ganzen Geschichte.«

»Und der Schlüssel zu dem Mord?«

»Das wird sich zeigen«, kam von Hella.

Sie parkten den Wagen am Straßenrand. »Die Sanduhr«
war ein Kellerlokal und passte zu der ziemlich herunterge-
kommenen Straße. Laut Angabe auf der Eingangstür öffnete es erst um achtzehn Uhr. Doch durch das kleine Fenster konnte man sehen, dass im Schankraum bereits Licht
brannte. Kai zögerte nicht lange und drückte die Klinke.
Die Tür war verschlossen. »Aufmachen, Polizei!«

Ein drahtiger, hellhäutiger Mann Mitte dreißig mit rotem
Rauschebart öffnete.

»Sind Sie der Besitzer?«, fragte Kai.

»Der Pächter.«

»Also gut. Wir ermitteln in einem Tötungsdelikt. Sie können uns aufs Revier begleiten oder ...«

Der Kneipenwirt hielt ihnen bereits die Tür auf. Im Lokal war es dunkel, nur die Thekenbeleuchtung brannte, und es roch stark nach Putzmittel und abgestandenem Bier. »Ich nehme nicht an, dass Sie Alkohol im Dienst trinken. Ich habe gerade frischen Kaffee ...«

»Nein, danke«, übernahm Hella »Wir suchen eine bestimmte Person, sie könnte in unseren Fall verwickelt sein.« Sie zeigte ihm auf dem Handy das einzige Foto, das sie von Martin Karthaus hatte.

Der Wirt schien zu zögern. »Wahrscheinlich habe ich ihn hier schon gesehen, aber ...«

»Eine Zeugin hat uns versichert, dass er hier mit seinen Kumpels öfter auftaucht«, setzte Kai den Wirt unter Druck. »Ist dieser Mann in den letzten Tagen hier aufgekreuzt?«

Offenbar begriff sein Gegenüber, dass es besser für ihn war, die Wahrheit zu sagen. »Wenn ich mich richtig erinnere, stand er vor zwei Tagen hier am Tresen, trank angeblich nach langer Zeit wieder sein erstes Bier und hatte am Ende ziemlich einen in der Krone.«

»Und wo ist er jetzt?«

»Woher soll ich das wissen?«, wurde der Wirt jetzt ungehalten. »Ich bin doch nicht sein Kindermädchen.«

Auf einmal war im hinteren Teil des Lokals ein lautes Klirren zu hören, als würde Geschirr zerschlagen. »Wer ist da?«, rief Kai. Keine Antwort. Der Wirt zuckte mit den Achseln.

»Kommen Sie heraus! Hier ist die Polizei, bleiben Sie stehen und nehmen Sie die Hände hoch!« Kai rannte an dem Wirt vorbei und verschwand durch einen hinteren Gang.

»Ist jemand in der Küche?«, fragte Hella.

Der Wirt nickte, sah sie aber nicht an. Von hinten kamen Geräusche, wie bei einer Schlägerei. Dann hörte man ein Stöhnen. Kurze Zeit später erschien Kai mit einem jungen Mann, dem er offenbar ein Veilchen verpasst hatte.

»Lassen Sie mich los! Das dürfen Sie nicht. Ich habe nichts gemacht. Sagen Sie Ihrem Gorilla, dass er mich sofort loslassen soll!«, fuhr der junge Mann sie mit schmerzverzerrtem Gesicht an.

»Sind Sie Martin Karthaus?«, fragte Hella.

»Ihr dürft mich nicht einfach so mitnehmen«, zeterte der Zeuge. »Ich habe nichts getan.«

»Und warum dann der Fluchtversuch?«, entgegnete Kai, der neben Martin Karthaus im hinteren Teil des Einsatzwagens saß.

»Kaum ist man draußen, versuchen die Bullen einem wieder etwas anzuhängen. Da bin ich eben durchgedreht ...«

»Sie haben schon vorher für reichlich Krawall gesorgt«, kam von Hella, als sie auf der rechten Fahrspur in Richtung Innenstadt abbog.

»Ich, wieso?«, spielte Karthaus den Unschuldigen.

»Und was ist mit dem Auftritt vor Ihrer alten Wohnung, als Sie wie ein Irrer an die Tür geschlagen und das ganze Haus rebellisch gemacht haben?«

»Wir hatten uns verabredet, und diese Schlampe hat mich hängen lassen. So was macht man nicht, verstehen Sie? Auch wenn wir ...« Er unterbrach sich und schwieg dann, erkannte wohl, dass es besser für ihn war, den Mund zu halten.

Kaum zehn Minuten Fahrt bis in die Münzstraße. Oben stand der Staatsanwalt am Fenster und blickte erwartungsvoll auf sie herunter. Wieder hatte sich ein Tag ohne konkrete Ergebnisse davongeschlichen, dachte Hella. Es blieb ihnen noch die Vernehmung dieses Zeugen, aus dem sie bislang nicht schlau geworden war. »Bring ihn in die Zweihundertdreiundvierzig«, sagte sie zu Kai. »Ich komme gleich.«

Staatsanwalt Klapproth hörte sich in Ruhe an, was Hella zu berichten hatte, fasste dann zusammen: »Der Sohn der Sekretärin und Enzo Brenners ist also ein Totalversager, so scheint es jedenfalls nach Faktenlage. Aber offenbar sind auch die Eltern nicht schuldlos. Vom Vater wurde er fallen gelassen, und die Mutter verstand ihn offenbar ebenso wenig. Wir brauchen noch seine Fingerabdrücke und eine DNA-Probe zum Abgleich. Inwieweit könnte er in den Mord verwickelt sein?«

»Wir konnten in Erfahrung bringen, dass es eine Dreiecksbeziehung zwischen dem Mordopfer, seinem Sohn und dessen Geliebter oder besser gesagt ehemaliger Geliebter gab.«

Klapproth nickte. »Was soll das heißen?«

»Das wissen wir selbst noch nicht genau. Deshalb haben wir ihn zu einer Befragung ins Kommissariat mitgebracht. Er soll auch ruhig spüren, dass es ihm an den Kragen geht, wenn er uns belügen oder wichtige Dinge verschweigen sollte.«

»Aber seid vorsichtig. Er ist auf Bewährung draußen, das heißt auch, dass wir uns selbst nichts zuschulden kommen lassen dürfen. Sonst heißt es gleich wieder …«

Nachdem Hella den Vernehmungsraum betreten hatte, schob sie dem Zeugen erst einmal eine Flasche Mineralwasser und ein verpacktes Sandwich über den Tisch. Da Martin Karthaus sich als fluchtbereit und unberechenbar erwiesen hatte, konnte sie auf Kai als Aufpasser allerdings nicht verzichten. Zum ersten Mal hatte sie Zeit, in Ruhe einen Blick auf den Zeugen zu werfen. Er war Ende zwanzig, mager und nicht größer als eins fünfundsiebzig. Sein Gesicht, besonders die linke Hälfte, war übersät mit Akne. Er konnte einem direkt leidtun, doch die Sympathien verflogen schnell, denn sein Blick sprang einen an wie eine Wildkatze.

»Neunzehn Uhr dreiundzwanzig. Zeugenvernehmung von Martin Karthaus in der Mordsache Enzo Brenner. Der Zeuge ist über seine Rechte belehrt worden«, sprach Hella ins Mikro. »Kennen Sie den Wirt der ›Sanduhr‹ bereits länger?«, begann sie mit leichten Fragen, um den Zeugen möglichst wenig zu provozieren.

Karthaus nahm einen Schluck aus der Wasserflasche. »Joe ist mein Freund«, antwortete er. »Ich kannte ihn schon, bevor ich mit Rike zusammen war.«

»Und Sie haben sich direkt an ihn gewandt, als Sie aus der JVA entlassen wurden?«

»Ja, ich wusste nicht wohin, und er bot mir an, im Hinterzimmer der Kneipe zu übernachten, bis ich eine neue Wohnung gefunden hätte.«

»Das ist verständlich. Aber ich frage Sie noch einmal: Warum sind Sie vor uns geflüchtet?«

»Ich dachte, dass Rikes Mutter ... An dem Tag, als ich entlassen wurde, wollte ich zu Rike, aber ihre Mutter hat mich nicht in die Wohnung gelassen. Ich solle mich verpissen, hat sie gesagt. Es sei aus zwischen mir und Rike, und wenn ich mich nicht daran halten würde, säße ich schneller wieder im Knast, als ich bis drei zählen könne.«

»Wussten Sie da bereits, dass Ihr Vater tot war?«, fragte Kai.

Karthaus starrte auf das Sandwich vor sich auf der Tischplatte. »Ja«, erwiderte er.

»Von wem?«

»Meine Mutter hat auf meine Mailbox gesprochen.«

»Sie haben also Kontakt zu Ihrer Mutter, seit Sie aus der JVA entlassen wurden?«, übernahm wieder Hella.

»Nein, wir haben uns seit über einem Jahr nicht gesehen.«

»Wie ist Ihre Beziehung zu Ihrer Mutter?«

Er schien die Frage nicht gehört zu haben, oder er ignorierte sie.

»Herr Karthaus?«

Er zuckte nur mit den Schultern. »Wie soll sie schon sein? Sie ist eben meine Mutter ...« Er kratzte sich im Gesicht.

»Gibt Sie Ihnen Geld?«

»Nein. Als sie erfuhr, dass Rike und ich drückten, rückte sie keinen Cent mehr heraus.«

»Und Ihr Vater? Haben Sie sich an Ihren Vater gewandt, wenn Sie Geld brauchten?«

»Nein.« Die Antwort kam entschieden, offenbar war es für ihn eine Frage des Stolzes, von seinem Vater nichts anzunehmen.

»Aber Rike kannte da keine Hemmungen, oder?«, setzte Kai nach.

Martin Karthaus fuhr hoch wie eine Rakete. »Sie hat es ausgenutzt, die ...«

Kai hatte ihn schnell im Griff und hielt ihn auf seinem Stuhl fest. Karthaus versuchte gar nicht erst, Gegenwehr zu leisten.

»Als wir keinen Stoff mehr hatten und pleite waren, machte sie mich an. Was würden ein paar Hunderter für den großen Enzo Brenner schon bedeuten, sagte sie. Er würde ganz sicher zahlen, um zu vertuschen, dass sein Sohn auf Speed sei. Aber ich habe ihn nicht angebettelt, ich nicht ...«

»Da plünderten Sie lieber Ladenkassen und bedrohten Geschäftsleute ...« Der Zusammenhang zu seinen Straftaten lag jedenfalls auf der Hand. »Und was machte Rike, als Sie hinter Gittern saßen und keinen Speed mehr beschaffen konnten?«

»Ich verbot ihr, sich an meinen Alten zu wenden, aber das interessierte sie einen Scheiß ...«

»Und Ihr Vater hat gezahlt?«

»Ja, das hat er ...«

»Doch nicht, ohne sich etwas dafür zurückzuholen ...«

»Halten Sie die Fresse!«, schrie Karthaus wie im Krampf und hielt sich gleichzeitig die Ohren zu wie ein kleines Kind, das sich der Wahrheit verweigerte.

Kai stand bereit, doch Hella hielt ihn zurück. Sie warteten. Martin Karthaus zitterte am ganzen Körper. Aber es half nichts, Hella brauchte die Bestätigung des Zeugen, die ihn gleichzeitig in den Verdacht setzen könnte, den Mord verübt zu haben.

»Ich muss Sie das jetzt fragen, Herr Karthaus«, versuchte es Hella mit sanfter Stimme. »Hatte Ihr Vater näheren Kontakt zu Rike Meinerz?«

Karthaus gab sich anscheinend alle Mühe, ruhig zu bleiben. »Ich glaube ja. Er hat jedenfalls gezahlt. Mehr weiß ich nicht. Ich saß ja im Knast.«

»Wo waren Sie am Abend, als Ihr Vater ermordet wurde?«

»Ich war den ganzen Abend bei Joe und habe am Tresen gesoffen. Er kann es bezeugen, fragen Sie ihn«, erwiderte Karthaus.

»Wir benötigen Fingerabdrücke und eine DNA-Probe von Ihnen, Herr Karthaus, und wir nehmen Sie wegen Angriffs auf einen Polizeibeamten vorläufig fest. In der Zwischenzeit werden wir klären, ob sich Ihre Spuren im Atelier des Opfers oder an dessen Kleidung befinden. Außerdem wird der Wirt der ›Sanduhr‹ seine Aussage noch schriftlich bestätigen müssen.« Die Vernehmung war offiziell beendet.

16

»Irgendwie tut mir der Kerl leid«, sagte Kai, nachdem Karthaus abgeführt worden war. »Er konnte sich an niemandem festhalten. Und dann ließ sich auch noch seine Freundin, die er anscheinend immer noch liebt, mit seinem eigenen Vater ein ...«

»Das kann allerdings auch ein Hirngespinst sein«, erwiderte Hella. »Für mich sieht es eher so aus, als ob er nicht ertragen konnte, als Versager dazustehen, der seiner Flamme nicht geben konnte, was sie brauchte.«

»Andererseits kannte er seinen Vater und seine Sexgier. Brenner nahm sich, was sich ihm bot, ohne Rücksicht auf die Gefühle anderer. Martin hasste seinen Vater schließlich so dafür, dass er sich für all die Demütigungen, die er ihm zugefügt hatte, rächte.«

Auch für Hella ein Motiv, das sich nicht von der Hand weisen ließ. Aber dem stand etwas entgegen. »Du meinst, er hat sich im Knast einen perfiden Mordplan ausgedacht, seinen Vater zuerst zu erschlagen, ihm dann eine Schere ins Herz zu rammen und die Leiche anschließend an eine Schneiderpuppe zu gurten?« Es passte nicht gerade zu seinem ungeduldigen Typ, dachte Hella, aber deshalb konnten sie nicht ausschließen, dass er es trotzdem gewesen war. Manchmal passten Dinge erst auf den zweiten Blick zusammen. Vor allem aber hatten sie in diesem Moment keine andere Option. Wenigstens waren sie hier einen Schritt weiter als bei den anderen beiden Mordfällen. »Bitte kümmere dich darum, dass die Kollegen von der KTU die Fingerabdrücke und den DNA-Test noch heute erhalten. Ich kann nur hoffen, dass sich jemand …« Hella drehte sich zu Kai um, doch der hatte sich bereits auf den Weg gemacht. Dafür stand Klapproth im Türrahmen.

»Meine Krawatten sind auch aus der Brenner-Kollektion. Ehrlich gesagt habe ich nicht die geringste Lust, sie weiter zu tragen.« Klapproth zwirbelte seinen Bart.

»Hast du die Vernehmung verfolgt?«, fragte sie.

»Ja, das habe ich. Und wenn du meine Meinung hören willst. Ich traue Karthaus schon allein nicht zu, dass er die Ironie aufbringt, so einen Mord zu begehen. Dazu gehört die Verbitterung eines reifen Menschen. Eine delikate Lust an der Bestrafung …«

Dass der Staatsanwalt wortgewandt war, hatte er oft genug bewiesen, aber dass er einen ausgeprägten Hang zur Poesie hatte, war Hella neu.

»Ich glaube kaum, dass er dem Untersuchungsrichter noch vorgeführt werden muss. Aber ich will den Ergebnissen der KTU nicht vorgreifen«, sagte er, als sie vor Senges Büro angekommen waren.

»Wie geht es eigentlich Ludger?«, fragte Hella. Von einem auf den anderen Tag hatte der Kriminalrat nichts mehr von sich hören lassen, ein Mann, der sich – so konnte man wohl behaupten – mit Haut und Haaren seinem Beruf verschrieben hatte. Wie sollte jemand wie er einen einzigen Tag ohne die Kripo überstehen?

»Keine Sorge, ihm geht es gut«, erwiderte Klapproth.

»Ist er zu Hause?«

»Gib dir erst keine Mühe. Von mir erfährst du nichts. Nur das: Ich habe ihm unter Androhung schwerster Konsequenzen verboten, sich in den Hacker-Fall einzumischen. Wenn wir hier noch weitere Fehler machen, Hella, rollen Köpfe. Und wir wollen doch alle unsere Pensionsgrenze erreichen, oder sehe ich das falsch?«

Hella durchfuhr es eiskalt. Sie hatte sich über Klapproths ausdrückliche Warnung hinweggesetzt und war in der Angelegenheit des Cyber-Mobbings ohne Einsatzbefehl tätig geworden. Sollte sie Kai nicht unverzüglich abziehen? Sie konnte doch unmöglich die Verantwortung dafür tragen, wenn er seinen Job verlieren würde? Es genügte vollkommen, wenn sie ihre eigene Karriere ruinierte.

»Geh nach Hause, Hella. Du siehst müde aus. Morgen wissen wir mehr«, schnurrte Klapproths väterlicher Bariton. Dann ließ er sie stehen und schritt, die Aktentasche in der Rechten, wie immer eilig in Richtung des Treppenhauses.

Auf dem Weg zu ihrer Wohnung in der Oststadt gingen Hella unablässig dieselben Gedanken durch den Kopf. Nachdem sie der Staatsanwalt darauf angesprochen hatte, erschienen ihr die Ermittlungen auf eigene Faust in Sachen der Cyberattacken als purer Leichtsinn. Und doch sträubte sich etwas in ihr, Kai zurückzurufen. Er hatte sich zu der Aktion bereiterklärt, weil er sie schätzte. Wenn sie jetzt aufgab, würde sie sein Vertrauen verlieren. Aber musste man nicht auch als Vorgesetzte manchmal seinen Irrtum eingestehen? Wie viele unverzeihliche Fehler waren bereits passiert, weil jemandem die Größe fehlte, rechtzeitig umzukehren?

»Hat Karthaus den DNA-Test ohne Protest zugelassen?«, fragte sie wenige Minuten später den Kollegen über die Freisprechanlage in ihrem Wagen.

»Er hat alles bereitwillig über sich ergehen lassen, Hella, und behauptet nach wie vor, unschuldig zu sein«, antwortete Kai. »Aber ich muss jetzt Schluss machen. Ich habe Strickler im Visier. Er hat sein Laptop im Wagen zurückgelassen und ist jetzt ins Sportstudio gegangen ...«

»Kai, bitte, ich ...«

»Mach dir keine Sorgen. Ich weiß genau, was ich tue und was ich riskiere. Aber ich sehe es so wie du. Es bleibt uns kaum etwas anderes übrig, als selbst unsere Ehre zu retten.« Er legte auf und gab ihr keine Chance, etwas zu erwidern. In dem Augenblick fühlte sie so etwas wie Stolz, obwohl es absurd war. Was wohl ihr Vater, Kriminaloberrat Henning Budde, dazu gesagt hätte? »Entschuldige, Dad«, murmelte sie und war froh, dass er schwieg.

Am oberen Treppenabsatz kam ihr das Stimmengewirr aus der Wohnung der Bojanows entgegen. Meistens stand die Tür einen Spalt offen, und ein kleines rundes Gesicht schaute neugierig heraus. Doch diesmal waren nur Stimmen zu hören. Vermutlich saßen alle zum Abendessen um den Küchentisch herum. Mutter, Vater und die fünf Kinder.

»Guten Abend, Frau Hauptkommissarin.« Sie hatte schon geglaubt, dass sie sich diesmal unentdeckt zu ihrer Wohnung schleichen könnte. »Wie geht es Ihnen heute?« Neben ihr stand Drago und lächelte sein breites Verführerlächeln. Hella ahnte Schlimmes, denn er hatte ein Buch mitgebracht. Ein anstrengender Abend drohte, und sie hatte noch nicht einmal gegessen.

»Du siehst verhungert aus«, sagte Drago sorgenvoll. Er war ein aufmerksamer junger Liebhaber, das musste man ihm lassen. »Ich kann Eierkuchen backen. Oma hat es mir gezeigt. Ich werde für dich den schönsten Eierkuchen backen, den je ein Mann für eine Frau gebacken hat.«

Sie seufzte. Durfte sie diesen Liebesbeweis einfach zurückweisen? Hella schloss ihre Wohnungstür auf, und wie ein Sieger mit hocherhobenem Haupt zog Drago in den Flur ein, legte sein Buch an der Garderobe ab und peilte zielbewusst die Küche an. Er ließ ihr gerade einmal Zeit, ihre Jacke abzulegen und die Schuhe auszuziehen. Diesmal hatte Drago ein anderes Buch mitgebracht. Hella nahm es in die Hand und blätterte kurz darin: Auch sie kannte seit ihrer Kindheit die Streiche des Mannes mit der Schellenmütze.

»Man braucht nicht viel, aber ohne Eier geht es nicht«, rief Drago aus der Küche. »Wo sind sie?«

»Moment«, entgegnete Hella und legte das Buch wieder an seinen Platz.

Donnerstag, der siebte Ermittlungstag, begann für Hella unverändert mit der nüchternen Bilanz von drei unaufgeklärten Morden und Ermittlungsergebnissen mit kurzem Verfallsdatum. Sie saß am Schreibtisch des Kriminalrats. Roswitha stand mit trüber Miene in der Tür. »Klapproth hat mir gesagt, dass es Ludger gut geht«, erwiderte Hella ungefragt. Das ließ zumindest ein Lächeln über Roswithas Gesicht huschen.

»Und wo ist er jetzt?«

»Keine Ahnung, darüber hat sich der Staatsanwalt ausgeschwiegen«, antwortete Hella. »Aber er sitzt bestimmt auf heißen Kohlen, so wie wir.« Damit meinte sie das unerträgliche Warten auf die Ergebnisse der KTU, von denen jetzt alles abhing. In dem Augenblick drängte sich jemand zwischen sie.

»Warum gehst du nicht an dein Handy, Hella?« Simon war ganz außer Atem, als er zur Tür hereinstürzte. Hella griff in ihre Jackentasche, während ihr einfiel, dass ihr Herzensbrecher Drago gestern Abend noch wissen wollte, was ihr Handy so draufhabe … Es steckte in ihrer Jackentasche, war aber ausgestellt.»Entschuldige, Was gibt es, Simon?«

»Auf der Weste des Mordopfers wurden eindeutig frische DNA-Spuren von Martin Karthaus festgestellt …«

Endlich ein Durchbruch.»Bring ihn in die Zweihundertdreiundvierzig, diesmal werden wir einen anderen Ton anschlagen«, sagte sie, und der selbstbewusste Klang ihrer Stimme machte auch ihr Mut.

Martin Karthaus wirkte übernächtigt und begriff anscheinend, dass sich etwas geändert hatte. Er fühlte sich sichtlich unwohl, rutschte auf seinem Stuhl hin und her. Die von Akne überzogene Gesichtshälfte war blutig gekratzt.

»Acht Uhr sechsundfünfzig. Verhör des Tatverdächtigen Martin Karthaus im Tötungsdelikt Enzo Brenner …«

Bei dem Wort »Tatverdächtiger« durchfuhr es Karthaus wie ein Blitz.»Ich habe ihn nicht getötet«, ging er sofort dazwischen.

»Und wie erklären Sie uns, dass auf der Weste des Opfers Ihre DNA gefunden wurde?«, fragte Hella. In dem Augenblick betrat Simon den Raum und setzte sich nicht weit von Karthaus entfernt an den Tisch, falls der Verdächtige wieder Anstalten machen sollte, den wilden Mann zu spielen.

Der Verdächtige dachte offenbar noch über die Frage nach, zuckte dann aber mit den Schultern.»Keine Ahnung.«

»Lügen Sie nicht! Ich frage Sie noch einmal: Wann haben Sie Ihren Vater das letzte Mal gesehen?«

»Ich weiß nicht mehr genau …«

»Sind Sie Ihrem Vater begegnet, seit Sie aus der JVA entlassen worden sind?«, ließ Hella nicht locker.

Schweigen.

»Sie werden doch wissen, was Sie in den letzten Tagen gemacht haben. Nach Ihrer eigenen Aussage haben Sie am Abend des Mordes in der ›Sanduhr‹ getrunken. Ist das richtig?«

Schweigen.

»Ich lasse Sie unmittelbar in Untersuchungshaft überstellen, wenn Sie nicht kooperieren, Herr Karthaus. Und ich schwöre Ihnen, dass Sie in diesem Leben das Gefängnis nicht mehr verlassen werden, wenn Sie nicht die Wahrheit sagen …«

Simon schien von ihrem scharfen Ton ebenso beeindruckt wie der Verdächtige. Der junge Kollege musste ja noch lernen, wie man ein Verhör aufbaute, dachte Hella.

»Ich wollte nur mit ihm reden …«, kam Karthaus jetzt kleinlaut mit der Sprache heraus.

»Sie wollten mit Ihrem Vater nur reden, wo Sie doch sicher waren, dass er Ihre Geliebte vernascht hatte?« Die Zeit der Schonung war vorbei. Sie brauchte ihn an dem Punkt, wo er die Wahrheit sagte.

Er sprang auf, doch Simon packte ihn am Arm und hielt ihn fest.

»Sie …«

»Ich warne Sie, Herr Karthaus, Beamtenbeleidigung ist keine Kleinigkeit. Und Sie haben genug Probleme. Also?«

»Ich wollte meinen Vater warnen, dass er Rike in Ruhe lassen solle …«

»Warnen? Sie haben ihm vermutlich gedroht, oder?«

»Ich … ich wollte mich nicht streiten, aber er wurde sofort wütend. Was mir einfiele, brüllte er mich an … Er habe es nicht nötig, eine armselige Drückerin zu vögeln, die auf dem letzten Loch pfeife … Ja, das hat er gesagt. Er habe ihr Geld gegeben und ihr geholfen, weil sie ihn angebettelt und sie ihm leidgetan habe. So wie ich ihm leidtun würde. Schämen müsse er sich für mich … Da habe ich …«

»Da haben Sie was?«

»Da wollte ich ihm eins in die Fresse … Aber er hat meinen Arm festgehalten. Ich solle verschwinden, hat er mir ins Gesicht geschrien, und mich nie mehr bei ihm blicken lassen.«

»Und dann?«

»Dann bin ich abgezogen.«

»Das soll ich Ihnen glauben?« Hella spürte die Wut, die in ihr anwuchs, und gleichzeitig war ihr bewusst, dass sie bislang keine Mordwaffe gefunden hatten. Von einem Zeugen, der die Tat gesehen hatte, ganz zu schweigen. »Sie sind also einfach gegangen. Ihr Vater lebte und war unversehrt, als Sie sein Atelier verließen?«

»Ja, das war er.«

»Sind Sie jemandem auf dem Flur begegnet? War Ihre Mutter noch im Büro?«

»Nicht, dass ich wüsste, es war nach sechs. Meine Mutter geht zwischen fünf und sechs. Das wusste ich noch von früher. Ich bin durch eine Seitentür hinaus.«

»Und wie sind Sie hineingekommen?«

»Durch den Verkaufsraum.«

Dann war es wahrscheinlich Martin Karthaus, den die Kameras eingefangen hatten. Es würde nicht lange dauern, das zu beweisen. Darüber hinaus wussten sie, dass es offenbar auch eine Seitentür gab, die von der Kamera nicht überwacht war, dachte Hella. »Wir werden Ihre Aussagen überprüfen, Herr Karthaus. So lange behalten wir sie hier.« Hella warf Simon einen Blick zu, der darauf den Tatverdächtigen abführen ließ.

Auf dem Flur wartete der Wirt von der »Sanduhr«, als Hella aus dem Verhörraum kam. Anscheinend war es wieder einmal Gedankenübertragung, die Kai veranlasst hatte, den Zeugen ins Kommissariat zu bestellen. Da erschien der Kollege auch schon auf dem Gang, in den Händen ein Tablett mit drei Bechern Kaffee aus dem Automaten.

»Kommen Sie, Joe«, forderte sie den Zeugen auf. »Wenn Sie kooperieren, haben Sie es schnell hinter sich.« Sie führte ihn in die Zweihundertdreiundvierzig, und Kai folgte ihnen.

»Mordfall Enzo Brenner. Zeugenvernehmung Josef, genannt ›Joe‹ Wilke, Gastwirt und Pächter des Lokals ›Sanduhr‹«, fütterte sie das Mikro.

Nach einem Schluck aus dem Becher rümpfte der Zeuge nur die Nase.

»Nach Ihren Worten saß Martin Karthaus, der bei Ihnen seit seiner Entlassung aus der JVA Unterschlupf gefunden hat, den ganzen Abend am Tresen und ließ sich mit Bier und Schnaps volllaufen. Würden Sie das immer noch bestätigen?«

Joe sah sie nachdenklich an. Ihm war wohl bewusst, dass sie gerade versuchte, ihm eine Brücke zu bauen. »Also, wenn ich ehrlich bin ... Es war auch eine Menge los an dem Abend ... So ganz genau ...«

»Wann ist er im Lokal erschienen? Versuchen Sie sich zu erinnern. Es ist sehr wichtig.«

Wilke zuckte mit den Schultern. »Irgendwann stand Martin plötzlich am Tresen und bestellte ein Bier. Ich dachte, er wäre bis dahin in seinem Zimmer gewesen ...«

»Wann war das?«

»So gegen halb neun, aber ich kann's nicht beschwören ...«

Hella warf Kai einen Blick zu, der am anderen Ende des Tisches saß. Die Zeit passte, seine Aussage deckte sich mit dem, was Karthaus angegeben hatte.

»Wirkte Martin Karthaus irgendwie anders als sonst auf Sie, aufgewühlt, durcheinander?«, fragte Hella und nahm einen Schluck von dem Kaffee. Sie fand ihn gar nicht so schlecht.

»Das kann ich nicht sagen. Er wirkte frustriert, aber das war sein Dauerzustand. Ist das ein Wunder, wenn jemand aus dem Knast kommt, keine Hilfe und keine Perspektiven hat?«

»Sprach Karthaus am Tresen mit jemandem?«

»Nein, er bestellte ein Bier nach dem anderen und zwischendurch einen Kurzen, bis er genug hatte.«

»Und dann?«, kam von Kai.

»Ich spendierte Martin noch einen Absacker, dann ging er, ohne zu murren, nach hinten und legte sich aufs Ohr.«

»Er ist also nicht aggressiv geworden oder aus der Fassung geraten?«, versuchte es Hella noch einmal.

»Nein, sagte ich doch. Und dass er ein Mörder sein soll, das können Sie sich aus dem Kopf schlagen. Martin hat seinen Vater bewundert, er war sein Idol. Er hätte ihn nie umgebracht.«

»Und wie war das Verhältnis aus der Sicht des Vaters?«, wollte Hella wissen. »War es nicht so, dass Enzo Brenner tief enttäuscht war von seinem Sohn, der ihm nicht das Wasser reichen konnte? Und hat er ihn das nicht die ganzen Jahre lang spüren lassen? Da können schon einmal die Gefühle außer Kontrolle geraten …«

»Dazu kann ich nichts sagen. Ich kenne Martin ziemlich gut. Manchmal flippt er aus, aber zu einem Mord ist er nicht fähig.«

So wie es aussah, war die Vernehmung des Zeugen damit beendet. Hella machte Kai ein Zeichen und wählte anschließend die Nummer der KTU. Am anderen Ende meldete sich

Kollege Lenz. »Hier Budde. Ihr habt die DNA-Spuren von Martin Karthaus an der Weste des Mordopfers nachgewiesen, aber was hat die Untersuchung der Kleidung von Martin Karthaus ergeben?«

»Leider keine Spuren des Opfers, keine Blutspuren, keine Hautschuppen, keine Haare. Weder auf seiner Jacke noch auf seiner Hose.«

»Danke euch«, erwiderte Hella. Bedauerlicherweise bestätigte das Ergebnis ihre Annahme nur zur Hälfte, die Aussage von Martin Karthaus jedoch voll und ganz.

17

Die einzige Chance, ein überzeugendes Tatszenario zu entwerfen, bestand darin, die Indizien rund um Martin Karthaus zu verdichten, dachte Hella. Um den Staatsanwalt auf ihrer Seite zu haben, mussten sie das Mordmotiv allerdings stärker unter die Lupe nehmen. Dazu wollte Hella Mutter und Tochter Meinerz noch einmal nach Martin Karthaus befragen und dort ansetzen, wo sie beim letzten Mal aufgehört hatte. Vielleicht war Rike jetzt zugänglicher. Also machte sie sich auf in die Weststadt.

Kai war im Kommissariat verblieben, Hella hatte ihn als erfahrenen Kollegen auf einen Bericht angesetzt, der die Ermittlungsergebnisse aller drei Mordfälle zusammenfassen sollte. Sie wusste ja, dass es unvermeidlich war, und als hätte Klapproth ihre Gedanken gelesen, erschien seine Nummer auf dem Display ihres Handys.

»Es wird Zeit, dass wir Bilanz ziehen, Hella. Nicht nur wegen der nächsten Pressekonferenz. Wir liegen auf dem Trockenen, das brauche ich dir nicht zu sagen, und wahrscheinlich brauchen wir eine neue Strategie. Offenbar fehlt es an …«

»Ja bitte, sag mir konkret, was wir falsch machen!«, reagierte sie vielleicht etwas zu gereizt. Aber von Klapproth kamen auch nie Vorschläge, die sie weiterbrachten. »Darf ich dich daran erinnern, dass wir in allen Fällen parallel ermitteln? Die Kollegen wühlen wie die Maulwürfe und stehen mit halb Braunschweig telefonisch in

Verbindung. Allein im Fall Krenz hat Fischbach so gut wie jede Abgeordnete und jeden Abgeordneten des Stadtparlaments befragt, ob sie oder er Geldbeträge von ihm erhalten haben ...«

»Aber herausgekommen ist dabei nichts, oder irre ich mich?«, gab Klapproth scharf zurück.

»Ich kann nur versichern, dass wir Tag für Tag solide Polizeiarbeit abliefern, Hans. Wir müssen uns nichts vorwerfen lassen ...«

Klick. Klapproth hatte aufgelegt. Ihr Ton war ihm wohl zu forsch geworden. Aber schließlich waren sie alle mürbe und demoralisiert.

Hella war vor dem Mietshaus angekommen, in dem Rike Meinerz und ihre Mutter lebten.

»Ich wollte noch einmal zu Rike, Frau Meinerz. Geht es ihr besser?«, fragte sie, als Rikes Mutter ihr öffnete.

Das aggressive Funkeln in den Augen der Frau, das ihr noch beim letzten Besuch entgegnet war, schien erloschen. Sie antwortete aber nicht auf die Frage, führte Hella stumm ins Wohnzimmer, wo Rike auf der Couch saß und in den Fernseher starrte, vor sich auf dem Tisch standen eine Literflasche Cola und ein halb voller Aschenbecher.

»Ich hab dir doch gesagt, dass du das Fenster aufmachen sollst, wenn du rauchst«, raunzte Frau Meinerz. Worauf sich ihre Tochter widerwillig erhob und, ohne zu ihnen herüberzusehen, die Balkontür öffnete.

»Ich habe noch ein paar Fragen zu Ihrem Verhältnis zu Enzo Brenner«, sagte Hella zu Rike. »Wenn Sie mir helfen, sind Sie mich schnell wieder los.« Dafür erntete sie einen ungläubigen, leicht spöttischen Blick der Zeugin.

»Verhältnis?«, fragte Rike und steckte sich eine Zigarette in den Mund, die sie gleich anzündete.

»Sie sind beobachtet worden, als Sie aus Ihrer früheren Wohnung in der Gartenstadt ausgezogen sind …«

»Wer hat mich beobachtet? Etwa dieser geile alte Drecksack, der sich als Hausmeister aufspielt? Sind das die Typen, denen Sie Glauben schenken?«

Rike zu provozieren, würde nichts bringen, dachte Hella. Sie musste deeskalieren, wenn sie Erfolg haben wollte. »Wir sammeln Tatsachen, Frau Meinerz, und ziehen unsere Schlüsse daraus. Mit Glauben hat das nichts zu tun. Ich kann Sie nur um Hilfe bitten. War es Enzo Brenner oder nicht?«

Offenbar hatte Hella Eindruck auf sie gemacht. Aber Rike schwieg, zog nur stoisch an ihrer Zigarette. Bis ihnen ihre Mutter endlich den Rücken zukehrte und sich in der Küche zu schaffen machte. Anscheinend hatte Rike darauf gewartet.

»Ja, es war Enzo«, antwortete sie jetzt. »An dem Mittag hat er mir geholfen, meinen Krempel zu meiner Mutter zu bringen, und …«

»Und was?«

»Und ich schnorrte ihn noch an, weil ich nichts mehr hatte …«

»Drogen?«

»Speed, ja.«

»Ich dachte, Sie sind weg davon.«

»Jetzt ja. Mum schmeißt mich raus, wenn ich … Vielleicht ist es gut so …«

»Wie lernten Sie Enzo Brenner kennen?«

»Als Martin gekündigt wurde, hatten wir kein Geld mehr, und mir ist eingefallen, dass sein Vater, der Modekönig, in Geld schwimmen musste. Für so einen Mann konnte es nicht schwer sein, ein paar Hunderter lockerzumachen …«

»Aber?«

»Martin wollte nicht …«

»Und da haben Sie …«

»Ja, ich habe seinen lieben Daddy angerufen und ihm eine Geschichte erzählt. Dass wir von dem Zeug runterkommen wollten und Startkapital bräuchten, um neu anzufangen. Martin sollte nichts davon wissen und so weiter …«

»Und er hat Ihnen geglaubt?«

»Ja.«

»Aber dann hat Martin davon erfahren …«

»Er hat mich gefragt, woher das Geld sei, mit dem ich mir wieder Speed gekauft hätte. Als ich es nicht sagen wollte, hat er es aus mir herausgeprügelt. Als wir Enzos Geld ausgegeben hatten, machte Martin die Einbrüche und wanderte in den Knast. Aber das wissen Sie ja …«

»Und sein Vater half Ihnen ein letztes Mal?«

»Ja.«

»Hatten Sie ein Verhältnis mit Enzo Brenner?«

Mit der Ruhe war es plötzlich vorbei. Aus den Augen der Zeugin sprang sie wilde Empörung an. »Das hätten Sie wohl gern, passt gut in Ihre Mordtheorie, oder was?«

Hella schwieg. Nach einem Schluck aus der Colaflasche fuhr die Zeugin im gleichen Tonfall fort.

»Natürlich nicht. Einmal sah er mich an, als ob er etwas von mir wollte. Aber dann wurde ihm wohl klar, dass es sich für ihn kaum lohnen würde …« Ihre Augen schwammen plötzlich. »War's das?«

Mehr konnte Hella nicht erwarten. Das Motiv der Eifersucht war nicht ganz entkräftet, aber sie glaubte der jungen Frau. Ihre Geschichte klang zumindest plausibel. Und warum sollte Martin Karthaus ihr nicht auch geglaubt haben.

War der Mordverdacht gegen Martin Karthaus noch zu halten, fragte sich Hella auf der Rückfahrt. Die Antwort lautete: nein. Das musste sie sich jetzt zugeben. Karthaus war ein Versager, und gerade deshalb war ihm ein Mord dieser Art nicht zuzutrauen. Allein die Geduld und Perfektion könnte er nicht aufbringen. Da musste sie dem Staatsanwalt zustimmen. Sie würde Karthaus wohl nicht länger festhalten können. Das Schlimmste aber war, dass sie nach einer Woche intensiver Ermittlungsarbeit nichts vorzuweisen hatte.

Es war nicht einmal klar, ob es sich um eine Täterin oder einen Täter handelte oder um mehrere. Und obwohl einige der Verdächtigen durchaus Motive für die Morde hatten, gab es keine klaren Beweise, die sie überführen könnten, von Geständnissen ganz abgesehen. Und immer wieder tauchte die Frage auf, warum alle drei Morde so akribisch inszeniert worden waren.

Die Besprechung in Senges Büro begann mit den ausführlichen Berichten der Kollegen.

»Angesichts dieses Gesamtbildes weiß ich kaum, was ich sagen soll«, fasste Klapproth die Ergebnislage in einen Satz zusammen.

Ratlose Blicke.

»Ihr habt euch nichts vorzuwerfen«, fuhr der Staatsanwalt fort. Er war durchaus auf ihrer Seite, was aber kaum mehr als tröstlich war. »Und doch bleiben mehr Fragen als Antworten. Von dem Bild, das wir in der Öffentlichkeit abgeben, ganz zu schweigen.« Klapproth zwirbelte mit zittrigen Händen seinen Schnurrbart. »Kripo ratlos. Grusel-Mörder weiter auf freiem Fuß ...«, zitierte er die Schlagzeile, auf die sie vermutlich nicht mehr lange würden warten müssen.

Kai und Simon schwiegen, ihnen war wohl klar, dass sie sich nur reinreiten konnten, wenn sie jetzt etwas Unpassendes von sich gaben. Klapproths Blick wanderte zu Hella. Sie spürte, wie ihr der Schweiß ausbrach. Aber sie stand in der Verantwortung, so war es nun einmal. Es blieb ihr nichts anderes übrig, als sich zu äußern, auch wenn es ihr widerstrebte und sie nie die Frau großer Worte war. Diese Situation war jedoch anders, und sie spürte, dass es um mehr als Ergebnisse ging, es ging um Moral. »Liebe Kollegen, lieber Hans. Ich habe den Beruf der Polizistin gelernt und sorge zusammen mit euch dafür, die Ordnung im Land aufrechtzuerhalten. Wir ermitteln, klären Straftaten auf und machen Schuldige dingfest. Allerdings stimmt es auch, dass wir Erfolge nicht garantieren können, selbst wenn wir unseren Beruf gelernt und jahrelang ausgeübt haben. Fehler sind menschlich. Das dürfen wir auch für uns in Anspruch nehmen. In den Mordfällen Krenz, Zumdiek und Brenner haben wir sorgfältig gearbeitet, aber offenbar nicht sorgfältig genug. Es tut mir leid, das zu sagen, aber wir müssen noch einmal von vorn anfangen. Vielleicht sind es Kleinigkeiten, die uns bislang nicht weiter aufgefallen sind oder die wir in einem anderen Zusammenhang gesehen haben ...« Sie musste schlucken, als ihr bewusst wurde, dass sie vor der größten Niederlage ihrer Karriere stand.

Schweigen in der Runde. Den Kollegen war die Betroffenheit anzusehen. Doch Klapproth fasste sich, kam auf sie zu und reichte ihr die Hand. »Danke für die ermutigenden Worte, Hella, ganz der Vater, er wäre jetzt sicher stolz auf dich. Wir sind uns also einig. Es fehlen noch einige Steine im Mosaik. Wir werden sie finden, Kollegen, packen wir's an!«

Die Gesichter entspannten, auch wenn niemand eine Vorstellung davon hatte, wo sie diese Steine suchen sollten.

Klapproth verabschiedete sich. »Ich bin jederzeit zu sprechen. Du weißt ja, wo du mich finden kannst, Hella«, sagte er im Gehen. Direkt darauf forderte Kai seinen freien Nachmittag ein. Er und seine Sandra wollten einen gemeinsamen Krankenhausbesuch machen. Kais Schwiegervater war mit Verdacht auf Gehirntumor ins Klinikum eingeliefert worden.

»Ich habe vor, noch einige Unterlagen im Fall Krenz zu überprüfen, wenn nichts anderes ansteht, Hella«, kam von Simon, der während der Besprechung bemerkenswert still gewesen war. Er hatte sich in der kurzen Zeit zu seinem Vorteil verändert, war ein ernsthafter Arbeiter geworden, keineswegs darauf aus, sich in den Mittelpunkt zu spielen. Vielleicht war der falsche Eindruck auch nur entstanden, weil Senge ihn mit so viel Vorschusslorbeeren bedacht hatte.

»Okay, Simon«, erwiderte sie. Sie würden sich ohnehin den ersten Fall wieder vornehmen und sich fragen müssen, was sie übersehen haben könnten.

»Ich würde zuerst eine andere, längst anstehende Frage beantworten ... hörst du mir zu Hella?«, fragte Daniela. Nach der Besprechung im Kommissariat hatten sie sich kurzfristig beim Chinesen zum Mittagessen verabredet. Hella antwortete nicht, stattdessen blickte sie dem Schleierschwanz im Aquarium tief in die Glubschaugen.

»Glaubst du, dass er mich wiedererkennt?« Sie hatte die charakteristische schwarze Umrandung auf der Rückenflosse des Fisches jedenfalls sofort wiedererkannt.

Daniela stöhnte.

»Welche Frage meinst du?«, war Hella wieder bei der Sache.

»Ob es sich um einen oder drei Täter handelt?«

Die Kellnerin, eine zarte Chinesin, brachte ihnen Jasmintee. »Außerdem finde ich, dass ihr euch bislang viel zu sehr mit den Einzelheiten beschäftigt habt als mit der Persönlichkeit des Mörders ...«

Hella sah ihre Freundin erstaunt an. Ansonsten hielt sie sich mit ihrer Meinung konsequent zurück. Aber diesmal brannte es Daniela offenbar auf den Nägeln. War es tatsächlich so? Aber sie hatten doch das Mordmotiv immer im Visier gehabt. »Du glaubst also, dass es sich um einen Täter oder ...«

»Ja, ich bin sogar sicher, dass es sich um einen Mann handelt«, fiel ihr Daniela ungeduldig ins Wort. »Vergiss nicht, dass ich ein Zweitstudium in Kriminalpsychologie absolviert habe ...«

»Und warum bist du dir so sicher?« Hella hatte immer schon Vertrauen in Daniela gehabt, aber seit dem Abend, als sie ihr geholfen hatte, mit Billy abzuschließen, war es grenzenlos.

»Allein den Körper des Bäckers in den Ofen zu hieven, erscheint mir selbst für eine trainierte Frau kaum machbar. Und keine der Frauen, die in die Fälle verwickelt sind, hätte auch nur zwei der Morde begehen können, oder?«

»Du hast recht, sie haben alle hieb- und stichfeste Alibis.«

War das der Anstoß, den sie brauchte? Sie hatte den Wald vor lauter Bäumen nicht mehr gesehen. Es wurde Zeit, sich festzulegen, wenn darin auch ein Risiko bestand. Aber das war der nötige Strategiewechsel. Ab jetzt würden sie nach einem Täter suchen, der ein Perfektionist war und seine ganz persönlichen Gründe hatte, einen Bäcker, einen Chirurg und einen Modezar auf perfide Art zu bestrafen. Einen Mörder galt es zu finden, der sich die Zeit nahm, seine Taten akribisch vorzubereiten, dachte Hella, als ihr der Duft von Ente süßsauer in die Nase stieg.

Daniela hatte ihr Mut gemacht. Hella hatte jetzt eine deutlichere Vorstellung von dem Täter. Aber wo sollten sie das lebende Gegenstück zu ihrem theoretischen Psychoprofil auftreiben?

Es klopfte an der Tür.

»Hast du Zeit für einen kurzen Bericht?« Simon erschien mit einem Packen Unterlagen unter dem Arm, den er direkt vor Hella auf dem Schreibtisch platzierte. Akten fressen, oh mein Gott! Aber was blieb ihnen anderes übrig?

»Leg los!«, erwiderte sie.

»Ich weiß nicht, ob wir da fündig werden, aber immerhin gab es ziemlich viel Wirbel wegen der Kündigungen. Und wenn Krenz noch lebte, wäre der Ärger für ihn noch nicht vorbei.«

Ihr war nicht gleich klar, was er meinte. Die Art und Weise, es spannend zu machen, musste er sich bei Kai abgeschaut haben. »Simon, worum geht es?«

»Bertold Krenz wollte seine besten Immobilien im Herzen von Braunschweig verkaufen, um seine Stiftung finanziell gut auszustatten. Um den Wert der Häuser für Investoren zu steigern, hat er sie vorher Stück für Stück entmietet. Und dabei ist er nicht gerade zimperlich verfahren ...«

Hatte sie die Unterlagen nicht selbst in der Hand gehabt? »Und weiter?«

»Manche Mieter sind vor Gericht gezogen, aber Krenz hat jeden Prozess gewonnen. Manche nahmen seine finanziellen Angebote an und gingen. Den Hartnäckigen hat er kurzerhand die Miete erhöht, um sie loszuwerden.«

»Hat sich also Feinde gemacht ...«, dachte sie laut weiter.

»Ein Mieter wurde Krenz gegenüber sogar handgreiflich und kassierte eine Anzeige wegen Körperverletzung. Danach verließ er allerdings die Stadt und lebt jetzt mit seiner Familie in Hannover.«

»Hätte also kaum aus Rache einen solchen Aufwand betrieben …«

»Einige Mieter sind geblieben und haben bis jetzt standgehalten. Sicher waren die auf den alten Krenz nicht gut zu sprechen. Ich würde sie gern befragen …«

Ich dachte, das sei längst erfolgt, hätte sie kontern können, um sich keine Blöße zu geben. Aber sie waren ein Team. Simon sollte sich einbringen. Jede neue Idee half weiter.

»Was schlägst du vor?«

»Ich wollte die verbleibenden Mieter aufsuchen und sie als Zeugen befragen.«

»Nimmst du mich mit?« Sie zwinkerte ihm zu, worauf er schmunzelte.

In dem Augenblick erschien Kais Nummer auf dem Display von Hellas Handy.

»Sandras Vater geht es schlecht. Er kann nicht mehr sprechen und ist zeitweise ohne Bewusstsein. Sandra wird die Nacht über im Klinikum bleiben. Aber ich halte es hier nicht mehr aus und hatte vor, in der Sache Cyber-Mobbing weiterzuermitteln, genau gesagt will ich mir den Laptop des Reporters näher ansehen, um zu checken, ob er das enthält, was wir vermuten. Diesmal ist es besser, wenn wir zu zweit sind …«

Sie konnte Kai nicht im Stich lassen, wenn es hart auf hart käme, brauchten sie sich gegenseitig als Zeugen. »Ich verlasse mich voll und ganz auf dich«, wandte sie sich an Simon. Der verstand sofort und nahm den Stapel mit Akten gleich wieder mit.

18

Hofft nur nicht, dass ich euch vergessen hätte, ihr
Paragraphenreiter und Rechtsverdreher, die ihr euch
selten um die Gerechtigkeit kümmert und viel lieber
als Kettenhunde die Pfründe der Reichen verteidigt.
Fallen doch von deren Tischen die dicksten Brocken
für euch ab. Auch euch wird die tödliche Strafe des
wütenden Schalks ereilen. Die eigenen Lügen wer-
den euer Verhängnis werden, woran ihr elendiglich
ersticken sollt ...

*

Er hielt inne und sann seinen Formulierungen nach. Dann
prüfte er noch einmal, indem er sich das Geschriebene laut
vorlas, ob der Inhalt den Kern seiner Anschuldigungen ausreichend traf und der Rhythmus des verfassten Textes ein-
dringlich und bedrohlich genug war. Abschließend legte ein
genüssliches Grinsen sein Gesicht in Falten, und in seinem
Inneren breitete sich eine tiefe Zufriedenheit aus. Diesen
Zustand genoss er in den Tiefen seiner Seele, während sein
Blick aus dem Fenster zum Fluss hin wanderte. Der Mai
kündigte sein Kommen an. Ein Grünschimmer lag auf den
Kronen der Eichen, die das Ufer der Oker säumten. Als
sein Blick die Uhr auf der Kommode streifte, durchfuhr ihn
jedoch ein Schreck. Über das Schreiben hatte er beinahe vergessen, dass es bereits nach vier war. Teestunde. Auch nach

Gundis Tod war sie eine feste Stütze seines Tagesablaufs geblieben, neben der Kalligrafie, mit der er die meiste Zeit verbrachte und die sein Lebensmittelpunkt geworden war. Wenn er die Pergamentbögen mit feingliedrigen gotischen Buchstaben beschrieb, erfuhr er Momente der vollkommenen Harmonie. Oftmals überwältigte ihn die Schönheit von Inhalt und Form so sehr, dass er darüber seine Schmerzen ganz vergessen konnte.

Er erhob sich von seinem Platz am Fenster in seinem Arbeitszimmer, das auch schon sein Kinderzimmer gewesen war, und machte sich auf den Weg in die Küche. Bei jedem seiner Schritte knarrte das Parkett unter seinen Füßen. Es gab ihm das Gefühl, als unterhielten sich die Dielen mit ihm über die vielen Ereignisse, die sie zusammen erlebt hatten. Diese Räume waren seine und auch Gundis Welt gewesen. Nach Mutters Tod Anfang der Achtziger noch mehr als vorher.

Er befüllte den silberplattierten Samowar, den Gundi und er sich einmal zu Weihnachten geschenkt hatten. Erst der Samowar hatte ihre Teestunde endgültig zu einem Ritual erhoben und natürlich Gundis selbst gebackene Anisplätzchen, die sie dazu verzehrten wie geweihte Hostien. Seit es Gundi nicht mehr gab, waren auch ihre aromatischen Plätzchen unwiederbringlich verloren. So hatte er sich bemüht, den Genuss der Teestunde auf andere Weise zu erhöhen. Er trank jetzt den Tee in seinem Arbeitszimmer, inmitten der kleinen Ausstellung von kalligrafisch dargestellten Texten, die er im Laufe der Jahre auf Pergament verewigt hatte und die jetzt die Wände zierten. Nur er könne die gotische Schrift in dieser Perfektion aufs Papier bringen, hatte ihn einmal der Leiter des Volkshochschulkurses vor der ganzen Klasse gelobt. Das hatte ihm Genugtuung verschafft.

Und wenn er in dem alten englischen Sessel saß und inmitten seiner Kunstwerke den Nachmittagstee trank, genoss er den Frieden, den sie ausstrahlten.

*

»Ich mochte meinen Schwiegervater nie besonders, aber wenn man einen Menschen so apathisch und hilflos auf der Intensivstation sieht, lässt es einen nicht unberührt«, schilderte Kai seinen Besuch im Klinikum, als sie auf dem Weg zum Fitnessstudio waren. »Wenn ich Krankenwache an seinem Bett schiebe, ist ihm allerdings auch nicht geholfen.«

»Sicher nicht«, erwiderte Hella, um sein schlechtes Gewissen zu beruhigen. »Und du glaubst, dass Strickler seinen Tablet-PC immer im Wagen zurücklässt, wenn er sich mit Tom Seipold zum Training trifft?«

»Ja, da bin ich sicher. Wir kommen daran nicht vorbei. Das Tablet ist unsere einzige Chance, einen Einblick in ihre Internetaktivitäten zu erhalten. Wenn Strickler und Tom Seipold hinter dem Cyber-Mobbing stecken, werden sich Spuren darauf finden lassen. Dann brauchen wir der Inneren nur einen Hinweis zuzuspielen, und die Sache findet für alle ein gutes Ende außer für die Täter. Niemand wird von unserem Alleingang erfahren.«

»Dein Wort in Gottes Ohr«, war ihr Kommentar dazu. »Und wenn wir nichts finden?«

»Dann wird niemand erfahren, dass wir ohne Anweisung und Durchsuchungsbeschluss die Presse gefilzt haben.«

Kai schien sich seiner Sache sicher, aber ihr gefiel das ganz und gar nicht und am wenigsten, dass sie die Sache selbst in Gang gesetzt hatte.

»Und was jetzt?«, fragte sie, denn sie brauchten einen

Schlachtplan. Aber den hatte Kai offenbar längst geschmiedet.

»Ich werde die beiden während des Trainings im Auge behalten und versuchen, an Stricklers Autoschlüssel zu kommen. Wenn ich es geschafft habe, erscheine ich am Hintereingang und übergebe ihn dir. Du sorgst für das Weitere, bringst das Tablet zur KTU, Hoffmann weiß Bescheid und schweigt. Schließlich betrifft die Angelegenheit das ganze Kommissariat. Alle wollen diesem Spuk ein Ende setzen. Wenn Hoffmann also das Kennwort geknackt und den Inhalt kopiert hat, bringst du das Tablet zurück und legst es in Stricklers Wagen. Dann piepst du mich an, und ich erscheine wieder am Hintereingang.«

Kai schien die Aktion direkt Spaß zu machen. Wahrscheinlich ließ ihn der Reiz des Verbotenen zur Hochform auflaufen.

»Und was ist, wenn Strickler wegfahren will, bevor ich zurück bin?«

»Wird er nicht. Die beiden trainieren mindestens zwei Stunden hintereinander. Ich habe den Besitzer gefragt. Sie machen ein spezielles Muskelaufbautraining mit festgelegten Einheiten.«

»Kompliment, Kollege. Gut recherchiert.« Was sollte sie sonst dazu sagen?

Es hatte nach einer versöhnlichen Abenddämmerung ausgesehen, doch allmählich verdunkelten wieder Regenwolken den Himmel über Braunschweig. Um nicht erkannt zu werden, hatten sie sich entschlossen, mit Kais Privatwagen, dem alten Opel Astra, zu fahren. Als Kai in den Parkplatz des Sportstudios einbog, war Strickler offenbar noch nicht da, aber der bullige SUV von Tom Seipold stand in der Nähe des Eingangs wie ein Panzer in Stellung. Kai parkte seinen

Wagen im Schatten der rückwärtigen Seite des einstöckigen Gebäudes, das einen Neuanstrich gut vertragen könnte. Anscheinend war der Klub nicht gerade angesagt, dachte Hella. Kai ließ die Schlüssel stecken, schnappte sich seine Sporttasche vom Rücksitz und zwinkerte ihr noch einmal zu, bevor er die Wagentür hinter sich zuschlug.

Kai war kaum im Eingang des Studios verschwunden, als ein blauer Golf auf den Parkplatz fuhr. Offenbar war es Stricklers Wagen, Hella erkannte ihn dank Kais Beschreibung. Strickler selbst hatte sie nur einmal auf der Pressekonferenz gesehen, doch als er ausstieg, erinnerte sie sich im Schein der Werbebeleuchtung an die scharfen Konturen seines Gesichts.

Strickler stellte seinen Golf nicht weit von ihr ab. Als er an ihrem Astra vorbeikam, duckte sie sich. Doch offenbar war er so in sein Telefonat vertieft, dass er kaum etwas von seiner Umwelt wahrnahm.

Strickler verschwand im Eingang des Studios, und Hella war wieder allein auf dem Parkplatz. Das Warten fiel ihr schwer und sie überlegte, Simon anzurufen. Momentan machte er Routinearbeit, aber eigentlich hatte sie ihn dabei unterstützen wollen. Es ging darum, dem Nachwuchs die Arbeit schmackhaft zu machen. Gerade die Routine, die manchmal langweilig wirkte, durfte man nicht schleifen lassen. Morgen, so nahm sie sich fest vor, würde sie Simon bei seiner Tour begleiten.

In dem Augenblick erschien Kai in kurzer Sporthose und T-Shirt, kam mit langen Schritten auf sie zu, während sie das Seitenfenster öffnete. Wortlos nahm sie den Schlüssel entgegen, er nickte kurz, machte kehrt und ließ sie wieder allein.

Der weitere Verlauf war abgesprochen. Sie stieg aus, sah sich um und näherte sich dem Golf, worauf sie von außen einen Blick in den Fahrerraum warf. Natürlich lag das Tablet nicht für alle sichtbar auf dem Beifahrersitz oder der Rückbank. Sie öffnete die Fahrertür und fasste in die Seitenablage. Doch da war es nicht. Ebenso Fehlanzeige im Handschuhfach auf der Beifahrerseite. Blieb nur der Gepäckraum. Als sie die karierte Decke beiseiteziehen wollte, die über dem Inhalt ausgebreitet war, hörte sie plötzlich ein Geräusch hinter sich, das Knirschen von Schottersteinen.

»Keine Bewegung! Und jetzt die Hände ganz langsam hoch nehmen!«

Verdammt, fluchte Hella innerlich, befolgte jedoch die Anweisung. Sie hatte ja geahnt, dass es Ärger geben würde. Aber es war nicht Toms Stimme …

»Umdrehen …«

Sie tat, was von ihr verlangt wurde. Nur nicht zu früh versuchen, sich zu rechtfertigen, außerdem wusste sie noch nicht, wer sie da erwischt hatte.

»Gehört der Wagen Ihnen?«, fragte der junge Streifenpolizist in Uniform, der ihr jetzt in die Augen sah.

Sie war erleichtert. »Nein, er gehört mir nicht«, antwortete sie. »Ich kann Ihnen aber alles erklären, Kollege, wenn ich die Hände herunternehmen darf.« Da fiel ihr siedend heiß ein, dass ihre Papiere im Kommissariat auf ihrem Schreibtisch lagen. Nur ihr Handy hatte sie dabei.

»Spielen Sie kein Spiel mit uns!«, erwiderte der junge Kollege. An seine Seite trat jetzt eine ebenso junge Kollegin mit erhobener Waffe. »Wir haben sie beobachtet. Es ist uns jetzt klar, wie Sie arbeiten und wie die Einbruchsserie abgelaufen ist. Sie sind verhaftet!«

»Nein, Kollege. Da irren Sie sich. Mit der Autoknackerbande habe ich nichts zu tun. Mein Name ist Hella Budde, ich bin Leitende Ermittlerin der Kripo. Wir stecken gerade mitten in einem Fall. Ihr dürft jetzt nicht dazwischenfunken!« Was hätte sie anderes sagen sollen?

»Dann zeigen Sie uns doch einfach mal Ihren Ausweis, Kollegin«, klang der Jungpolizist ziemlich bissig und musterte sie abschätzig von oben bis unten. Schon länger hatte sie keiner mehr so respektlos behandelt. In solchen Augenblicken machten eben zwanzig Pfund Übergewicht und eine Körpergröße von knapp eins sechzig nicht gerade den vorteilhaftesten Eindruck.

»Leider geht das nicht, er liegt auf meinem Schreibtisch im Kommissariat. Aber wenn ich Staatsanwalt Klapproth anrufe, wird er es euch persönlich bestätigen.« Sie hoffte, dass den Grünschnäbeln wenigstens das Respekt einflößte, aber weit gefehlt.

»Also bitte!«, kam von der Polizistin, die immer noch ihre Dienstwaffe auf Hella richtete.

Während das Rufsignal auf der anderen Seite ertönte, behielt Hella mit dem Polizisten Blickkontakt. Anscheinend war er sich seiner Sache sicher. Ausgerechnet jetzt ging Klapproth nicht an den Apparat. Allerdings wusste sie auch, dass es nicht nur einen Grund zur Freude geben würde, seine Stimme zu hören. Sie würde ihm plausibel erklären müssen, was los war, und mit Lügen würde sie nicht durchkommen. Dann war nicht nur ihre Spezialaktion am Ende. Auch ihre Karriere ...

Plötzlich erschien eine kräftige Männergestalt im Jogginganzug in der Eingangstür des Fitnessstudios. Sie erkannte ihn nicht sofort, die Werbebeleuchtung blendete. War das Tom Seipold?

»Hauptkommissar Kai Fischbach«, zischte die ihr bekannte Stimme zu ihnen herüber. »Das ist ein Missverständnis.«

Hella atmete auf, doch die Gefahr war nicht gebannt. Was, wenn Strickler oder Tom Seipold von ihrer Aktion Wind bekommen hätten und auftauchten? Dann würde der Skandal kein Ende nehmen. Es stand jetzt auf Messers Schneide. Kai kam auf sie zu. »Und das ist meine Kollegin Budde«, sagte er, während er den jungen Kollegen seinen Dienstausweis vor die Nase hielt. Endlich ließen sie ihre Waffen sinken. »Wie mir scheint, habt ihr die Situation voll im Griff«, ging es Kai ganz diplomatisch an. »Ich bin sicher, ihr werdet die Autodiebe bald erwischen. Aber zieht euch jetzt besser zurück, bevor hier jeder merkt, dass ihr auf Lauerposten liegt. Kollegin Budde und ich sind an einer anderen Sache dran. Wir dürfen uns nicht gegenseitig behindern.« Er ließ sich die Namen geben, und die beiden verzogen sich.

In letzter Sekunde, dachte Hella, ihr stand der Schweiß auf der Stirn.

»Hast du das Tablet?«, flüsterte Kai.

Es lag unter der karierten Decke.

»Wir haben nicht mehr viel Zeit. Hoffmann wartet.«

Einundzwanzig Uhr vier. Hoffmann, der Spezialist für IT-Technik, hatte das Passwort ohne große Mühe geknackt und die Festplatte von Stricklers Tablet-PC kopiert. Als Hella vor dem Fitnessstudio wieder mit Kai Fischbach zusammentraf, hatte er sich bereits umgezogen. Es war Sekundensache, den PC wieder an Ort und Stelle zu bringen. So weit hatten sie ihren Plan erfolgreich durchgezogen. Dennoch stand zu befürchten, dass ihre Aktion nicht unbemerkt bleiben würde. Den beiden jungen Polizeikollegen könnte einfallen, auf ihrer Dienststelle nachzufragen, warum sie ausgerechnet in Zivil in fremden Autos kramten. Doch Kai wusste, was er tat.

»Ich werde an der Rezeption des Studios behaupten, dass ich Stricklers Wagenschlüssel gefunden hätte, und ihn einfach abgeben. Dann sind wir aus dem Schneider.«

So einfach war das nicht. »Es sei denn, Klapproth fragt nicht, wo und wie wir das Material aufgestöbert haben.«

»Wenn auf dem Stick das ist, was wir suchen, um die Scheißkerle dingfest zu machen, dann wird uns auch dafür was einfallen«, erwiderte Kai. Aber auch das konnte Hella nicht ganz beruhigen.

Eine halbe Stunde später saß sie in ihrem Büro im Kommissariat Mitte und sah sich das Material von Stricklers Tablet an. Anscheinend steckte der Plan dahinter, die Ermittler des Kommissariats in eine Falle zu locken und unfähig aussehen zu lassen. Jedenfalls hatte Hella gefunden, was sie brauchte.

Acht Uhr siebenunddreißig am nächsten Morgen. Die Nacht hatte Hella mehr wach als schlafend verbracht, während ihr alle möglichen Lösungen durch den Kopf gegangen waren. Am Ende gab es für sie nur einen Weg, die Sache zu klären, selbst auf die Gefahr hin, dass danach Schluss für sie war. Sie wusste nur, dass sie Kai unbedingt aus der Sache heraushalten musste, er hatte sich jeden Cent seiner Rente verdient.

»Wenn du gerade etwas Zeit hast, möchte ich dich in einer Sache sprechen, Hans.« Die Tür war nur angelehnt, und Hella betrat ohne anzuklopfen Klapproths Büro. Er saß über eine Akte gebeugt an seinem Schreibtisch.

»Was gibt es? Bitte setz dich.«

Doch sie blieb lieber stehen.

In letzter Zeit verhielt sich Klapproth ihr gegenüber fast väterlich, und es tat ihr leid, ihn so schwer enttäuschen zu müssen. Die halbe Nacht hatte sie damit verbracht, sich ein paar Worte zu überlegen, um ihr eigenmächtiges Verhalten zu rechtfertigen, aber da gab es nichts zu entschuldigen. »Ich muss dir etwas sagen, Hans. Ich habe dir versprochen, dein Vertrauen nicht zu enttäuschen. Leider habe ich es nicht geschafft ...«

Das Gesicht des Staatsanwalts wurde ernst. »Also, was ist los?«

»Wir haben den Cyber-Mobbing Fall gelöst ...« Sie schickte ein verlegenes Lächeln hinterher. Immerhin war sie nicht ergebnislos erschienen.

Doch das änderte nichts. Klapproth lief rot an und rang nach Worten. »Das ... Du weißt, unsere Vereinbarung war, dass du und deine Leute sich komplett aus der Sache heraushalten ...«

Die Innere sei nicht vorangekommen, argumentierte sie, und sie sei einem Verdacht nachgegangen. Sie habe erfahren, dass Tom Seipold und der Reporter Goran Strickler sich gut kennen, und bereits als er ihr Kollege gewesen sei, habe Tom so merkwürdige Ansichten gehabt. Schließlich gehe es um den Ruf der Polizei, alle Beamten des Kommissariats Mitte seien betroffen. Wie er selbst gesagt habe, könnten Köpfe rollen, da dürfe man die Hufe doch nicht einfach stillhalten ...

»Was habt ihr angerichtet, Hella?« Klapproths Stimme klang immer bedrohlicher. »Überlege dir jetzt jedes Wort genau, bevor du etwas sagst ...«

Sie setzte sich auf den Stuhl ihm gegenüber. Zeit zu beichten.

Wie benommen verließ Hella zwanzig Minuten später Klapproths Büro. Ihre Gedanken flatterten hilflos umher wie aufgescheuchte Hühner. Sie solle ihm das Material unverzüglich zur Verfügung stellen, hatte Klapproth geschäumt. Und wenn sie in diesem Fall auch nur noch einen kleinen Finger rühren würde, sei es vorbei für sie und den Kollegen Fischbach. Natürlich hatte er sofort geahnt, dass sie die Aktion unmöglich allein durchgezogen haben konnte.

Auf dem Gang kam ihr Simon entgegen, und ihr fiel ein, dass sie versprochen hatte, ihn bei seiner Befragungstour durch die Miethäuser des ersten Mordopfers zu begleiten. Klapproth brauchte sie nicht mehr. Sie solle es nicht wagen, ihm heute noch einmal unter die Augen zu treten, hatte er gedroht. Im Übrigen sprachen die gesamte E-Mail-Korrespondenz und die manipulativen Texte auf dem USB-Stick, die von dem Tablet aus ins Kommissariat verschickt worden waren, für sich.

»Bin gleich bei dir«, rief sie Simon zu. Ihr einziger Trost war jetzt die gute alte Polizeiarbeit.

19

Die Nacht war eine Qual gewesen, doch mit dem Morgennebel waren auch die Phantomschmerzen auf unerklärliche Weise verflogen, und als die Sonne durch das große Wohnzimmerfenster lächelte, fühlte er sich wieder voller Tatendrang. Ein idealer Tag, um seine Recherche fortzusetzen. Denn nur wenn er sich optimal vorbereitete, konnte er der Gerechtigkeit zum Sieg verhelfen. Alles musste sorgfältig ausgekundschaftet und dann in einen Plan einbezogen werden. Auf diese Weise würde auch Dr. Zintgraf seine angemessene Bestrafung erhalten. Dessen Tagesabläufe hatte er bereits unter Beobachtung genommen, wusste, wann der Rechtsanwalt morgens seine Kanzlei betrat und wann er sie wieder verließ, wann seine Mitarbeiterin Frau Müller kam und ging und an welchen Tagen er bei Gericht war. Wenn Zintgraf und Frau Müller, für die der Anwalt offenbar persönliches Interesse zeigte, zusammen Mittagspause machten, würde er sich in den Räumen einmal ganz genau umsehen. Dazu reichte die knappe Stunde vollkommen aus, bevor die beiden zurückkämen. Und heute war die Putzfrau da, welche die Angewohnheit hatte, die Tür zur Kanzlei während ihrer Arbeit im Treppenhaus offen stehen zu lassen.

Er hatte bereits eine erste Vorstellung, wie er es diesmal aussehen lassen würde. Zintgraf sollte kopfüber auf seinem Schreibtisch liegen, umgeben von den Akten, aus denen hervorging, was er daran verdient hatte, unbescholtene Hausbewohner mit überzogenen Mieten zu erpressen und aus ihren Wohnungen zu treiben. Und es sollte so aussehen, als wäre der Anwalt an den eigenen Akten erstickt ...

Etwas machte ihm allerdings Sorgen. Seine Nachbarin, die alte Frau Herdecke, war ihm gestern vor dem Haus begegnet, als er seinen Abendspaziergang gemacht hatte. »Jetzt schnüffelt die Polizei auch schon bei uns, um den Mörder zu finden. Ein junger Mann soll von Tür zu Tür gehen, hat mir die Nachbarin von gegenüber erzählt. War er auch bei Ihnen?«, hatte sie ihn gefragt. »Wie die Mieter zu Krenz senior gestanden haben, will er angeblich wissen. Ich muss Ihnen ehrlich sagen, wenn ich nicht zu alt und schwach wäre, ich hätte es selbst getan. Ja, ich hätte den Mistkerl in seinen Ofen gesteckt und ihm die Hölle heiß gemacht ...« Ein spitzes Lachen war erfolgt, worauf er Frau Herdecke einen guten Abend gewünscht hatte.

Er nahm noch einen Schluck von seinem Tee. Heute hatte er sich für Orange Pekoe entschieden. Langsam und genüsslich atmete er den süßlich-fruchtigen Duft ein, der mittlerweile den ganzen Raum erfüllte, erhob sich von dem mit Brokat überzogenen Sitz des alten Polsterstuhls und betrat mit der Tasse in der Hand sein Arbeitszimmer. Sollte er – noch bevor sie ihm einen Besuch abstatteten – wie ein feiger Verbrecher alle Spuren beseitigen? Etwa seine geliebten Kunstwerke abhängen? Diese Gedanken befielen ihn zum ersten Mal. Vielleicht waren seine Methoden, der Gerechtigkeit zum Sieg zu verhelfen, ungewöhnlich, aber er war nicht feige und auch kein Verbrecher. Und möglicherweise würden die freien Stellen an den Wänden erst recht auffällig wirken.

Er war auch längst mit sich im Reinen, dass er hocherhobenen Hauptes dem begegnen wollte, was da auf ihn zukäme. Und keinesfalls hatte er vor, ein erbärmliches Bild abzugeben. Außerdem musste er den Polizisten nicht hereinlassen oder in sein Arbeitszimmer führen, in dem die Kalligrafien hingen. Wenn er recht überlegte, würde ihn auch das kaum verraten. Wer konnte schon die gotische Schrift lesen, noch dazu wenn sie so üppig verziert war wie die seiner Unikate. Und beim ersten Besuch kamen sie wohl kaum mit einem Durchsuchungsbeschluss ...

*

Drei der Mietshäuser aus der Zeit um neunzehnhundert, die dicht gedrängt am Ufer der Oker standen, hatten Krenz senior gehört. Alter Familienbesitz noch von seinem Großvater, hatte ihnen die alte Frau im zweiten Stock erzählt, die ihre Zweizimmerwohnung auch bald räumen musste. Fast dreißig Jahre habe sie hier gewohnt, eine Schande, einfach so hinausgedrängt zu werden, hatte sie ihr Leid geklagt. Schien aber dennoch mit dem Schicksal versöhnt. Andererseits müsse sie dann nicht mehr die steilen Treppen steigen, fügte sie hinzu. Alles habe eben sein Gutes und sein Schlechtes. Zum Glück habe sie einen Platz im Seniorenstift bekommen. »Aber wenn ich meinen Sohn nicht gehabt hätte ...« Dass jetzt die Zeit der Ungewissheit vorbei sei, darüber war sie offensichtlich froh. Man habe ihnen allen übel mitgespielt, sagte sie, aber nun habe Krenz nichts mehr davon, dass seine Häuser im Wert gestiegen seien. Er habe die gerechte Strafe bekommen.

»Mord ist nie gerecht!«, antwortete Hella, auch wenn sie die Worte der alten Frau ohnehin nicht auf die Goldwaage legte.

»Wo waren Sie in der Mordnacht?«, fragte jetzt Simon und blickte mit einem schelmischen Lächeln auf seinen

Notizblock, denn auch er ahnte anscheinend, was folgen würde.

»Na, hören Sie mal! Was erlauben Sie sich? Sie glauben doch nicht …«, kam die Schelte wie erwartet.

»Bitte regen Sie sich nicht auf, es handelt sich nur um eine Routinefrage«, versuchte Hella, die Frau zu beschwichtigen. Aber zu spät, sie war bereits eingeschnappt.

»Wo soll ich schon gewesen sein? Nachts schlafe ich natürlich in meinem Bett!«, schnarrte sie. »Und wenn Sie es genau wissen wollen: An dem Abend war mein Sohn zu Besuch und hat auf der Couch übernachtet …«

»Vielen Dank, Frau Herdecke. Das war's auch schon. Sie haben uns sehr geholfen.« Simon machte demonstrativ einen weiteren Haken auf seiner Liste, worauf sie die alte Frau verließen, die sich immer noch nicht beruhigen konnte.

Im Erdgeschoss lag nur eine bewohnte Wohnung. »Bertold Krenz hatte Ärger mit den Mietern, aber noch vor dem Mord schien sich alles beruhigt zu haben«, fasste Simon das Ergebnis seiner Befragungen noch einmal zusammen. »Die meisten haben das Angebot einer Abfindung angenommen und sind weggezogen. Ich frage mich langsam, warum sollte jemand nachträglich eine solche Tat inszenieren?«

Hella nickte, doch es ging nun einmal darum, alle bisherigen Ermittlungslücken zu schließen.

Der hintere Teil des Flurs im Parterre war nur spärlich beleuchtet. Hella drückte den Klingelknopf an der letzten Wohnungstür. Es rührte sich nichts. Nach einer Weile versuchte sie es wieder. »Scheint niemand da zu sein.« Sie horchten, aber es blieb dabei.

»Okay«, sagte Simon, »ich kann es später noch einmal versuchen.«

In dem Augenblick hörten sie Geräusche, das Knarren von Dielen, ein Sicherheitsriegel wurde zurückgeschoben. Die Tür öffnete sich einen Spalt. »Ja, bitte?«

»Sind Sie Herr Fricke?«

»Ja, mein Name ist Normen Fricke. Was kann ich für Sie tun?«

Aus dem Inneren der Wohnung strömte ein angenehmer Geruch, den Hella nicht sofort erkannte.

»Wir sind von der Mordkommission und möchten Sie über Ihr Verhältnis zu Ihrem ehemaligen Vermieter, Herrn Bertold Krenz, befragen. Sie wissen ja, dass …«

»Ja, ich weiß«, erwiderte der Mann, der Mitte fünfzig sein mochte und kaum Haare auf dem Kopf hatte.

»Dürfen wir?«, fragte Hella.

»Ja, bitte, kommen Sie herein.«

Als Fricke die Tür öffnete, erkannte Hella den Geruch. Es roch nach Schwarztee und Orange.

Fricke führte sie durch einen langen Gang in ein geräumiges Wohnzimmer mit Möbeln, die nicht alle antik zu sein schienen. Erinnerungsstücke, Kerzenleuchter und Vasen und zahllose, teilweise vergilbte Fotos bedeckten Wände und Kommoden. Über allem hing die Sehnsucht nach einer längst vergangenen Zeit.

»Ich hörte von meiner Nachbarin, dass die Polizei eine Befragung durchführt, und habe Sie bereits erwartet«, eröffnete Fricke das Gespräch. »Darf ich Ihnen eine Tasse Tee anbieten?«

»Gern«, erwiderte Hella. Dieser Mann strahlte eine beneidenswerte Ausgeglichenheit aus, die sie an Frau Zumdiek erinnerte, die Witwe des ermordeten Chirurgen. Beide einte, dass sie Teetrinker waren, wenn auch auf ganz unterschiedliche Art. Vielleicht sollte auch sie umsatteln, dachte Hella.

Bevor Fricke den Raum verließ, bot er ihnen Platz auf einer Polstergarnitur mit Gobelin-bestickten Kissen an. Hella folgte dem Angebot, während Simon einen Blick auf die Fotos warf.

»Wohnen Sie schon lange hier?«, begann Hella die Befragung, als Fricke kurz darauf mit dem Tee erschien.

»Seit meiner Kindheit«, antwortete er. Mit einem Lächeln bot er ihnen Kandiszucker an. Das Gesicht dieses Mannes wirkte seltsam glatt, fiel Hella auf, manche Frau würde ihn um diesen faltenlosen Teint beneiden, auch wenn er dem Ausdruck eine merkwürdige Kälte verlieh.

»Das heißt, Ihre Eltern wohnten bereits hier?«

In dem Augenblick erhellte sich Frickes Gesichtsausdruck, die Erinnerungen stimmten ihn offenbar froh. »Ja, wir waren eine glückliche Familie, meine Eltern, Gundi, meine Schwester, und ich ...«

»Und Sie haben nie daran gedacht auszuziehen?«

»Nein. Ich bin Braunschweiger, und es gibt kaum einen schöneren Platz als an den schattigen Ufern der Oker.«

»Haben Sie nie daran gedacht, eine eigene Familie zu gründen?«

»Warum? Ich hatte ja eine.« Er nahm einen Schluck aus seiner Tasse. Offenbar gab es für ihn zu diesem Thema nichts mehr zu sagen.

»Der Tee schmeckt wirklich sehr gut«, hielt Hella das Gespräch in Gang, um keine Verlegenheit aufkommen zu lassen. Und Fricke sprang darauf an.

»Nicht wahr? Ich schwöre auf diese Marke, sie ist Fair Trade aus Indien. Ich bilde mir immer ein, man würde die Fairness auch schmecken.« Worauf ein meckerndes Lachen aus seinem Mund drang.

»Haben Sie auch beruflich mit Indien zu tun?«, wollte Simon wissen.

Fricke lächelte. »Sie meinen wegen der Fotos? Ja, gewissermaßen. Aber es ist bereits acht Jahre her. Ich war lange Zeit Tierpfleger im Zoo von Hannover in der Raubkatzenabteilung. Die indischen Tiger hatten es mir besonders angetan, bis zu dem einen Tag, als Fandor mich ...«

»Ist der Tiger auf einem der Fotos zu sehen?«

»Ja«, antwortete Fricke und seine Augen glänzten. »Ich liebte ihn, und wir verstanden uns auf eine wundersame Weise. Ich weiß, dass er es nicht böse gemeint hat. An dem Tag war er schlecht gelaunt, und ich habe mich falsch verhalten.«

»Er hat Sie also angegriffen?«

»Ja, er hat mir fast die rechte Schulter weggerissen. Nach der Operation, die ich nur knapp überlebte, war es vorbei mit meinem Beruf. Wegen der starken Nervenschmerzen konnte ich auch keinen anderen ausüben. Sie sind unberechenbar und überfallen mich bis heute von Zeit zu Zeit ...«

»Wohnen Sie jetzt allein hier?«, fragte Hella.

»Ja, seit meine Schwester im letzten Jahr gestorben ist.«

»Sicher fällt es Ihnen schwer auszuziehen«, kam sie jetzt auf den Punkt.

»Ja, sehr. Es stecken so viele Erinnerungen in dieser Wohnung. Aber es geht nun einmal nicht anders. Ich habe alles versucht, um hier wohnen zu bleiben, dann hat Krenz die Mieten erhöht – was ihm ja zusteht –, das war dann endgültig zu viel für mich. Meine Rente ist nur klein, wissen Sie? Und es reicht hinten und vorne nicht. Gundis und meine Ersparnisse sind jetzt aufgebraucht, ich muss ausziehen.«

»Haben Sie bereits einen Ersatz gefunden?«, fragte Simon.

Der Zeuge stutzte einen Moment. »Noch nicht, das heißt, ich habe mich noch nicht entschieden.«

Ein lautes Klingeln ließ sie verstummen. Simons Handy. »Pläschke.« Er hatte den Anruf kaum entgegengenommen, als seine Gesichtszüge einfroren und er zu stammeln begann: »Ich … kann ich … Es ist …« Es zog ihn aus dem Sessel, er ging auf die nächste Zimmertür zu, öffnete sie und verschwand dahinter.

Fricke schien protestieren zu wollen. Auch Hella war vollkommen überrumpelt. Was war nur passiert?

*

Die beiden Kriminalbeamten hatten sich rasch verabschiedet. Offenbar war der Vater des jungen Polizisten unerwartet gestorben. Dass sich dieser zum Telefonieren ausgerechnet in sein Arbeitszimmer verzogen hatte, war wohl aus dem Schreck heraus erfolgt, dachte Normen Fricke. Mit kreideweißem Gesicht war er wieder herausgekommen. Die Kommissarin schien sich Sorgen um ihn gemacht zu haben. Auf diese Weise war Normen die beiden jedenfalls schneller losgeworden als gedacht. Nicht einmal ein Alibi für die Tatzeit wollte man von ihm. Die Kommissarin hatte sich sogar bei ihm bedankt und ihm eine Karte in die Hand gedrückt. Wenn er sich an irgendwelche Drohungen von Mietern gegen das Mordopfer oder andere Auffälligkeiten erinnern würde, solle er sie anrufen, hatte sie gebeten. »Natürlich war niemand hier darüber erfreut, seine Wohnung räumen zu müssen«, hatte er erwidert, und es entsprach der Wahrheit. »Wem gefällt es schon, wenn man ihn auf die Straße setzt.«

Normen hielt diese Kommissarin für eine ehrliche, verständnisvolle Frau, auch wenn ihn gestört hatte, dass sie den alten Halsabschneider Krenz als Opfer bezeichnete. Dieser

Mann hatte seine Strafe verdient, denn er und seine Sipp-
schaft waren Mörder und Erpresser …

Zu spät bemerkte er, dass seine Gedanken abdrifteten, er
wusste doch nur zu gut, dass sich bei unschönen Gedanken
der Schmerz in seinem Plexus brachialis bemerkbar machte,
und wenn dieser einmal in Erscheinung getreten war, zog
er sich alsbald über die ganze Schultermuskulatur bis zum
Hals, und dann wurde er ihn oft tagelang nicht mehr los.

Nur in vollkommener Harmonie und Ausgeglichenheit
war sein Leben erträglich, das hatte Normen über die Jahre
gelernt. Er beschloss, sich eine weitere Tasse Tee zu gönnen. Dann würde er sich den Rest des Vormittags der neuen
Schönschrift widmen. Allein diese Vorstellung und dass er
in Kürze einen weiteren Schurken seiner gerechten Strafe
zuführen würde, ließ ihn wieder frei atmen.

*

Simon hatte offensichtlich einen Schock erlitten. Hella
konnte gerade noch aus ihm herauskriegen, dass sein Vater
einen Herzinfarkt erlitten hatte und auf dem Weg in die
Notaufnahme gestorben war. Darauf brachte Simon kein
Wort mehr heraus. Die Polizei-Psychologin hatte sich seiner angenommen.

Als Hella im Kommissariat Mitte ankam, war Klapproth
bereits im Bilde. Der Name Pläschke hatte von Hannover
bis nach Braunschweig einen Klang. Doch nachdem sich der
Staatsanwalt vergewissert hatte, dass Simon in guten Händen
war, hielt er sich nicht weiter mit dem Thema auf. Wie weit der
aktuelle Stand der Ermittlungen war, interessierte ihn mehr.

»Den Bericht sollte Simon schreiben, aber ich fasse kurz
zusammen«, kam kleinlaut von Hella, schließlich konnte

man das Ergebnis nicht gerade als ermutigend bezeichnen. »Von den ehemals über zwanzig Parteien sind nur noch fünf in den Mietshäusern verblieben. Die Sanierungen an der Fassade haben bereits begonnen. Es sind alte oder kranke Leute, die rein physisch für die Morde kaum infrage kommen. Ihre Alibis sind stichhaltig oder nicht nachprüfbar, weil sie allein in ihren Wohnungen leben. Wir konnten keine weiteren Verdachtsmomente finden.«

Und jetzt? Die Frage stand auf Klapproths Gesicht, und sie hatten beide keine Antwort darauf. Dann kam es von Klapproth mit erbittertem Unterton: »Wir müssen Ergebnisse vorbringen. Drei ungelöste Mordfälle. Mit dieser Bilanz will ich nicht in den Ruhestand gehen ... Ich habe übrigens mit Hoffmann gesprochen. Er hat zugegeben, in deinem Auftrag das Tablet inoffiziell untersucht zu haben. So wie Fischbach steht er also auf deiner Seite. Aber das wird euch nichts helfen. Uns allen nicht. Kriminalrat Senge wird auch nicht ungeschoren davonkommen. Mein lieber Freund Ludger hat angeblich auch nur das Beste gewollt. Heldinnen und Helden, so weit das Auge reicht. Aber was nützen mir die, wenn allen statt einem Orden ein Disziplinarverfahren anhängt? Der Ruf von unsauberen Machenschaften wird uns bis in die Ewigkeit verfolgen, und deine Karriere, Hella, die kannst du knicken ...«

Hella verstand den Staatsanwalt. Die Ermittlungen waren nicht weitergekommen, und in dem Mobbing-Fall hatten sie die Grenze der Legalität überschritten.

Nur einem ging es jetzt schlechter als ihr: Simon.

»Der müsste bereits wieder auf seinem Platz sein«, erwiderte die Psychologin, als sich Hella bei ihr nach seinem Befinden erkundigte. »Hat sich nicht bremsen lassen und wollte unbedingt seinen Bericht schreiben. Aber bitte lassen Sie sich nicht täuschen. Er steht noch unter Schock. Meine Empfehlung: Geben Sie ihm ein, zwei Tage frei, dann hat er sich wieder im Griff.«

»Natürlich, Frau ...«, versprach Hella, doch die andere hatte bereits aufgelegt.

Kommissaranwärter Pläschke tippte wie besessen auf der Tastatur seines PC und schaute nicht einmal zu ihr auf, als Hella hereinkam. Auch sie sprach ihn nicht an, setzte sich auf den Stuhl an der Wand, auf dem nie jemand saß, und wartete. Nach einer Weile standen seine Finger still. Jemand von ihnen musste anfangen zu reden, aber es brauchte eine weitere Minute, um herauszufinden, wer.

»Es ist nicht so ...«, begann Simon, stockte aber sofort, als horchte er seinen eigenen Worten hinterher.

Hella ließ ihm Zeit.

»... als ob ich ihn wahnsinnig geliebt hätte. Vielleicht habe ich ihn sogar gehasst. Immer hat er ungefragt in mein Leben gepfuscht. Ich war immer der Kleine. Ich war immer der Sohn. Zugegeben, er hat mir auch geholfen ...«

»Ich verstehe dich, Simon«, erwiderte sie sanft. Jetzt hob er den Blick und schaute zu ihr herüber. »Ich hatte auch einen Vater. Henning hieß er, mein Dad. Ich liebte ihn und er liebte mich. Erst heute verstehe ich, dass sich mein Leben vor allem um ihn drehte. Ich wollte ihm alles recht machen, dass er stolz auf mich war. Als er plötzlich starb, war es ein Schock für mich. Aber ich tat so, als lebte er weiter. Manchmal höre ich noch heute seine Stimme und frage mich, was er wohl über das ein oder andere denken würde. Als ich hier anfing und Senge mich als die Kleine vom großen Kriminaloberrat Budde vorstellte, da spürte ich auf einmal, dass es so nicht weitergehen konnte. Ich wollte nicht mehr das

Abziehbild meines Vaters sein. Niemand ist das Abziehbild einer anderen Person, auch wenn sie ihm sehr nahestand oder -steht. Jeder hat ein Recht auf seine eigene Persönlichkeit ...«

Simon starrte eine Weile vor sich hin. »Danke«, sagte er dann mit Tränen in den Augen.

»Du kannst dir ein paar Tage freinehmen, wenn du willst«, erwiderte sie und erhob sich. »Sicher braucht deine Mutter dich jetzt ...«

»Meine Mutter wird es gut ohne mich verkraften. Sie und mein Vater waren seit zehn Jahren geschieden, haben in der Zeit, soviel ich weiß, kein einziges Wort miteinander gewechselt. Und um mich mach dir bitte keine Sorgen ... Ich wollte dir übrigens noch etwas sagen. Mir ist da etwas aufgefallen. Als ich bei diesem Mieter, diesem ...«

»Fricke?«

»Als ich so panisch reagierte und in den Raum nebenan lief, da fiel mir auf ... An den Wänden hingen seltsame Schriften. Offenbar Handschriften, seltsam düstere Texte in verschnörkelter Kunstschrift.«

»Vielleicht ein Hobby. Mit irgendetwas muss so ein Frührentner ja seine Zeit totschlagen.«

»Unter jedem Text war eine Schellenmütze aufgemalt, wie ein Siegel von Eulenspiegel ...«

Der unerwartete Tod seines Vaters schien Simon doch mehr mitgenommen zu haben, als er selbst zugab, dachte Hella. »Die Mieterbefragung betrachte ich als beendet«, erwiderte sie. »Wenn der Bericht fertig ist, leg ihn Klapproth vor. Und dann geh nach Hause, hörst du? Das ist ein Dienstbefehl!«

20

»Ich habe die Angelegenheit mit dem Cyber-Mobbing auf meine Kappe genommen, das kannst du mir glauben«, beteuerte Hella.

Kai winkte ab. »Das weiß ich. Klapproth hat mich erst gar nicht gefragt, ob ich beteiligt war. Überlege dir genau, was du jetzt sagst, hat er mir die Pistole auf die Brust gesetzt. Wenn du es abstreitest, spreche ich bis zu meiner Pensionierung kein Wort mehr mit dir. Natürlich trage ich meinen Teil der Verantwortung. Sind wir Kollegen oder nicht?«

»Es tut mir leid, Kai.« Das war nicht so dahingesagt, sie fühlte sich schuldig. Für Kai schien das Kapitel allerdings abgeschlossen. »Und was steht als Nächstes auf der Tagesordnung?«, kam von ihm. Er hatte ja recht, sie durften nicht aufgeben. Hella setzte ihn in Kenntnis von der Mieterbefragung mit Simon. »Krenz war auch in der Lokalpolitik engagiert, wie wir wissen. Was habt ihr herausgefunden? War er in Korruption verstrickt oder besteht Verdacht darauf?« Es galt, die letzten Ecken auszukehren.

»Damit sollte sich Simon beschäftigen. Er hat diese ominöse Liste mit den Namen der Leute, die von ihm Geld erhalten haben sollen, abgearbeitet. Soviel ich weiß, verlief das Meiste unter der Hand. Manche Schuldner haben die Angelegenheit für erledigt erklärt oder sind bereits gestorben.«

»Bitte kümmere dich darum. Simon muss sich erst wieder fangen.«

»Klar doch. Ich dachte, dass wir Dr. Eidinger im Fall Zumdiek noch einmal vorladen sollten, er ist schließlich der Einzige, der ein Motiv hatte und sich in der Tatzeit direkt vor Ort befand ...«

»Ja, das sollten wir vielleicht tun.«

Es gab keinen besseren Kollegen als Kai, dachte Hella, doch was nützte es, wenn sie ein gutes Team waren, aber die Ergebnisse fehlten. Sie saß wieder an ihrem Schreibtisch in ihrem Büro. Kriminalrat Senges Platz war eine Nummer zu groß für sie, das war ihr jetzt klar. Solange sie noch im Kommissariat Mitte ihren Dienst versah, würde sie sich nicht mehr verpflanzen lassen und von hier aus die Ermittlungen leiten.

Vierzehn Uhr dreiundfünfzig. Es widerstrebte Hella, früher Dienstschluss zu machen, aber ihr Kopf war leer, und der Frust war ihr unter die Haut gekrochen. Bislang hatte solide Polizeiarbeit immer dahin geführt, dass an einem bestimmten Punkt eins und eins zusammenpassten. Doch diesmal ...

Auf einmal wurde ihr ganz schwindelig. Wie eine Luftspiegelung tauchte die Schrankwand in ihrem Wohnzimmer vor ihr auf. Zunächst wusste sie nicht warum, dann spürte sie den Druck im Magen. Hunger. Ihr Körper forderte sein Recht, und ihre Vorsätze interessierten ihn nicht im Geringsten. Der Gedanke an das mit Süßigkeiten vollgestopfte Barfach ließ sie vor Sehnsucht fast ohnmächtig werden. »Hella, reiß dich zusammen!« Aber der Hunger war stärker. Bevor sie nichts in den Magen bekäme, würde sie keinen klaren Gedanken mehr fassen können. Sie erfasste die blanke Wut, dass sie sich nicht im Griff hatte, und auf einmal wollte sie laut losschreien, dass dieser graue Klotz in der Münzstraße, in dem sie sich jetzt befand und jeden Tag sinnlos ihre Lebenszeit verkürzte, in sich zusammenkrachte und das ganze Kommissariat Mitte unter sich begrub ...

Im Hintergrund plätscherte wie immer Schlagermusik aus den Fünfzigern. Daniela war in ihrem Element. Am Telefon erzählte Hella ihr, wie sie sich fühlte, und kam sich gleichzeitig lächerlich vor, wenn sie an all die unglücklich Verblichenen dachte, die Daniela täglich unter dem Messer hatte. »Die Diagnose ist ziemlich einfach«, bekam sie zu hören. »Und du kennst sie selbst genau so gut wie ich: Du bist restlos überarbeitet, Hella. Mein Tipp: Geh schleunigst nach Hause, iss etwas, leg dich auf deine Couch und zähle so lange Schafe, bis es wirkt.«

»Vielleicht hast du recht«, erwiderte Hella und drückte den roten Knopf. Für heute war es genug, sie war für niemanden mehr zu sprechen.

Nach einem Abstecher im Supermarkt geriet sie in den Berufsverkehr und brauchte länger als sonst, um ihre Wohnung zu erreichen. Als sie endlich das Treppenhaus des alten Mietshauses betrat, atmete sie auf. Eine stille Welt. Heute war sogar die Wohnungstür der Bojanows geschlossen, kein Laut drang aus der Wohnung. Sie hatte die besten Chancen, sich wirklich ausruhen zu können.

Als Erstes schob sie die Tiefkühl-Lasagne in den Ofen. Ihre Gedanken waren bei Simon. Nach dem Tod seines Vaters würde er lernen müssen, auf eigenen Füßen zu stehen. Doch sie war überzeugt, dass er für diesen Beruf geeignet war wie kein Zweiter, er brauchte die Protektion seines Vaters nicht, um weiterzukommen.

Die ersten Duftschwaden zogen durch die Küche. Alles war eine Frage des Friedens zwischen Körper und Geist, dachte Hella. Hunger bedeutete Krieg. Aber nur im Frieden würde sie Antworten auf ihre Fragen finden. Vielleicht würde es auch helfen, wenn sie den Tisch deckte. Eine von den alten bestickten Tischdecken und das gute Service, das sie von ihrem Dad geerbt hatte. Man musste sich selbst zu schätzen wissen. Nur so konnte man sich gegen Angriffe von außen schützen ... Ein schrilles Geräusch ließ sie zusammenzucken. Oh, nein!

Sie hatte es geahnt. Vor der Tür stand Drago und hielt seine Nase wie ein junger Hund in die Luft. »Warum hast du nichts gesagt?«, fragte er mit beleidigtem Unterton, als sie öffnete. »Du weißt doch, dass ich Spezialist für Lasagne bin.«

Wusste sie nicht, aber damit konnte sie sich kaum aus der Affäre ziehen. »Seit wann ist Lasagne ein bulgarisches Nationalgericht?«, versuchte sie einen müden Konter.

»Nicht unbedingt, aber Lasagne ist international. In Bulgarien gibt es sogar einen ganz besonderen Nachtisch dazu ...«

Er schaffte es immer wieder, sie neugierig zu machen. »Und der wäre?«

»Zuerst wird gegessen, dann kommt der Nachtisch.«

Drago half Hella, den Tisch zu decken, dann aßen sie gemeinsam, während er sie die ganze Zeit anlächelte. Wenn er nicht erst acht wäre, hätte sie den Glanz in seinen Augen für ein eindeutiges Angebot gehalten.

»Und was ist mit Nachtisch?«, fragte sie, nachdem sie gemeinsam das Geschirr abgeräumt hatten. Schließlich musste er sein Versprechen auch halten.

Natürlich hatte er es nicht vergessen. »Warte, ich bin gleich zurück«, sagte er und ließ alle Türen bis in den Hausflur hinter sich offen stehen. Wahrscheinlich hatte er ein neues Rezept seiner Oma ausprobiert. Kurze Zeit später war er zurück, die Wohnungstür schloss von innen. »Mach die Augen zu!«, rief er aus der Diele. Sie gehorchte.

»Und öffnen!«

»Wow!« Die Überraschung war gelungen.

»Ich bin ein Schalk. Weißt du, was ein Schalk ist?«, sagte er und schüttelte den Kopf, dass ihm die langen Enden seiner rot-gelben Schellenmütze um die Ohren flogen.

»Klar, und wenn nicht, hätte ich es herausgefunden, schließlich bin ich Kriminalkommissarin. Ich kenne auch deinen Namen: Du heißt Till Eulenspiegel.«

»Ich dachte mir, dass du es weißt. Aber du kennst bestimmt nicht alle meine Streiche, oder?« Er sah sie erwartungsvoll an. »Nein«, erwiderte sie. Und das nicht nur, weil sie ihm die Freude nicht verderben wollte.

»Also dann gibt es jetzt zum Nachtisch eine große Portion davon.« Er setzte sich in seinem rot-gelben Narrenkostüm auf die Lehne der Couch und begann mit eigenen Worten zu erzählen …

Er war ein außergewöhnlicher Junge, dachte sie. Und wie oft hatte er ihr gesagt, dass er sie liebte, aber sie ihm kein einziges Mal. Sie sollte es ihm sagen, ja, das sollte sie. Drago war genau so, wie sie sich einen Sohn wünschte. Vielleicht manchmal etwas nervig, aber wenn er sie nach einem seiner Besuche wieder verließ und zurück in die Wohnung seiner Eltern ging, spürte sie Sehnsucht nach ihm.

»… Till Eulenspiegel suchte nach Arbeit bei einem Bäcker, aber der wollte ihn schnell wieder loswerden …« Drago war ganz vertieft in seine Erzählung.

Hella erinnerte sich an die Eulenspiegel-Streiche, ihr Vater hatte sie ihr auch erzählt. Es gab die Geschichte mit dem Bäcker, den Meerkatzen und Eulen, die Geschichte mit den Schneidern …

»Moment …«, unterbrach sie ihn. »Entschuldige, ich …«
Sie wollte eine Kriminalkommissarin sein? Sie, die so blind
war, dass sie nicht einmal erkannte, was vor ihrer Nase lag?
Auf den unzähligen Fotos der Tatorte hätte sie längst erken-
nen müssen, was die drei Mordfälle verband … Der Bäcker
im Ofen, der Arzt mit dem Affenherz, der Schneider mit
Nadel und Faden …
Sie nahm den verdutzten kleinen Eulenspiegel in den
Arm und gab ihm einen Kuss.
»Was ist los, Hella?«
»Ich liebe dich, aber du musst jetzt nach Hause gehen.
Beim nächsten Mal erkläre ich dir warum, und wir plün-
dern den Schatz im Barschrank, versprochen?«, antwortete
sie, während sie sich bereits ihre Schuhe anzog.

Simon hatte sie freigegeben und Kai war nicht mehr zu erreichen. Also machte sich Hella allein auf den Weg. Während
der Fahrt packten sie jedoch Zweifel. Konnte es wirklich
sein, was sie sich da zusammenreimte, oder sah sie bereits
Gespenster und hatte den Verstand verloren? Simon und
sie hatten diesen Fricke erst am Morgen besucht. War es
überhaupt sinnvoll, noch am gleichen Tag wieder aufzu-
tauchen? Alles, was sie vorweisen konnte, waren die Vermutung, dass Fricke sich an Krenz rächen wollte, weil der
ihm seine heile Welt zerstört hatte, und die Verbindung zu
Eulenspiegels Streichen.
    Sollte der Mieter wirklich in Verbindung mit den drei
Morden stehen, dann würde sie ihn vielleicht aufschrecken.
Er spürte, dass sie ihm auf den Fersen wäre, und könnte
wichtige Spuren beseitigen. Wenn er allerdings eine Flucht
plante und sie ihn bei Vorbereitungen überraschte, wäre das
ein beweiskräftiges Indiz, so wie diese Bilder mit Eulen-

spiegels Schellenmütze als Namenszug, die Simon aufgefallen waren.

Sie parkte unweit des alten Mietshauses, in dem Fricke wohnte. Die fortgeschrittene Dämmerung verhinderte bereits die Sicht auf den Park entlang des Okerufers. Im zweiten Stock war ein einzelnes Fenster schwach erleuchtet, dahinter lag offenbar die Wohnung der alten Frau Herdecke, die sie am Morgen befragt hatten. Im Parterre war alles dunkel. Frickes Wohnung befand sich im Hinterhaus. An der linken Seite führte ein betonierter Weg um das Haus. Beim Betreten löste Hella einen Bewegungsmelder aus, worauf ein Lichtstrahler den Weg bis zu der Ecke erhellte, wo die Mülltonnen standen. Von dort aus konnte sie erkennen, was sie wissen wollte. Aus einem der hinteren Fenster im Erdgeschoss fiel ein Lichtschein auf die alten Bäume. Er war also zu Hause, dachte Hella.

Zurück an der Haustür, drückte sie den Klingelknopf, neben dem »Fricke/Lennarz« stand. Lennarz war offenbar der Name seiner Schwester. Hatten sie Fricke gefragt, woran seine Schwester gestorben war? Hella wusste es nicht mehr, und es war nicht die einzige Frage, die sich ihr in diesem Augenblick stellte. Sie musste drei Mordfälle mithilfe von Indizien zuordnen, und ihr wurde klar, dass sie fast nichts von diesem Mann wusste, den sie für den Täter hielt. Zumindest sollte sie vorher die Kollegen auf ihn ansetzen …

»Frau Kommissarin? So spät noch auf Mörderfang?«

Sie erschrak. Plötzlich stand Fricke in einem dunklen Wollmantel hinter ihr. In der Rechten einen Regenschirm. Offenbar hatte er einen Spaziergang gemacht.

»Guten Abend, Herr Fricke. Ich wollte zu Ihnen.«

»Zu mir? Aber ich dachte, wir hätten alles besprochen …«

Er wirkte etwas verwundert, verlor aber nicht seine Freundlichkeit. »Natürlich stehe ich Ihnen gern zur Verfügung ...«

»Wie Sie wissen, hat mein junger Kollege heute Morgen einen Schock erlitten und bei Ihnen offenbar seinen Dienstausweis verloren. Er könnte in Ihrem Arbeitszimmer liegen. Haben Sie den Ausweis zufällig gefunden?«

In der Beleuchtung des Hauseingangs wirkte Frickes glattes rundes Gesicht wie eine Fratze. Er zögerte mit der Antwort. »Nein«, erwiderte er dann und schloss die Haustür auf. »Ich habe nichts gefunden, aber Sie können sich gern selbst überzeugen. Kommen Sie doch bitte.«

*

Was war Normen Fricke anderes übrig geblieben, als diese kleine rundliche Frau, die er keinesfalls unterschätzen durfte, in seine Wohnung zu bitten? Im Zoo bei den Raubkatzen hatte er gelernt, dass man jemandem offen und zugewandt begegnen musste, wenn man ihn kontrollieren wollte. Sie verhielt sich nicht ungeschickt, versuchte ihn abzulenken, indem sie von dem schweren Verlust ihres jungen Kollegen sprach. Doch ihm war klar, dass der verlorene Dienstausweis nur ein Vorwand war, wieder in seine Wohnung zu gelangen, und ihm blieb nicht verborgen, wie genau sie sich dieses Mal in der Wohnung umsah.

»Es tut mir leid, Sie so spät noch belästigen zu müssen, aber ...«

»Natürlich. Ich habe Verständnis dafür. Hier ist mein Arbeitszimmer, das Sie sehen wollten.« Er öffnete die Tür und schaltete das Deckenlicht an, das im Gegensatz zur Stehlampe alle Ecken ausleuchtete. Auf dem Schreibtisch lag noch die Vorlage für den neuen Text. »Wenn Sie heute nicht fündig werden, kann ich die Putzfrau beauftragen, danach zu suchen. Sie kommt morgen. Darf ich Ihnen eine Tasse Tee anbieten?«

»Nein, danke«, erwiderte sie. »Ich will Sie nicht länger stören.«

»Sie stören mich nicht. Ich bin viel zu viel allein, wissen Sie? Meine Schwester fehlt mir doch sehr.«

Die Kommissarin war nicht besonders gut darin zu verbergen, dass sie das, was an den Wänden hing, offensichtlich mehr interessierte, als auf dem Boden oder unter der kleinen Sitzgarnitur nach dem Ausweis zu suchen.

»Ihr Hobby?«, fragte sie und wies auf seine Schätze in den Glasrahmen.

»Ja«, erwiderte Normen. »Ich liebe es, Texte zu erfinden und sie kalligrafisch darzustellen.«

»Und Sie lieben Till Eulenspiegel ...«

Was nicht schwer zu erraten war, denn unter jedem der Texte hatte er dessen Schellenmütze platziert. Die Kommissarin trat ganz nah an einen seiner Lieblingstexte heran, es war der, den er für den unfairen Schneider verfasst hatte.

»Ja, Till legte den Finger auf die Wunde. Dazu brauchte er selbstlosen Mut. Nur solche Menschen können die Welt verändern.«

Offenbar versuchte sie, den Text zu entziffern. »Aber die Texte schildern nicht Eulenspiegels Streiche, oder?«

»Ich sagte bereits, dass ich gern selbst Texte erfinde. Sie sind von Eulenspiegels Streichen inspiriert ...« Im Unterschied zu dessen Streichen endeten seine allerdings tödlich, dachte er und musste unwillkürlich grinsen.

Sie wandte sich noch einmal dem Boden zu und suchte unter seinem Schreibtisch, wobei ihr offenbar nicht entging, dass ein neuer Text in Arbeit war.

»Eine Leidenschaft, die einen nie mehr loslässt, nicht wahr?« In dem Augenblick drehte die Kommissarin sich um, und ihn traf ihr scharfer Blick.

»Nein«, antwortete er nur, während er spürte, dass er errötete.

*

Als Hella die Augen aufschlug, fand sie sich auf ihrer Couch im Wohnzimmer wieder. Das Licht aus der Diele schien ihr auf die Schläfe, die Uhr zeigte fünf vor zwei. Sie musste vor Erschöpfung in einen plötzlichen Schlaf gefallen sein. Nur Sekunden war es ruhig in ihrem Kopf, dann schwirrten wieder die Bilder des Besuchs bei Normen Fricke vor ihren Augen. Der Mieter des ersten Mordopfers schien die Ruhe selbst zu sein. Während sie sein Arbeitszimmer ins Visier genommen hatte, wirkte er völlig entspannt. Schwer vorstellbar, dass er sich in dieser gemütlichen Schreibstube im warmen Licht einer Tiffany-Lampe die teuflischen Morde ausgedacht haben sollte.

Und doch hätte sie am liebsten die Schubladen des Eichenschranks aufgerissen. Sie war sich sicher, darin Beweise für die Taten zu finden. Dieser Mann war ein Fanatiker, das verrieten allein sein ungewöhnliches Hobby und diese bedrohlichen Texte.

Eine Abrechnung mit persönlichen Motiven stecke dahinter, die Nachricht hatte sie unter anderem auf Staatsanwalt Klapproths Anrufbeantworter hinterlassen. Sie brauche spätestens bis morgen früh einen Durchsuchungsbeschluss.

Kurz darauf hatte sich Simon bei ihr gemeldet. Er halte es in seinen vier Wänden nicht aus, sei nicht der Typ, der auf Kommando trauern könne, beteuerte er. Sie hatte ihm aufgegeben, sich ein Bild von der verstorbenen Gundula Lennarz, geborene Fricke, zu machen. Es ging ihr darum, wie Normen Frickes Schwester gestorben war. Und Simon war schneller als der Schall. Gundula Lennarz, die ihr Bruder »Gundi« nannte, hatte auf eine Spenderniere gewartet, am Ende aber das Rennen verloren. Ihre intakte Niere versagte ebenfalls, worauf sie einen völligen Zusammenbruch der inneren Organe erlitt. »Und du wirst nicht glauben, wer die Transplantation durchführen sollte …« Simon schien sich wirklich besser zu fühlen, wenn er arbeiten durfte.

»Professor Zumdiek«, erwiderte Hella. Die Indizien häuften sich, aber konkret konnte sie Fricke noch nichts nachweisen. Ein einziger seiner Fingerabdrücke an den Tatorten würde die Situation allerdings völlig verändern. Sie hatte die Kollegen der KTU auf dem Weg nach Hause noch einmal darauf angesetzt. Für zwei Morde gab es also bereits Motive. Der Bäcker hatte ihn auf die Straße gesetzt, der Arzt hatte ihm seine Schwester genommen. Aber warum sollte Fricke den Modemacher ermordet haben? Hella entdeckte nur eine Verbindung zu ihm. In einem der Texte an der Wand schrieb er von Künstlern »mit Nadel und Faden«. So ließ sich auch die Arbeit eines Modemachers umschreiben. Und offenbar hatte Fricke einen weiteren Mord geplant. Auf dem Schreibtisch lag ein neuer Text, den er noch nicht beendet hatte. Nur eine Sache passte nicht in die Vorstellung von einem kaltblütigen Mörder: Fricke war Frührentner, der angeblich unter ständigen Schmerzen litt …

21

Sieben Uhr dreiundfünfzig. Samstag, der neunte Ermittlungstag hatte begonnen. Hella stand vor dem Schreibtisch von Dr. Hans Klapproth, dem Staatsanwalt.

»Den Durchsuchungsbefehl habe ich nur mit Bauchschmerzen genehmigt«, sagte er, und es klang wie eine Rechtfertigung. Sie hatte auch nichts anderes erwartet. »Es liegt nicht ein stichhaltiger Beweis vor, kein Fingerabdruck, kein ungeklärter DNA-Abstrich. Allein die Interpretation der Zusammenhänge hat mich dazu bewogen.« Seinem Gesichtsausdruck waren die inneren Kämpfe anzusehen.

»Ich weiß«, erwiderte sie. Sie wollte anfügen, dass sie diesmal ein sicheres Gefühl habe und es Grund zur Zuversicht gebe, doch Klapproths scharfer Blick riet ihr, besser zu schweigen.

»Es ist unsere letzte Chance, Hella. Es steht Spitz auf Knopf.«

Sie nickte nur und verließ das Büro. Kai Fischbach wartete bereits auf sie. Kein anderer kam für die Aktion infrage. Sie brauchte den Kollegen mit der meisten Erfahrung an ihrer Seite.

Mit zwei Einsatzwagen der Polizei, dem Van der KTU und den Kollegen von der Beweissicherung brachen sie in der Münzstraße auf. Durch das Stadtzentrum und vorbei am Staatstheater erreichten sie in wenigen Minuten ihr Ziel. Sie gingen davon aus, dass der Einsatz ohne große Komplikationen verlaufen würde.

Bevor sie den Klingelknopf drückte, atmete Hella noch einmal durch. Über eins war sie sich im Klaren: Wenn Fricke keine Schuld träfe, würde es ihr letzter großer Einsatz sein. Das schrille Geräusch der Schelle war bis draußen zu hören. Hinter Hella stand Kai, gefolgt von Mitarbeitern der KTU und den Helfern. Der Türöffner surrte. Schweigend drangen sie in die Dämmerung des Hausflurs ein. Frickes Wohnungstür war geschlossen. Wahrscheinlich beobachtete er sie durch den Spion. Hella klopfte an. Es rührte sich nichts.

»Herr Fricke, wir wissen, dass Sie da sind. Öffnen Sie bitte Ihre Wohnungstür! Hier ist die Kriminalpolizei.«

Aus dem Inneren der Wohnung war nichts zu hören.

»Wir haben einen Durchsuchungsbeschluss, Herr Fricke«, wurde Hella eindringlicher. Doch nach wie vor bewegte sich nichts.

»Wenn Sie nicht öffnen, werden wir die Tür aufbrechen«, tönte jetzt Kais kräftiger Bariton, und die Kollegen machten sich einsatzbereit.

In dem Moment wurde von innen ein weißer Briefumschlag unter dem Türschlitz durchgeschoben. Hella hob die Hand. Stille.

Werte Frau Kommissarin Budde,

ich habe Sie und Ihre Mitarbeiter erwartet, denn wie ich mir denken kann, stehen Sie unter großem Druck und müssen schnellstmöglich einen Verantwortlichen für die Taten vorweisen, um Ihren eigenen Hals zu retten. Offenbar scheuen Sie deshalb auch keine Mittel und Wege, meiner habhaft zu werden, koste es, was es wolle. Sie zögerten nicht einmal, sich unter falschen Voraussetzungen Zutritt zur Wohnung eines

*ehrlichen Bürgers zu verschaffen. Oder glaubten Sie
etwa, dass ich Ihren Vorwand mit dem verlorenen
Dienstausweis nicht durchschaut hätte?
Dennoch will ich mich kooperativ zeigen und Ihnen
verraten, was ich weiß. Ich bin aber nur dazu bereit,
wenn das Treffen nach meinen Regeln verläuft, und
werde nur Sie und einen Ihrer Kollegen in meine
Wohnung vorlassen. Schicken Sie alle anderen nach
Hause.
Sollten Sie versuchen, meine Wohnungstür aufzu-
brechen und mich zu überwältigen, werde ich den
Sprengstoffgürtel, der meine Hüften umschließt, zur
Explosion bringen, und die ganze Welt wird hinter-
her erfahren, dass die Braunschweiger Polizei ohne
hinlängliche Gründe einen ehrbaren Mann in den
Tod getrieben hat.*

*Mit einem Appell an Ihre Vernunft
Normen Fricke, ein rechtschaffener Bürger*

Hella schwirrte der Kopf. Der Mann hatte sie durchschaut,
und er war gefährlich, das hatte er jetzt bewiesen. Wenn
er der Täter war, dann musste sie ihn ernst nehmen. Der
angebliche Sprengstoffgürtel konnte ein Bluff sein, doch
Hella durfte nichts riskieren.

»Die Lage hat sich geändert«, wandte sie sich klar ver-
nehmlich an die Kollegen. »Alles abziehen und in den Ein-
satzfahrzeugen weitere Anweisungen abwarten. Jemand soll
die alte Frau im zweiten Stock aus ihrer Wohnung holen
und mitnehmen!«

Kai sah sie verwundert an. Hella hielt ihm Frickes Brief
vor die Nase. Es gab keine Alternative, als das Haus zu

räumen. Und Kai führte es unverzüglich durch. Das protestierende Gezeter der alten Frau Herdecke war noch kurze Zeit zu hören, dann war wieder absolute Stille im Treppenhaus.

Offenbar hatte Fricke den Zeitpunkt abgewartet. Das Schloss seiner Wohnungstür sprang auf. »Kommen Sie bitte herein!« Wie ein Portier hielt er ihnen die Tür auf. Es lag wieder das arglose Lächeln auf seinem Gesicht, als hätte er mit den bedrohlichen Vorgängen nicht das Geringste zu tun. Eine fast unwirkliche Situation, wenn nicht der dicke Wulst um Frickes Hüften Hella vor Augen hielt, dass es tödlicher Ernst war.

Nachdem er sie genötigt hatte, ihre Dienstwaffen auf der Kommode in der Diele abzulegen, führte er sie in das Wohnzimmer. An dem runden Couchtisch waren drei Teegedecke mit Sandwiches ganz im englischen Stil vorbereitet. »Ich habe mir erlaubt, uns eine kleine Stärkung vorzubereiten. Bitte nehmen Sie Platz. Darf es English Breakfast oder lieber Earl Grey sein? Beide kann ich ausdrücklich empfehlen.«

Kai schien Frickes Art und Aussehen zu irritieren. Wie ein kleiner Junge starrte er diesen rätselhaften Mann an, der anscheinend so gar nicht in sein Bild von einem Serienmörder passte, und verstand offenbar die Welt nicht mehr. Auch Hella fragte sich, was es mit dieser seltsamen Montur auf sich hatte, in die Fricke gekleidet war. Sie erinnerte an eine Uniform, für die eines Soldaten war sie allerdings zu bunt.

»Ich hoffe, dass ich nicht zu viel versprochen habe«, sagte er, nachdem er ihnen Tee eingeschenkt hatte. Als Kai zögerte, einen ersten Schluck zu nehmen, reagierte Fricke eingeschnappt. »Auf diese feige Art würde ich nie zurückgreifen, um mich der Polizei zu entledigen, da können Sie sicher sein, Herr ...?«

»Kriminalhauptkommissar Fischbach«, erwiderte Kai.

»Keine Sorge, es soll Ihnen bei mir nichts Böses widerfahren, Herr Fischbach. Es sei denn, Sie verhalten sich anders, als wir vereinbart haben ...« Fricke wies mit der rechten Hand auf seinen verstärkten Gürtel.

Es war Zeit für Hellas Einsatz. »Wir sind allerdings nicht hier, um mit Ihnen Tee zu trinken, Herr Fricke, sondern um drei Tötungsdelikte aufzuklären. Können Sie uns dabei helfen?« Sie sandte ihm einen auffordernden Blick, wobei sie vermied, ihm direkt in die Augen zu schauen.

»Das will ich meinen«, antwortete der mit Selbstbewusstsein in der Stimme, und auf seinem Gesicht ließ sich ein Anflug von Stolz erkennen. Worauf sich Hella fragte, ob sie einem armseligen Komödianten auf den Leim gegangen waren, der aus Einsamkeit und Frust die Polizei an der Nase herumführte.

*

»Bitte greifen Sie doch zu. Ich kann Ihnen die Sandwiches nur empfehlen. Und zu Ihrer Beruhigung, sie sind nicht selbst gemacht. Ich habe sie am Morgen frisch in der Bäckerei Krenz am Ziegenmarkt gekauft.«

Es war für ihn eine Befriedigung und ein wichtiger Teil der Wiedergutmachung, diese beiden Polizisten so verwirrt zu sehen. Sie wussten nicht, was sie von ihm halten sollten, die beste Voraussetzung, eine unvergessliche Vorstellung abzuliefern. Er würde sein Möglichstes tun, dass die beiden diesen Moment ihrer Karriere nie vergessen würden. Die drei Fälle, die diese Polizisten als Morde bezeichneten, und er, Normen Fricke, sollten zur Legende aufsteigen, die den Braunschweigern für ewig im Gedächtnis blieben.

»Ich will jetzt gern auf Ihre Fragen antworten …«

*

Normen Fricke war kein dummer Mann, und er zog natürlich den Schluss, dass sie ihn längst festgenommen hätten, wenn die Beweislage ausreichend wäre, dachte Hella. Andererseits machte er sich durch sein Verhalten mehr als verdächtig. Dass sie auf sein Spiel eingingen, stärkte ihm zwar den Rücken und ließ ihn die Regeln diktieren, aber wie wollte er seine Unschuld beweisen, und warum diese groteske Vorstellung? Die passte eher zu den Morden. Doch Fricke trat auf wie jemand, dem man nichts anhaben konnte.

Hella beschloss anzugreifen. »Sie bezeichnen sich als rechtschaffenen Bürger, Herr Fricke. Niemand hat das bestritten, aber Sie drohen damit, sich und weitere unschuldige Menschen in den Tod zu reißen, wenn wir Ihre Wohnung durchsuchen. Wovor haben Sie Angst?«

Der unverbindliche Ausdruck auf seinem Gesicht verschwand plötzlich. »Sie irren, Frau Kommissarin«, konterte er mit schneidender Stimme. »Ich habe keine Angst. Es geht mir nur darum, dass nicht immer die Falschen bestraft werden, wo andere die schwere Schuld tragen. Ich habe gelernt, dass man eine Situation nur ändern kann, wenn man selbst eingreift, und will gern die Gelegenheit nutzen, Ihnen das zu erklären.«

Es entsprach dem Täterprofil, dass eine Person dahintersteckte, die mordete, um zu bestrafen, dachte Hella. »Sie meinen, wenn man Gerechtigkeit will, muss man sich selbst darum kümmern? Sie sprechen von Selbstjustiz?«

»Offenbar verstehen wir uns, Frau Budde.« Er lächelte listig.

»Das glaube ich nicht, aber ich kann mir jetzt die Texte an den Wänden Ihres Arbeitszimmers erklären. Sie wollten Till Eulenspiegels Streiche neu schreiben … Doch Till Eulenspiegel war kein Mörder, er war ein Schalk, der die Leute mit Scherzen zum Nachdenken brachte. Er würde Sie verachten, Herr Fricke …« Das konnte ihrem Gastgeber nicht gefallen. Doch außer dass seinen käsigen Teint ein rosa Schimmer überzog, blieb er ungerührt.

»Ihre Taktik ist offensichtlich, liebe Frau Budde«, erwiderte er fast entspannt. »Sie versuchen, mich aus der Reserve zu locken. Ich gebe gern zu, dass ich Till Eulenspiegel sehr bewundere. Aber wie oft wurde diese weltbekannte Figur schon für diverse Zwecke eingespannt? Wer hat nicht alles auf diesen göttlichen Schelm zurückgegriffen? Das allein kann kaum der Beweis sein, den Sie unbedingt brauchen, um mich von Gesetzes wegen abführen zu können.«

»Warum wollen Sie dann verhindern, dass wir Ihre Wohnung durchsuchen? Sie haben nichts zu befürchten, wenn wir keine Beweise finden sollten, die unseren Verdacht erhärten. Ebenso bitten wir um Ihre Fingerabdrücke und einen Speicheltest …«

Auf Frickes rundem Gesicht zeichnete sich ein spöttisches Grinsen ab. »Ich bin ein freier Bürger und kann Nein dazu sagen.« Er erhob seine Tasse und nahm einen Schluck Tee. »Darf ich Ihnen noch nachschenken?«, fragte er dann in der Art eines besorgten Gastgebers.

Hella schüttelte den Kopf, Kai tat es ihr nach. Sie war froh, dass der Kollege da war, auch wenn er sich wie ein Bodyguard heraushielt.

»Die Sandwiches müssen Sie unbedingt probieren, wo ich sie doch extra bei Krenz gekauft habe«, insistierte Fricke.

Natürlich war es eine widerliche Anspielung, dachte Hella, und die Verachtung, die in seiner Stimme schwang, als er den Namen der Bäckerfamilie aussprach, war unüberhörbar. Sie griff sich das erstbeste Sandwich und biss hinein. Warum der Geschmack von Gurke sie veranlasste, ihre Taktik zu ändern, überraschte sie im ersten Moment selbst. Fricke hatte für sie Tee gekocht und bewirtete sie mit Snacks. Womöglich wollte er ihre Unterhaltung nicht wie ein Verhör aussehen lassen. Seiner Ansicht nach war er ein Ehrenmann und wollte so behandelt werden. Das musste sie berücksichtigen, wenn sie ihn zum Reden und zur Aufgabe bewegen wollte.

»Manchmal reicht der Arm des Gesetzes nicht weit genug, um für Gerechtigkeit zu sorgen und den wahren Schuldigen zu bestrafen. Darin gebe ich Ihnen recht, Herr Fricke. Doch war es allein die Tatsache, dass Krenz Ihnen kündigte, die Sie veranlasste, ihn so streng zu bestrafen?«, fragte sie und versuchte nicht zu zittern, während sie die Teetasse zum Mund führte.

＊

Die kleine rundliche Frau hatte offenbar begriffen, nach wessen Regeln diese Unterhaltung ablaufen sollte, dachte Normen. Jetzt fügten sich die beiden endlich, so wie er es vorgesehen hatte. Schließlich brauchten sie ihn, wie er sie brauchte. Denn nur wenn er ihnen bis ins Detail eröffnete, was vorgefallen war, hätten sie ihre Beweise, und später würde der Öffentlichkeit bekannt werden, weshalb er so handeln musste, wie er gehandelt hatte. Egal, wie sie es drehten und wendeten, diejenigen, die er bestraft hatte, würden endlich im rechten Licht erscheinen, so wie es sein Anliegen war.

»Ihre Frage trifft es sehr gut, werte Frau Budde«, begann Normen, und er spürte, wie das Adrenalin in seinen Körper einschoss. Auch wenn dieser Moment früher gekommen war als vorgesehen, so genoss er ihn, denn er wusste, er hatte gutgetan. »Ich will Ihnen gern erzählen, wie es begonnen hat, vorausgesetzt, Sie haben etwas Zeit mitgebracht.« Das boshafte Lächeln konnte er sich nicht verkneifen.

»So viel Sie wollen«, erwiderte die Kommissarin.

»Eines Tages – Rechtsanwalt Dr. Zintgraf hatte uns kurz zuvor im Auftrag des Vermieters die Kündigung zugestellt, und meiner Schwester Gundi ging es bereits sehr schlecht – schlug ich die Zeitung auf. Im Regionalteil war ein großer Artikel über die Morde der SS auf dem Rieseberg erschienen. Als Braunschweiger kennen Sie sicher den Fall. Damals wurden Gewerkschaftler und linke Volksvertreter in einem alten Gemäuer von SS-Schergen umgebracht. Einer davon vermutlich mein Großonkel, der damals Student gewesen war und sich für die Arbeiterrechte eingesetzt hat. Es wurden etliche Fotos der Mörder gezeigt. Bei genauerem Hinsehen konnte ich eine deutliche Ähnlichkeit feststellen mit jemandem, den ich zur Genüge kannte. Ich betrieb einige Nachforschungen, und tatsächlich: Einer der Mörder war ein enger Verwandter von Krenz. Dem gleichen Krenz, der nun meine Schwester und mich auf die Straße setzen wollte ...«

Normen bemerkte mit Genugtuung die eindringlichen Blicke des Polizisten, die sich auf ihn richteten.

»Ja, Herr ...«

»Fischbach.«

»Ja, Herr Fischbach, Sie haben es richtig erkannt. Ich trage die Studentenuniform meines Großonkels. Nur diese Montur und einige wenige Fotos sind von ihm geblieben. Ich trage sie heute ihm zu Ehren.«

Diese Eröffnung schien ihren Eindruck auf die Polizisten nicht zu verfehlen. Sie waren nicht aus Holz, wie man oft versucht war zu glauben, dachte Normen.

»Und das war der Zeitpunkt, als Sie beschlossen, sich an Krenz zu rächen ...«

»Rächen ist das falsche Wort, Frau Hauptkommissarin. Ich beschloss, Tätern die Grenzen aufzuzeigen und dafür zu sorgen, dass sie ihre verdiente Strafe bekamen. Dabei musste ich natürlich etwas weitergehen als Till Eulenspiegel in seinen Streichen.«

»Und wie weit sind Sie gegangen?«

Auf diese Frage hatte er gewartet, schließlich brauchte sie handfeste Beweise, dachte Normen.

*

Hella warf Kai einen Blick zu. Sein Handy lag auf dem Tisch neben seiner Teetasse. Er nickte fast unmerklich, also war es eingeschaltet, und am anderen Ende hörte Klapproth als unbestechlicher Zeuge mit.

»Ich kenne die Bäckerei Krenz seit meiner Jugend, als sie noch ein kleiner Familienbetrieb war«, sprach Fricke weiter. »Und schon immer gab es an manchen Tagen besondere Spezialitäten, die sich Krenz ausgedacht hatte. Einmal buk er sogar Meerkatzen und Eulen wie einst Till Eulenspiegel. Er hatte die Tradition aufrechterhalten, und es war nicht schwer herauszufinden, dass es zweimal im Monat diese besonderen Leckereien gab. Ich beobachtete ihn und seine Arbeitsroutine. Schließlich hatte ich alle Zeit der Welt dazu ...«

»Sie haben also in der Tatnacht am Seiteneingang der Bäckerei auf Krenz gewartet?«

»Ja, ich versteckte mich in einem dunklen Winkel. Als er kam, trat ich ins Licht. Ich legte ja Wert darauf, dass er mich erkannte. Er sollte wissen, wer ihm die gerechte Strafe zufügte. Sein zutiefst erschrockenes Gesicht sehe ich noch vor mir. ›Normen, was willst du denn hier?‹, fragte er. Doch bevor er um Hilfe schreien konnte, brachte ich ihn mit dem abgebrochenen Spatenstiel, den ich mitgebracht hatte, zum Schweigen.«

»Er nannte Sie beim Vornamen?«

»Natürlich. Als junger Spund sollte ich bei Krenz eine Bäckerlehre absolvieren, aber ich litt unter Mehlallergie und musste aufgeben. Natürlich wusste ich, dass Krenz den alten Ofen noch in Betrieb hatte, und beschloss, dass er sein Grab werden sollte. Ich hatte kleine Teigfiguren vorbereitet, die wie Affen und Eulen aussahen und ihm Gesellschaft leisten sollten. Aber offenbar stellte ich die Backtemperatur zu hoch ein und die Figuren zerbröselten. Ihre Spurensicherung müsste zumindest Teigreste im Ofen gefunden haben ...«

Anscheinend war es Frickes volle Absicht, sein Täterwissen zu offenbaren, dachte Hella. Sie erinnerte sich an die teilweise verkohlten Teigreste, aber niemand hatte sich weitere Gedanken darum gemacht. Es gab noch zwei Fragen, die sie ihm stellen musste, um sicherzugehen, dass er wirklich der Mörder war. »Danke für Ihre Offenheit, Herr Fricke. Aber wie konnten Sie die schwere Leiche so weit schleppen und dann noch allein in den Ofen hieven?«

»Eine gute Frage, Frau Kommissarin, die eine Antwort verdient. Erstens war Krenz ein kleiner schmaler Mann, der nur aus Haut und Knochen bestand. Zweitens kann ich durchaus Belastungen standhalten trotz der beeinträchtigten Schulter. Meine Schmerzen sind neuralgischer Natur. Sie setzen ein, wenn ich Aufregungen und Ungerechtigkeiten ausgesetzt bin, können dann allerdings unerträglich werden. Da helfen selbst keine Medikamente mehr.«

»Und was hätten Sie getan, wenn der Mitarbeiter von Krenz früher als sonst in der Backstube eingetroffen wäre?«

»Ich muss zugeben, dafür hatte ich keinen Plan B. Aber ein gewisses Risiko kann man nie ausschließen, nicht wahr, Frau Kommissarin? Sicher hilft auch Ihnen der Zufall manchmal weiter ...«

Sie spürte, wie sie errötete.

»Als ich in der Zeitung las, dass ich nur knapp davongekommen war, schwor ich mir allerdings, mich beim nächsten Mal noch besser vorzubereiten.«

*

»Sie hatten also bereits weitere Pläne?«, fragte die Kommissarin.

Dass außer ihnen mindestens eine weitere Person dieses Gespräch verfolgte, war Normen natürlich nicht entgangen.

»Ja, das gebe ich unumwunden zu. Aber bevor ich Ihnen den zweiten Fall schildere, verraten Sie mir doch bitte, wer dieses Gespräch mithört.«

Sie verstand offenbar sofort, was er meinte, und suchte nach einer Ausrede. Unwillkürlich musste er schmunzeln. Es war ihm ein Vergnügen, die Kommissarin in Verlegenheit zu bringen.

»Lassen Sie nur, Frau Kommissarin. Ich freue mich, auf so viel Interesse zu stoßen. So bleibt nicht im Verborgenen, was ein ehrlicher Bürger hierzulande anstellen muss, um Gerechtigkeit zu bekommen.«

»Es ist der Staatsanwalt«, gab sie zu, und Normen glaubte

ihr. Es musste jemand von Rang sein, schließlich brauchten sie anerkannte Zeugen. Er berührte noch einmal den Wulst an seinem Gürtel. Das würde genügen, in der Fantasie der Polizisten die wildesten Vorstellungen auszulösen. Dann erzählte er weiter, als wäre es ein neues Kapitel in einem Buch.

»Nachdem meine Abrechnung mit dem Bäckermeister ein zufriedenstellender Erfolg gewesen war, beschloss ich, als Nächsten den zu bestrafen, der mir das Liebste genommen hatte, meine Schwester Gundi. Sie hatte zu lange auf eine Niere warten müssen und kollabierte kurz vor der Operation, weil der berühmte Dr. Zumdiek die Transplantation auf die lange Bank geschoben hatte ...«

»Und wie haben Sie diesen Mord ... Ich meine ...« Der Polizist, dieser Dummkopf, hatte sich verplappert. Immerhin hatte er es selbst gemerkt, aber Normen wies ihn noch einmal daraufhin: »Für Sie mögen es Morde sein, für mich sind es Höchststrafen. Es gibt nun einmal keine höhere Strafe als die zwangsweise Beendigung eines individuellen Lebenswandels zum Schutz der Allgemeinheit.« Sie sollten ruhig wissen, dass es einen Unterschied machte, ob man ein gewöhnlicher Mörder war oder aus Rechtschaffenheit tötete.

»Natürlich lernte ich auch die Abteilung für Organtransplantation kennen, ich besuchte meine Schwester jeden Tag und sprach auch mit Zumdieks Mitarbeiter Dr. Eidinger, der mich immer wieder beruhigte und vertröstete. Gundi sah man da bereits an, dass sie es nicht schaffen würde, wenn nicht sofort etwas geschah ...«

»Hatten Sie auch diesmal Glück?«, fragte die Kommissarin.

Es klang fast despektierlich, wie sie das fragte. So konnte Normen es nicht stehen lassen. Natürlich hatte er den Plan bis ins kleinste Detail ausgeheckt. »Die Wahrheit ist, werte Frau Kommissarin, dass ich sehr sorgfältig vorgegangen bin, sonst wären Sie viel früher hier erschienen.«

»Wie schafften Sie es, von keiner Überwachungskamera erfasst zu werden?«, fragte der Polizist, der jetzt den Mut aufbrachte, sich ein weiteres Sandwich zu nehmen.

»So wie ich die Bestrafung von Krenz vorbereitet hatte, so bin ich auch bei Zumdiek vorgegangen. Ich fragte den Pförtner unter einem Vorwand, wie lange die Aufnahmen der Überwachungskameras aufbewahrt würden, und fand einen Zutritt ins Klinikum, der nicht überwacht wurde. Ebenso erkundete ich den Verbindungsflur der Ordinationsräume in der Abteilung von Professor Zumdiek, worauf ich mir einen Einblick in Zumdieks Terminplan verschaffte.«

»Und warum das blutende Affenherz?«

»Ich hatte für die Tat nur wenig Zeit und wollte nichts riskieren. Als ich einen ehemaligen Kollegen im Zoo von Hannover besuchte, war gerade eine Meerkatze gestorben. Ich entnahm ihr das Herz, denn Eulenspiegel liebte Meerkatzen, und Zumdiek galt als Koryphäe der Herztransplantation. Das Betäubungsmittel entwand ich aus dem Medikamentenkasten im Elefantenhaus. Zumdiek hatte nur den Schreck zu ertragen und einen sehr sanften Tod, das müssen Sie zugeben. Ich arrangierte alles auf diese Art, damit jeder, der ihn fand und dieses Bild vor Augen hatte, erkennen sollte: Dieser Mann hat viele blutende Herzen hinterlassen.«

22

Es war gefährlich, diesem Mann zuzuhören. Man könnte fast glauben, er stünde auf der Seite der Guten, dachte Hella. Aber sie brauchte sein vollständiges Geständnis, außerdem war ihm zuzutrauen, die Sprengladung in seinem Gürtel hochgehen zu lassen, wenn sie seine Vorstellung störte. Es blieb nur eins: Sie musste ihm die Zeit geben, die er benötigte, und auf die Chance hoffen, ihn schließlich zum Aufgeben bewegen zu können.

»Aber mir leuchtet nicht ein, warum Sie Enzo Brenner bestraft haben …«, animierte sie Normen Fricke, als der sich in Seelenruhe Tee nachschenkte. In dem Augenblick wandte sich Kai ihr zu und rollte mit den Augen. Sie verstand nicht sofort, erst als sie durch das Fenster einen Scharfschützen entdeckte, ahnte sie, was Klapproth im Schilde führte.

Fricke lächelte indes zufrieden, hatte offenbar vor, auch den dritten Fall ausführlich zu zelebrieren. »Gern bin ich bereit, Ihnen auch diese Frage zu beantworten«, erwiderte er. Doch dann klang seine Stimme plötzlich scharf. »Vorausgesetzt Sie halten sich an unsere Vereinbarung. Ich muss Sie doch nicht daran erinnern, dass …« Er warf einen kurzen Blick zum Fenster.

Dieser Mann ließ sich nicht in die Falle locken. »Nein, natürlich nicht«, versuchte Hella ihn zu beschwichtigen. »Es tut mir sehr leid, Herr Fricke. Ich werde den Einsatz sofort stoppen.«

»Nein, Moment, warten Sie. Wir sind ja direkt verbunden.« Fricke schien seine gute Laune wiedergefunden zu haben. Er ließ sich von Kai Fischbach das Handy reichen. »Hier spricht Normen Fricke, ein rechtschaffener Bürger. Ich bin erstaunt, Herr Staatsanwalt oder wer immer dort lauscht, dass Sie so leichtfertig das Leben Ihrer Kollegen gefährden. Ich empfehle Ihnen den sofortigen Abzug, ansonsten garantiere ich für nichts.«

Hella stockte der Atem. Aber als wäre nichts geschehen, wandte Fricke sich ihr wieder zu. »Wo waren wir stehen geblieben? Ach ja, der Fall Enzo Brenner. Gern will ich Ihnen auch hier auf die Sprünge helfen. Ich bin ein großer Freund von Fair Trade, wie Sie wissen. Der Tee, den Sie gerade trinken, ist ebenfalls ein solches Produkt. Ich achte sehr darauf, dass die Teebauern anständig bezahlt werden und Kinderarbeit ausgeschlossen ist. Ich kaufte deshalb Hemden von Brenner, weil er angeblich nur mit Fair-Trade-Baumwolle arbeitete. Dann deckte die Presse auf, dass er ein Betrüger war, ein Täuscher, der die Ärmsten der Armen für seinen Profit ausnahm. Zwar entschuldigte er sich vor der Öffentlichkeit und man verzieh ihm. Aber niemand vertrat die Rechte der Ausgebeuteten. Einer musste es tun, und so beschloss ich, auch ihn mit der Höchststrafe zu belegen ...«

»Und wie sind Sie diesmal den Kameras entwischt?«, wollte Kai wissen.

»Das war leichter als gedacht. Ich gab mich als Installateur aus, der die Toiletten reparieren sollte. So konnte ich mir Einsicht bis in die Werkstätten verschaffen ...«

»Und haben so auch Brenners Atelier gefunden ...«

»Ja, ich inspizierte die Toilette in seiner Etage und sah mir dann in der Mittagspause die übrigen Räumlichkeiten genauer an. Später hörte ich eine Unterhaltung zwischen Brenner und seiner Sekretärin mit, er sagte, dass er den Abend über noch in seinem Atelier arbeiten würde, sie könne ruhig Feierabend machen. So bekam ich meine Gelegenheit. An demselben Abend sind wir uns dann das erste und letzte Mal persönlich begegnet ...«

»Und warum sind Sie so hart mit ihm umgegangen und haben ihn mit der Schere ...?«, fragte Kai.

»Sie müssen entschuldigen, lieber Herr Kommissar. Aber schließlich bin ich auch nur ein Mensch, selbst wenn ich immer noch höchst unzufrieden bin, mich so vergessen zu haben. Aber als ich das arrogante Gesicht, das noch im Tod diese Herablassung ausdrückte, ansah, übermannte mich die Wut, dass ich kurz außer Kontrolle geriet und nach der Schere griff ...«

»Und womit töteten Sie Brenner?«

»Mit demselben alten Spatenstiel wie Krenz. Auf dem Weg nach Hause habe ich ihn in die Oker geworfen. Wenn Sie fleißig suchen, könnten Sie ihn noch finden. Vielleicht ist er im Ufergestrüpp hängen geblieben ...«

*

Die Kriminalkommissare wussten natürlich, dass es eine Sisyphusarbeit bedeutete, nach dem Spatenstiel zu suchen. Aber sie brauchten diesen Beweis kaum noch, er hatte ihnen schließlich genug von dem erzählt, was nur der wissen konnte, der die Bestrafungen ausgeführt hatte. Außerdem überprüften sie seine Aussagen ohnehin noch und würden in seiner Wohnung sicher genügend Indizien finden, die alles bestätigten. Er seufzte zufrieden. Auch wenn er sich gewünscht hätte, diesen Anwalt noch für seine Drohbriefe an die Mieter zur Rechenschaft ziehen zu können, hatte er doch ganze Arbeit geleistet.

»Unsere Teestunde neigt sich dem Ende zu«, ergriff er das Wort. »Und ich habe Ihnen versprochen, dass Sie unversehrt bleiben. Dieses Versprechen gilt. Ich gehe davon aus, dass Sie nun alles wissen, was Sie zur erfolgreichen Beendigung Ihrer Ermittlungen brauchen. Meine Aufgabe ist abgeschlossen, wenn ich sie auch nicht ganz vollenden konnte, aber das Ergebnis kann sich sehen lassen.«

Sein Blick wanderte noch einmal durch den Raum, der, solange er denken konnte, der Mittelpunkt seiner Welt gewesen war. Fotos der Eltern und Großeltern an den Wänden, Szenen aus seiner Kindheit. Die Schneeballschlacht am Ufer der Oker, die Fotos aus seiner Zeit als Tierpfleger im Zoo, am Käfig seines Lieblings Fandor, des indischen Tigers, mit Kollegen vor der Voliere der prächtigen Hyazintharas in der Papageienabteilung. Er hatte gehofft, noch ein paar Wochen länger hier verbringen zu dürfen und noch einige gotische Schönschriften zu Ehren von Till Eulenspiegel anzufertigen. Aber es galt einzusehen: Seine Zeit war abgelaufen.

Er lächelte die beiden Polizisten an, auf deren Gesichtern sich nun eine gewisse Ratlosigkeit abzeichnete. Eigentlich durften sie dankbar sein, dass er ihnen den Weg bereitet hatte, dachte Normen. So konnten sie sich den Vorgesetzten gegenüber mit Ergebnissen brüsten.

Ob Till, der Mann mit dem Spiegel in der Hand und der Eule auf der Schulter, damit einverstanden gewesen wäre, wie er die Schuldigen bestraft hatte, das würde Normen ihn demnächst selbst fragen können. Eins nur bedauerte er in diesen letzten Sekunden, die Gesichter der Polizisten nicht mehr sehen zu können, wenn sie herausfänden, dass …

*

»Nein, nicht …!«, rief Hella erschrocken, doch Fricke hatte bereits den Inhalt der kleinen Phiole geschluckt, die er offenbar in der Seitentasche seines Jacketts versteckt hatte. Im nächsten Moment sackte sein Körper nach hinten, auf dem Gesicht blieb noch das listige Grinsen. Sicher hatte er auch bei sich eine Überdosis des Betäubungsmittels angewendet wie im Fall Zumdiek.

Kai starrte sie entsetzt an. Offenbar ging es ihm wie ihr. Beide konnten sie kaum glauben, was sie soeben erlebt hatten. Auch Till Eulenspiegel war der Bestrafung durch die Staatsgewalt entwischt, dachte Hella, auch wenn der Schalk von Braunschweig mit dem irren Mörder Normen Fricke nicht zu vergleichen war. Doch Vorsicht! Dieses Spiel konnte immer noch tödlich für sie enden …

»Fass ihn nicht an!«, versuchte sie Kai zurückzuhalten. »Vielleicht hat er den Sprengstoffgürtel scharf gemacht.«

»Jetzt enttäuschst du mich aber, Hella«, erwiderte Kai und lächelte. »Fricke sagte, dass wir unversehrt hier herauskommen würden. Außerdem, warum sollte er sich vergiften, wenn er uns alle mit einem Schlag hätte in den Himmel pusten können?«

Wie schön, wieder im Land der Logik angekommen zu sein. Trotzdem wurde es Hella mulmig zumute, als Kai sich an dem Toten zu schaffen machte. Langsam schob er dessen Jackett beiseite und zog vorsichtig das Hemd ein Stück weit aus der Hose. Ein rotbrauner Wulst wurde sichtbar, den der Tote über dem Gürtel trug.

»Wenn mich nicht alles täuscht«, stellte Kai nüchtern fest, »handelt es sich in dem Fall nicht um Sprengstoff, sondern um Braunschweiger Mettwurst.«

Der Anblick dieser biederen Stube und der Leiche des perfiden Mörders, der vor sich selbst nicht haltgemacht hatte, ließ Hella noch nicht los, während die Kollegen der Spurensicherung längst mit ihrer Arbeit begonnen hatten. Dann tauchte das Gesicht einer Person im Türrahmen auf, von der sie in diesem Augenblick erst wusste, wie sehr sie sie vermisst hatte. Daniela. Und diesmal steuerte sie nicht geradewegs auf die Leiche zu, wie sie es dienstbeflissen ansonsten tat. Sie stellte im Vorübergehen ihren kleinen Instrumentenkoffer neben den Sandwiches auf dem Tisch ab, blieb unmittelbar vor Hella stehen und schlang ihre langen Arme um sie.

»Ich bin ja so froh, dass dir nichts passiert ist«, flüsterte sie in ihr Ohr.

Hella spürte Tränen auf ihren Wangen. Es war ein unbeschreibliches Gefühl, eine Freundin zu haben, eine wirkliche Freundin.

»Hella?«, drang auch Kais Stimme an ihr Ohr, »Klapproth hat uns unverzüglich ins Kommissariat bestellt.«

»Bis später«, sagte Daniela. »Meine Ergebnisse erhältst du wie immer direkt aufs Handy.«

Auf dem kurzen Weg ins Kommissariat schwiegen sie. Die letzten Szenen im Bann eines Serienmörders hielten sie noch gefangen. Als sie die Münzstraße erreicht hatten, kam von Kai: »Warum habe ich nur das Gefühl, ein zweites Leben geschenkt bekommen zu haben?«

»Weil du genug Fantasie hast, dir vorzustellen, dass es auch ganz anders hätte ausgehen können«, antwortete Hella.

»Du meinst, dass der Zufall auf unserer Seite war, wie Fricke es formuliert hat?«

»Nenn es Schicksal oder Zufall. Nenn es, wie du willst, aber erwähne nie mehr diesen Namen in meiner Gegenwart.«

Der Tag war hell und freundlich. Das nahm Hella erst wahr, als sie auf dem Parkplatz vor dem Kommissariat aus dem Einsatzwagen stieg. Es kam ihr vor, als hätte sie wie ein Höhlenforscher nach längerer Zeit wieder Tageslicht gesehen.

»Da seid ihr ja. Kaffee? Roswitha, ruf bitte unten in der Kantine an, sie sollen ein paar Sandwiches ...«, begrüßte Staatsanwalt Klapproth sie in Senges Büro.

»Nein, auf keinen Fall Sandwiches«, protestierte Hella.

»Oh, Pardon, natürlich«, erwiderte Klapproth. Schließlich hatte er mitgehört. Im selben Augenblick trat der Ausdruck von tiefer Zufriedenheit auf sein Gesicht, auch wenn er versuchte, den Gestrengen zu spielen. »Ihr wisst, dass es – bei allem Respekt für eure Leistung und euren Mut – einen unersetzlichen Verlust für die weitere Ermittlungsarbeit bedeutet, dass uns der Mörder nicht mehr als Zeuge zur Verfügung steht ...« Er kam nicht dazu, den Satz zu beenden. Die Tür öffnete sich, und ein Mann betrat das Büro, mit dem Hella kaum noch gerechnet hatte.

»Ludger!«, rief sie erstaunt.

»Ja, ich bin wieder da«, verkündete Kriminalrat Senge und drückte strahlend jedem von ihnen die Hand. Klapproth räumte den Platz hinter dem Schreibtisch, auch ihm war offenbar feierlich zumute.

»Liebe Kollegen, lieber Hans«, setzte der Kriminalrat an. »Bevor längere Erklärungen folgen, möchte ich euch danken. Ohne euch wäre ich nicht mehr hier. Vielleicht werdet ihr mir aber auch recht geben, dass große Erfolge nur durch vertrauensvolle Zusammenarbeit möglich sind. Und jeder von euch weiß, dass ich seit vielen Jahren ein großer Befürworter von Teamwork bin ...«

Ja, so war er, selbstlos und bescheiden, seufzte Hella. Senge war wieder da.

23

Drei Tage später.

Vor dem unausweichlichen Datum auf dem Kalender hatte sich Hella gefürchtet, doch jetzt fühlte sie keine Angst oder Anspannung. Vielleicht weil es wie jedes andere in vierundzwanzig Stunden verfallen würde ...

Am Morgen nahm sie die Glückwünsche zu ihrem Vierzigsten im Kommissariat entgegen. Dass einige Kollegen enttäuscht waren, weil sie auf eine Feier verzichtete, musste sie hinnehmen. Diesen Tag hatte sie nur den besonders wichtigen Menschen in ihrem Leben gewidmet.

Über zwei zufällige Gratulanten freute sie sich allerdings sehr. Franziska Zumdiek und ihr Freund Torsten Reinhardt kamen im Kommissariat vorbei. Hella erkannte sie kaum wieder. Der Eindruck einer zutiefst deprimierten jungen Frau im Rollstuhl, den sie auf Hella noch vor gut einer Woche gemacht hatte, war wie weggeblasen. Die beiden hatten sich nach eigenen Worten vorgenommen, endlich das nachzuholen, was Franziskas Vater immer zu verhindern versucht hatte: Sie wollten demnächst heiraten und luden Hella zu ihrer Hochzeit ein.

»Du wolltest mir noch erzählen, wie das Cyber-Mobbing zu Ende gegangen ist«, drängte sich Daniela in Hellas Gedanken. Nach dem Besuch des Eulenspiegel-Museums am Nachmittag standen sie zu dritt vor der Kuchentheke in einem der Cafés in den Schlossarkaden, und Drago konnte sich nicht zwischen Mandarinensahne und Walnusstorte entscheiden. Kurzerhand bestellte Hella beides für den großen bulgarischen Geschichtenerzähler, der sie bei den Ermittlungen auf die zündende Idee gebracht hatte, und einen Pott heiße Schokolade dazu.

»Wie du weißt, hat Klapproth die Sache allein in die Hand genommen«, begann Hella. »Damit das Kommissariat Mitte nicht völlig im Chaos versinkt, wie er meinte. Typisch. Gestern erklärte er mir dann, wie er vorgegangen sei. Je weniger ich wisse, desto besser für mich, blockte er meine Fragen von Anfang an ab. Da ihm das ganze Material, das Kai und ich besorgt hatten, zur Verfügung stand und er wusste, dass Tom Seipold maßgeblich in die Sache verwickelt war, hatte er der Internen den Tipp gegeben, auch ausgeschiedene Mitarbeiter in die Untersuchung mit einzubeziehen. Er habe dann gezielt Informationen lanciert, bis sie schließlich Seipold und den Reporter Strickler festsetzen konnten. Auf diese Weise blieb der Aufklärungserfolg allein bei den Kollegen der Internen. Das brisante Material war noch vollständig auf Stricklers Tablet-PC, er hatte nichts davon gelöscht. Zwei weitere Hintermänner wurden auch festgenommen …«

»Und was steckte hinter dem Spuk?«

»Der ehemalige Kollege Tom Seipold war ein Hardliner, der in seiner Vergangenheit als Polizist bereits mit Entgleisungen aufgefallen war. Er durfte kein Verhör mehr allein führen. Seine Karriere war am Ende, was ich selbst erst jetzt erfahren habe. Senge tat er offenbar leid, und er versuchte immer wieder, ihn aufzubauen. Aber als ich die Stelle antrat, die Tom meinte verdient zu haben, hielt er es nicht mehr aus. Er schied aus dem Dienst aus und ging zu den Personenschützern. Infolge baute er mit dem frustrierten Reporter

Goran Strickler, den er in einem Sportstudio kennenlernte, das rechte Netzwerk ›Die Gerechten‹ auf ...«

»Um sich letztlich an der Kripo zu rächen?«, ergänzte Daniela.

»Ganz genau.«

»Und wer war die undichte Stelle im Kommissariat?«

»Du wirst es nicht glauben«, antwortete Hella. »Es war unsere treue Roswitha. Natürlich ohne es zu ahnen. Sie hatte Tom immer schon gemocht, und er hatte ihr schöne Augen gemacht. Er rief öfters an, um zu fragen, wie es ihr ging, und hat sie dabei ausgehorcht. Aber sie wird wohl keine Konsequenzen zu befürchten haben.«

»Senge scheint ja auch davongekommen zu sein. Inwieweit war er denn in den Fall verwickelt?«

»Senge hat über alle Kollegen die Hand gehalten. Sein Fehler war, dass er nicht sofort Alarm geschlagen hat, als er eine dieser E-Mails in seinem Postkasten vorfand. Es sah fast so aus, als ob er sich hatte anwerben lassen.«

»Und das kostete ihn jetzt fast den Kopf ...«

»Ja, wenn wir nicht zu guter Letzt den Eulenspiegel-Mörder gefasst hätten. Da Senge die Abteilung leitet, ist der Erfolg der Abteilung schließlich auch sein Erfolg.«

»Frei nach dem Musketier-Prinzip ...«

Da fiel Hella jemand ein, ohne den sie den Täter nie aufgespürt hätten. Der junge Kollege war an ihrem Geburtstag nicht im Kommissariat erschienen, weil er an der Beerdigung seines Vaters in Hannover teilnahm. Sie drückte seine Nummer auf ihrem Handy. »Hier spricht Simon Pläschke ...«, meldete sich seine selbstbewusste Stimme auf der Mailbox.

»Hella hier. Ich habe nicht viel zu sagen. Wir vermissen dich und einfach nur: Danke.«

DANKE ZU SAGEN, IST MIR EINE EHRE

Dem gesamten Team vom Gmeiner-Verlag ein herzliches Dankeschön für die Erfüllung dieses Buchtraums.

Danke besonders dir, Sven, für ein umsichtiges und einfühlsames Lektorat. Diesmal warst du sogar ein großer Inspirator.

Danke dir, Anna, für die engagierte und unverzichtbare Betreuung.

Danke dir, Mutti, für die wertvolle Hilfe, als die Idee zur Geschichte wurde.

Alle Bücher von Mick Schulz:

MS Mord
ISBN 978-3-8392-2237-9

Nenn es Schicksal
ISBN 978-3-8392-2326-0

MS Mord – tödliches Nordlicht
ISBN 978-3-8392-2525-7

MS Mord – baltische Angst
ISBN 978-3-8392-2740-4

Kommissarin Hella Budde ermittelt:

Wenn Löwen weinen
ISBN 978-3-8392-0093-3

Eulenspiegels tödliche Streiche
ISBN 978-3-8392-0351-4

GMEINER SPANNUNG

WWW.GMEINER-VERLAG.DE
Wir machen's spannend

Katharina Eigner
Diva del Garda
Gardasee-Krimi
281 Seiten, 13,5 x 21 cm,
Premium-Klappenbroschur
ISBN 978-3-8392-0348-4
€ 16,00 [D] / € 16,50 [A]

Haus verloren, Herz gebrochen: In Riva am Gardasee
rappelt sich Restauratorin Rosina wieder auf.
Ab jetzt residiert sie im Wohnmobil, und zwar solo. Soweit der Plan. Aber dann überfährt sie beinahe Mario,
den gutaussehenden Ex-Kardinal, und wirft ihre Vorsätze schnell über Bord. Ihre Camper-WG entwickelt sich
rasch zur Arbeitsgemeinschaft, denn ein Kunstwerk hat
den Besitzer gewechselt. Rosina will das Gemälde auf-
spüren und schaltet in den Ermittler-Modus.
Freie Fahrt für die Diva del Garda!

GMEINER SPANNUNG

WWW.GMEINER-VERLAG.DE
Wir machen's spannend

Anne Nørdby
Rot. Blut. Tot.
Thriller
512 Seiten, 13,5 x 21 cm,
Premium-Klappenbroschur
ISBN 978-3-8392-0430-6
€ 17,00 [D] / € 17,50 [A]

»Da war der Wolf. Er kam jede Nacht. Nebelgrau, mit
gelben Augen und mächtigen Pfoten. Er konnte seine
Krallen durch den Stoff seines Hemdes spüren. Sie
drangen in ihn ein. Der ganze Wolf drang in ihn ein …«

Nach 30 Jahren Haft kehrt ein entlassener Mörder
in seine alte Heimat auf die Insel Møn zurück. Alle
wissen, was der „Wolf von Møn" damals getan hat.
Als Leichen mit brutal auseinandergerissenen Kiefern
auftauchen, beginnt für die Super-Recognizerin Marit
Rauch Iversen und ihre Kollegen von der Kopenhage-
ner Mordkommission eine Menschenjagd.

GMEINER SPANNUNG

WWW.GMEINER-VERLAG.DE
Wir machen's spannend

Uwe Ittensohn
Winzerblut
Kriminalroman
352 Seiten, 12,5 x 20,5 cm,
Paperback
ISBN 978-3-8392-0427-6
€ 16,00 [D] / € 16,50 [A]

Vor dem Neustadter Saalbau stirbt auf bizarre Weise
ein Student. Zunächst sieht alles nach einem Unfall
aus – eine tödliche Mischung aus jugendlicher Aus-
gelassenheit, Leichtsinn und zu viel Alkohol. Hauptkommissar Achill will den Fall schnell schließen. Doch
Privatschnüffler André Sartorius und Oberkommis-
sarin Bertling ermitteln auf eigene Faust entlang einer
mysteriösen Blutspur weiter. Sie dringen in die Geheimnisse des Weinbaus vor und stoßen auf ein weiteres
ungewöhnliches Verbrechen.

GMEINER SPANNUNG

Martina Parker
Aufblattelt
Gartenkrimi
458 Seiten, 13,5 x 21 cm,
Premium-Klappenbroschur
ISBN 978-3-8392-0326-2
€ 18,50 [D] / € 19,00 [A]

»Hast schon gehört?«
»Was meinst?«
»Na die Sache mit dem jungen Grafen.«
»Was ist mit dem? Jetzt sag schon.«
»Er heiratet ein Mädchen von hier. Isabella Kirnbauer.«

Jeder im Bezirk wusste, wer der Isabella ihr Vater war.
Der alte Säufer. Und ihre Großmutter – über die sprach
man besser gar nicht. Das ist ja wie in der »Neuen
Post«. Nur besser, weil man im Südburgenland ist und
die Leute persönlich kennt. Und dass dann die Gegen-
braut auf der Hochzeit Blut spuckend zusammenbricht,
ist erst der Anfang der Katastrophe …

SPANNUNG

GMEINER

WWW.GMEINER-VERLAG.DE
Wir machen's spannend

DIE NEUEN Lieblingsplätze

ISBN 978-3-8392-0154-1

ISBN 978-3-8392-2730-5

ISBN 978-3-8392-0155-8

ISBN 978-3-8392-0158-9

ISBN 978-3-8392-0160-2

ISBN 978-3-8392-0159-6

ISBN 978-3-8392-0161-9

ISBN 978-3-8392-0163-3

ISBN 978-3-8392-0164-0

ISBN 978-3-8392-2626-1

ISBN 978-3-8392-0156-5

ISBN 978-3-8392-0157-2

ISBN 978-3-8392-0166-4

ISBN 978-3-8392-0166-4

ISBN 978-3-8392-2838-8

ISBN 978-3-8392-0168-8